世界探偵小説全集42

テンプラー家の惨劇

ハリントン・ヘクスト　高田朔＝訳

国書刊行会

The Thing at Their Heels
by
Harrington Hext
1923

テンプラー家の惨劇　目次

テンプラー家の惨劇

主な登場人物

サー・オーガスティン・テンプラー……キングスクレセットの当主
マシュー・テンプラー大佐…………その息子
ヘレン・テンプラー………………マシューの妻
ペトロネル・テンプラー……………マシューの娘
トム・テンプラー…………………マシューの息子
モンタギュー・テンプラー少佐………オーガスティンの甥
フェリックス・テンプラー神父………オーガスティンの甥
ジェーコブ・ファスネット…………テンプラー家の執事
ウェストコット……………………オーガスティンの従僕
ジョン・グラットン………………植物学者。オーガスティンの命の恩人
マルク・ルービン…………………ドイツ人植物学者
アーネスト・ウィルバーフォース……モンタギュー少佐の元部下
シャンペルノワーヌ神父……………レッド・ライオン修道会長
バートラム・ミッドウィンター………スコットランド・ヤードの警部

第一章　午前三時

由緒ある名門テンプラー家に恐ろしい運命が降りかかり、陰惨なる悲劇の物語が始まったそのとき、かつて栄華を誇った一族の人数は、わずか一握りの人々にまで減少していた。ある世代では男性より女性が多く生まれていた。一族のなかの思いがけない急死も、多くの死者を出したこの悲劇の遠因といえるだろう。一連の悲劇の幕が上がったのは、テンプラー家の長が、クリスマスの時より家族を身近に集めようとするイースター祭の時期であった。そのとき、サー・オーガスティン・テンプラーの直系であるわずかな人々と親族の全員が、先祖伝来の屋敷キングスクレセットに集まっていた。

時は一九一九年、イースターはもう過ぎてしまっていたが、家族の集いは続いていた。その季節には、イングランド南部でキングスクレセットほど居心地のいい屋敷は他になかった。キングスクレセットは、高名なイニゴ・ジョーンズ（一五七三―一六五二。英国の建築家）が設計した邸宅で、大理石の広大な玄関ホール、天井の高い広々とした客間、舞踏室、音楽室、華麗な寝室、図書室を備え、ウィルトシャーの丘陵地帯の麓に位置し、赤いレンガと大理石の外観が樹木の生い茂った丘の上でひときわ異彩を放っていた。鬱蒼とした森林帯の向こう側は、土地がキングスクレセット・ヒースまで上り勾配になっており、サー・オーガスティンは、特別な祭事がある時には、その高みに大きなかがり火を燃やすことを欠かさなかった。東には、屋敷が建っている谷間を囲む荒れ地があり、そこからは緩やかな勾配で、下に広がる森林や二つの湖に通じている。その湖は砂時計の形をしていて、それぞれが五百エーカーほどの大きさだった。二つの湖の間には小さな橋が掛けられ、湖岸には、キングスクレセットの有名な石楠花《しゃくなげ》がいまを盛りと咲き誇っていた。その石楠花園はイングランドでは比類のないコレクションで、花の原産地は中国やネパール、ヒマラヤ山脈、アメリカにまで及んでいる。その見事な栽培園は、五代目の准男爵サー・ウォーデンが、富と情熱のすべてを捧げて創り上げたものだった。そして彼の代から、その有名なコレクションの質を高め、育成し、保存することが、次の世代が引き継ぐべき伝統となった。いまも有能な植物学者が屋敷に住んで石楠花の世話に心血を注いでいたが、サー・オーガスティンの関心は薄かった。それでも若い世代の者たちは口をそろえて、見事な花を咲かせる木々や低木の庭園が、最近ではキングスクレセットに関してもっとも世間に知られたものになっていると、サー・オーガスティンに語っていた。実際にそのとおりだった。屋敷にある彫像や絵画、古い家具や貴重な陶器を鑑賞しに来る人々は一年に十人足らずであるのに対し、春の時期に湖を訪れたいと申し出る植物愛好家は、それよりはるかに多かった。

屋敷の正面には、それを取り巻くように広大な庭園が造られ、およそ三千エーカーの猟場が、湖を超えて上の荒れ地まで広がっていた。そこには集落があり、市が立つ近くの町まで鉄道の支線が走っている。領内には十二の農場があり、屋敷から二マイルほどの場所にある教会の方塔を中心にして、活気のあるキングスクレセットの村が広がっている。しかしその塔は、盛り上がった地形のために屋敷からは見えなかった。

　毎週日曜日の夕べ、数少なくなったテンプラー家の人々は一族の礼拝堂に集うことになっていた。その礼拝堂は屋敷と調和するように設計された近代建築で、屋敷からは二百ヤードほどの距離にある。テンプラー家は代々、熱心なアングロ・カトリック教徒で、サー・オーガスティンは、父親と同様、英国教会連合の福祉事業やその中枢にいる進歩派の宗教思想と活動に用心しながらも、多額の寄付をしていた。テンプラー家は、ここ百年は高教会派に属していたが、その前宗教改革的信仰とローマ教会の信仰との間には、はっきりと一線を画していた。サー・オーガスティンは七十五歳で、すでに妻は亡く、今でも、ある政治団体の弱体化した派閥の代表者である。戦争は彼が属する階級に損失を与えたが、サー・オーガスティンは莫大な財産のおかげでそれを乗り切った。古きヴィクトリア朝の伝統は、サー・オーガスティンによってしっかりと受け継がれていた。彼は寛容で情緒的な、思いやりのある性格で、テンプラー家の典型的人物である。世間の現実は、彼の目には映らなかった。貧困がどういうものかを理解する想像力も、労働者階級の大衆心理の中に育まれていた社会変革を望む情熱を認識する観察力も、欠けていたからだ。彼の家族には、自由を求める大きなうねりに身を投じる者はいなかったし、高まる社会不安を切実に感じている者もいなかった。サー・オーガスティンのような善意の、金になんの執着もない専制君主の下では、自分たちの地位が揺らぐ懸念はほとんどなく、将来においても豊かな生活が保障されていたからだ。キングスクレセットとその住人たちは、サー・オーガスティンに絶大なる信頼を寄せ、決して裏切られることはなかった。立派な行いには、気前の良い賞賛が与えられた。キングスクレセットは消えゆく社会制度のなごりを留めながら、その将来をふたりの人間の不確かな命に託していた。サー・オーガスティンのひとり息子は、田園とスポーツを愛する単純な人物で、いまの体制が続くかぎり、父親の跡を継ぐことになるだろう。しかし、次の世代の代表が国政を引き継いだとき事態がどうなるかは、誰にも予測できないことだった。

その他の点については、サー・オーガスティンはやや引きこもりがちで、瞑想に耽るのが好きだった。そこそこの学問を修め、いまでもギリシャ語の本を読んでいる。聖書以外には、メナンドロス（ギリシャの喜劇作家）が彼の最高の手本であり、指針であった。サー・オーガスティンはその作家の現存する作品をすべて読んでいた。「メナンドロスはこう言っている」という言葉は、サー・オーガスティンが意見を述べる際の枕詞だった。実際、彼は長年にわたってさまざまな読書で精神を鍛錬してきたので、独自の見解を述べることはめったにない。優れた記憶力のおかげで、会話のテーマにもっとも適した意見を、いくらでも引用できたからだ。身体的特徴においても、サー・オーガスティンはテンプラー家の典型的人物だった。一族の特徴である広い額と青い目、亜麻色の髪を受け継いでいた。がっしりした顎と、鼻梁の高いローマ人風の鼻もテンプラー家特有のものだ。長身で肩幅が広く、そのために少々上体が大きく見える。近頃では、歩くのに杖が必要になっていた。通風が悪化した時などは、杖が二本必要になる場合もあったが、サー・オーガスティンは松葉杖を使うことは拒んでいた。

美しい礼拝堂での夕べの祈りは終りにさしかかり、若き司祭は説教を締めくくろうとしていた。礼拝堂には家族や客専用の座席はない。礼拝の場所は、礼拝式に参列したいと願うすべての者に開かれていた。男性は側廊の片方に座り、女性は反対側に座る。かなりの人々が定期的に参列していた。テンプラー家の屋敷の近くに住んでいる人々が多く、その礼拝堂のほうが二マイル先にある教区教会より便利だったからだ。五月の明るい夕方、およそ五十人の会衆が礼拝式に参列していた。没していく太陽の光が、西の薔薇窓から差し込んで、礼拝堂の美しい大理石をきらめかせ、祭壇に飾られた石楠花の真紅や淡黄色や純白の花房を鮮やかに照らし出している。光のほうに目を向けて礼拝堂の内陣の階段に立つ説教者の顔も、輝いていた。若い司祭は知性にあふれた真摯な顔をしていた——眉や唇にみなぎる熱情は、修行や鍛錬を欠けば、時の経過のなかで狂信へと発展しかねないものだった。灰色の目には強い確信がきらめいている。彼はなんの身振りもせず、静かに立ち尽くし、胸元で両手を組んでいた。説教の終りに近づくにつれ、その表情には歓喜と勝利の色がにじみ出てきた。フェリックス・テンプラー神父にはどこか神秘主義的なところがあった。説教のなかで、彼が必ずと言っていいほど、スーフィー（イスラムの神秘主義者）の詩や東洋の賢人たちの言葉を引用することに、友人たちは気づいていた。

「マフムト・シャビスターリーはなんと書いているでしょう?」とフェリックスは問いかけた。『神のみを見よ、神のみを唱えよ、神のみを理解せよ』。行為の基準は、ほとんどこの言葉に集約されているのです。『一粒の大麦の核のなかに、無数の実りが蓄えられている。一つの目の瞳孔のなかに天全体が秘められている。心臓の中心は小さいが、両世界の神はそこに入ることができる』。そして今日、なによりもまず、人の心と頭脳とを新たに結びつけ、かけがえのない理解をもたらすことが求められています。闇に沈められた心は、道に迷っています。その大いなる希望と不滅の意志は、虚しく光を求めています。かたや頭脳も、地上の甚大な克服しがたい災いの前でよろめき、導きの星を探し求めています。ならば、高潔な心と意欲ある頭脳を和解させ、あまりにも長く引き裂かれていた両者の運命を融合させましょう。両者を支配する、われらが神の名の下で、心と頭脳は一緒になり、人類を救うことになるでしょう。その時、人間の愛と知恵が彼らの王国におとずれるのです」

その場に集っていたフェリックスの家族とテンプラー家の雇い人たちは、尊敬の念をこめて、彼に注目していた。正面の信徒席には、耳に片手を当てて聞き入るサー・オーガスティンが座り、その横には、彼のひとり息子と孫息子が座っていた。テンプラー家の三世代が一堂に集っていたのである。マシュー・テンプラー大佐は父親似であった。五十歳を過ぎた、陽気で単純な性格の男で、サー・オーガスティンより小柄であったが、顔立ちはよく似ている。とはいえ、父親ほど思慮深くもなければ、用心深くもなかった。マシュー・テンプラーはほとんどの時間をスポーツに費やしていたが、若い頃には海軍に所属し、戦争の二年前に退役したばかりだった。戦争が始まると、テンプラー大佐はすぐ海軍に復帰し、終戦まで勤めた。彼の最高の楽しみは、鮭釣りだ。キングスクレセットに対する大きな責務は理解しており、時が来れば父親の跡を継ぐ心構えもできていた。だが、マシューには野心はなく、家柄と財産に必然的に伴う責務によって、誰にもわずらわされない自分の気楽な生活を妨げられるのは嫌っていた。反対側の側廊には、マシューのひとり娘と一緒に、彼の妻が座っていた。彼女は夫と似たような人物だ。遊ぶことが大好きで、自分の生活にできるだけ多くの娯楽を用意するよう心を砕いていた。後継ぎであるトム・テンプラーは、イートン校に通う十五歳の少年で、父親の横に座っている。彼は頭が良く、将来は学者にもなれそうだった。しかし、トムもスポーツ好きだった。それでも、父親より機転が利く知性があり、もっと大きな野心があることを垣間見せていた。トムはイースター休暇の間、キングスクレセットに滞在しており、ほとんどの時間を、下手の湖に生息している淡水魚のローチやデース、カワカマスを釣りながら過ごしていた。

ペトロネル・テンプラーは、トムの姉で、五歳年上だ。顔立ちの整ったもの静かな娘で、あまり目立たず、自己主張することはめったにない。父親は息子を自慢にしていたが、母親は自分に似ている娘のほうを好いているようだった。ペトロネルは、宗教に対するテンプラー家独特の情熱を持っている。高教会とそこに代表されるすべてのものを崇拝し、当然ながら、いとこのフェリックスは彼女の英雄であった。フェリックスの説教が終りに近づくにつれ、ペトロネルはすっかり心を奪われた様子で聞き入っていた。フェリックスが貧者のために弁じ、社会主義に通ずるような説教をしたので、聴衆のなかの少なくともふたりは、当惑と不快感を示した。しかし、主題がフェリックスの最大の関心である子供たちの生活福祉へ移ると、その問題に対する彼の信念には、誰も文句のつけようがなかった。

ペトロネルは金髪で、夢見るような眼をして、感情の起伏が顔に出やすいたちだった。薄く口を開け、フェリックスしか眼に入らないという様子の彼女は、いささか愚かしく見えた。実際、ペトロネルは、フェリックスが説教を終える前から物思いに耽り、立ち上がる会衆の衣擦れの音や話し声でやっと我に返ったのだ。テンプラー家の家族では、サー・オーガスティンの甥がもうひとり、礼拝に参列していた。サー・オーガスティンにはふたりの弟がいたが、いずれも他界している。甥であるモンタギュー・テンプラー少佐は、サー・オーガスティンの上の弟の息子であった。少佐の母親は彼を生んだ時に亡くなった。父親のモンタギュー・テンプラー将軍は戦争で命を落とした。少佐自身は、モンス（ベルギー南西部の街）で捕虜となり、ドイツで不名誉なつらい四年間を過ごし、その経験からいくらか気難しい性格になっていた。

フェリックス・テンプラー神父は、サー・オーガスティンの下の弟の息子だ。フェリックスは、海難事故で家族全員を失った。英国郵便汽船のフォリス・カースル号が南アメリカからの帰途に沈没し、ジョン・テンプラーとその妻、次男とふたりの娘の全員が、その忘れがたい悲劇的な事故で亡くなったのだ。フェリックスは当時オックスフォードにいて、ひとり取り残された。その時から、サー・オーガスティンはフェリックスに特別の愛情と関心を注ぐようになった。フェリックスは子供のころから、テンプラー家に受け継がれている宗教への情熱を抱いており、サー・オーガスティンは甥のひとりが教会に身を捧げることを喜んでいた。サー・オーガスティンは精神と感性の面では、息子よりフェリックスのほうが自分に似ていると感じており、彼の出世に大きな期待を寄せていた。

礼拝堂から出ると、トム・テンプラーが祖父に頼んだ。

「夕食の前に、石楠花の道を散歩しませんか、おじい様。気持ちのいい夜だし、時間もたっぷりあります」

「そうするつもりでいたよ、トム」とサー・オーガスティンは答えた。「石楠花は月明かりで見るのが最高だ。湖を回り、カーテンを通って屋敷に戻ろう」

カーテンとは、チューダー朝時代にできた断崖のことだった。キングスクレセット・ムア（ヒースの生えた荒れ地）の下にある森の斜面で大きな地崩れが起き、そこが断崖となっていた。今は、その断崖のところで早春の木々を彩る新緑と黄緑色の帯が途切れ、風化した石灰岩の巨大なカンバスが現れている。その壁面に夕日が見事な絵を描き、夜明け前には、月光が神秘的な銀色の光を投げかけた。

テンプラー家の人々は、ふたつの湖の間に架かった橋のほうへ下りていった。この小さな橋の両端にある門は閉じられていたが、その鍵はサー・オーガスティンが持っていた。全員が橋を渡り、片側に湖水、反対側に堤と高貴な花を咲かせる木々をみながら歩き始めた。そこに咲いているのは単なる観賞用の花ではなく、珍種の石楠花の大群であり林であった。夕日を浴びて燃え立つように輝き、静かな湖面にその姿を映している。真紅や淡紅色の花は、松や柊樫《ひいらぎがし》と競う高さで咲き誇り、乳白色の「アウクランディ」や巨大な葉をつける「ファルコネリ」、バター色の鐘状花の「カムピロカルプム」、濃い赤紫色の「ロイリー」、菫色の「カムパヌラツゥム」、その他にも数百種の傑出した品種が、ピンクに白、真紅に紫、藤色に淡黄色と絢爛たる調和を見せる大輪の花の下に広がっている。もっと遠い場所は、また別の色彩絵図で埋め尽くされ、夕日に映えたオランダツツジの鮮やかな朱色と真紅が、燃え立つ大きな炎のように浮かび上がっていた。

テンプラー家の人々は二人ずつ連れ立って、のんびりと歩を進め、トムだけがあちらこちらと走り回っていた。その後を、トムの母親とフェリックスが、目の前にある花の美しさを語り合いながら歩いている。フェリックスは家族の誰よりも、その貴重な石楠花の大群を大切に思っていた。とはいえ、人間ひとりの命を救うためなら、惜しげもなくその花のすべてを犠牲にしただろう。彼らの後ろには、モンタギュー少佐とペトロネルがいる。モンタギューは彼女に心を奪われていた。しかし、まだ告白してはいなかったし、ペトロネルの愛を勝ち得るのは難しいのではないかと懸念していた。少し距離をおいて、サー・オーガスティンと息子で元海軍軍人のマシューが続いている。ふたりの足取りはゆるやかで、話の内容はそれほど穏やかなものではなかった。ふたりの話題は次々に変わっていた。サー・オーガスティンは熱心に耳を傾けてくれる相手に自分のことを話すのが大好きだったし、マシューならいつでも熱心に聞いてくれたからだ。

「おまえと私は、頭のいい人間ではない」とサー・オーガスティンはきっぱりと言った。「だが、自分にできることは責任を持ってやらなければならない。メナンドロスは言っている。『神は、墓石に賞讃が刻まれる者のみを助ける』とな。私たちは大きな恩恵を受けている。しかし、そこには必ず、さまざまな難しい問題や心配事がついて回るものだ。戦争のせいで、これまで大事にし、貴重だと信じていたことがひっくり返ってしまった。だから、私たちは気を引き締めて、現実を直視しなくてはならない。頭脳と金の両方があればけっこうなことだが、どちらもない場合でも、義務を果たすことはできる。私の莫大な財産も、知ってのとおり、戦争で目減りしてしまった。だが、富に対する私の考え方も、変わってきているんだよ」

「あまりフェリックスに影響されないようにしてくださいさい、お父さん」と、キングスクレセットの後継ぎは力をこめて言った。「フェリックスを高く評価なさっているのはわかっていますが、彼の考え方は急進的で、それにつきものの偏狭さもありますからね」

「そんなことはない。フェリックスは道理をわきまえている。大地主に課せられている義務を理解しているし、私が、後継ぎのおまえもだが、彼と同じように人生を考えられはしないことも承知している。フェリックスは狂信的ではない。メナンドロスはこう言っている。『私を育んでくれた場所、私はそれもまた神だと思う』。詩人のとっぴな考えだが、キングスクレセットは私にとってすべてなのだ。その小さな世界を、父親がしていたように、私もキリスト教徒として紳士として、統治しようと努力している」

「それを疑う者などいませんよ」

「メナンドロスはこうも言っているぞ、マシュー。『そこにいなければ、私は役立たずな人間だ。

しかし、神々のおかげで、そこにいれば役立たずな人間ではない』となる。同じことが、おまえにも言える。つまり、私のような老人が時代の流れについていけるなら、おまえはもっと楽にそうできるはずだ。それに、非常に頭のよい息子という特権もある。トムには大いに期待がもてるよ」

「フェリックスはトムをイートン校から連れ出して、社会科学の勉強をさせたがっているんですよ」

「時間は十分にある。トムにはまず古典を勉強させよう。他の勉強はそれからでも間に合う。そういうものを学んだからといって、トムがだめになったり、将来の妨げになったりはしないだろう。それに私は、トムを若いうちから老成させたくはない。トムはキングスクレセットを愛しているし、男や少年はみな、故郷から徳とはなにかを学び取るものなのだ。トムは元気旺盛で、今は若者にありがちな利己心や身勝手さを見せている。だが、おまえたちのような両親に育てられれば、成長するだろう。ペトロネルのことも、楽しみだ。あの娘に会うのは一年ぶりかな。もの静かで、分別のある娘だ。メナンドロスなら、『天真爛漫な娘』と言うところだ。純情で屈託のないままでいてほしいものだ」

「現実はそんなものではありませんよ、お父さん。気がついておられないようですね。白状すれば、私も気づかなかった。でも、母親は見抜いていましたよ。モンタギューがペトロネルに好意を持っているのはご存知でしょう。ただ、モンティーは自分を貧しいと考えているようです。だが、私はそういう理由で反対するわけではないんです。ペトロネルも、それなりにモンティーを好いています。しかし、ふたりは血筋があまりにも近すぎますよ」

「いとこ同士の結婚については」とサー・オーガスティンは言った。「キングスクレセットに著名な生物学の専門家が滞在したとき、質問したことがある。彼の意見では、双方の両親が健康で、ふたりの相性がよければ、いとこ同士の結婚に反対する理由はない、ということだった」

「それでも、私は主義として反対です。お父さんのように、科学を信頼してはいませんしね。しかし、こういう問題もあるんです。ペトロネルはフェリックスに半ば恋しています。いや、こう言ったほうが正確かもしれません。フェリックスが抱いている神秘主義と宗教への情熱、彼の魅力とまじめさに恋をしているのだと。ペトロネルにはどうしようもないことなんです、かわいそうに。自分の気持ちをわかってさえいないかもしれない。だが、そうなんですよ。言うまでもなく、フェリックスは、自分の情熱と仕事に没頭していて、そんなことは考えていません。もちろん、彼は誰とも結婚などしないでしょう。アングロ・カトリックの司祭が独身を通すことは、ほとんど不文律ですからね」

「その話には驚いたし、気がかりなことだな」とサー・オーガスティンは答えた。「恋という言葉は強すぎはしないかね。女性なら誰でもフェリックスに惹かれるものだ。私もそれには気づいていた。フェリックスは顔立ちがいいし、女性が魅力を感じ、心を動かされるような優しさと礼儀を身につけている。だが、恋愛問題で自分の仕事を妨げられるのを許さない男がいるとしたら、それはフェリックスだよ。おまえも知っているように、フェリックスは戦争で貴き務めをまっとうし、数え切れないほどの危険に身をさらしてきた。兵士たちと一緒に最前線ですごし、高貴な務めのために命を永らえたが、それは奇跡によるものだと、私は心からそう信じている。フェリックスは何百人もの偉大なイギリス軍兵士の死に立ち会い、死に行く者の耳元で永遠の命を祝福してきた。それから毒ガスにやられて務めがはたせなくなり、休戦日のほんの数週間前に帰国したのだ。フェリックスはロンドンのレッド・ライオン修道会に戻り、戦争で中断していた仕事を再開したいと望んだ。しかし、私は、少なくとも半年はここで過ごして、まず健康を取り戻すべきだと説得したんだ。その期間も終ろうとしている。フェリックスはもうすっかり元気になったと明言しているし、仲間の元へ帰りたくてたまらないようだ」

「フェリックスは、キングスクレセットでずっと礼拝堂付き司祭を務めるのだと思っていました」

「私はずっとそれを願っていたし、フェリックスが健康を損ねたのを知って、彼を説き伏せようとした。だが、フェリックスは同意しなかった。これからもそうすることはないだろう」

「フェリックスがまもなくここを去るというなら、これ以上言うことは何もありませんね。それとも——ペトロネルのために——フェリックスにそれとなく話したほうがいいのでしょうか——どうです？　もう少し気を配って、事態を察してくれと頼んでみましょうか」

サー・オーガスティンが息子の言ったことを考えていたとき、孫息子が駆け寄ってきた。

「帰るときに、ゴーラー・ボトムを通ってもいいですか、おじい様？」とトムは頼んだ。

「いいとも、トム、かまわないよ。ゴーラーとカーテンを通って行こう」

それぞれが連れ立って歩く相手は入れ替わっていた。やがて、テンプラー家の人々は湖岸から狭い谷に入った。鱒のいる小川がムアからその谷を抜け、湖に流れこんでいる。テンプラー家の人々は小川が流れている渓谷を登った。大きな羊歯《しだ》が先のくるりと巻いた銀色の葉をもたげ、勿忘草《わすれなぐさ》や黄金色の雪の下が川辺できらめいていた。

「この辺りに」と、サー・オーガスティンは甥のモンタギューに話しかけた。「荷馬道が通っていた。もう話したことがあるかもしれんがね。面白いことに、好古家によってその道の存在ははっきりと確認されているのだが、上の方で四分の一マイルほどが失われている。ムアに到達するずっと手前で、その道は消えているのだ。それでも、ジェームズ一世時代（一六〇三―二五）の初期には、もっとも重要な本道だったにちがいない。キングスクレセットが建築されたのは、その頃だ」

しかし、モンタギューは好古家の調査には興味がなかった。

「戦争前に、僕が左右にいる二羽の山鴫《やましぎ》を一撃ちでしとめたのはここでした」とモンタギューは言った。「あれは、生涯最高の射撃でしたね。今年は雉《きじ》の様子はどうなんですか、伯父さん？」

「それを言うのはまだ早すぎる。だが、ウォートンの話だと、見込みはよさそうだ」

「それでも、やはり鴫《しぎ》や鴨のほうが面白いですよ」とモンタギューは言った。「野生の鴨が湖のほうを気に入ってくれるといいんですが」

「猟の季節になったら、マシューを無理にでも誘わなければだめだぞ」とサー・オーガスティンは言った。「承知だろうが、釣りにしか目がない男だからな」

テンプラー家の人々は丘を登り、やがてカーテンの上を曲がりくねって進む小道に出た。カーテンのある場所で森は途切れ、灰色と黄金色の断崖になっていた。それから左に曲がると、目的地はもうすぐで、立ち並ぶ松や樫の間を下りながら、屋敷に到着した。時刻は夜の八時であった。

その三十分後、夕食の時に厄介な出来事が起きた。その場の雰囲気を暗転させたのは、トムだった。彼は明日の釣りのことを考え、その日はずっとはしゃいでいた。夕食でポートワインを一杯飲んでからはしゃべり通しだったので、母親に静かにするよう注意されたくらいだ。それから、さらに悪いことが起きた。サー・オーガスティンが何か言ったとき、トムがすかさずつけ加えたのだ。

「と、メナンドロスは言っている――でしょう、おじい様？」

トムは笑いを期待していたが、その場に広がったのは、張りつめた沈黙だった。フェリックス・テンプラーのグラスにワインを注ごうとしていた執事のファスネットでさえ、動作を止めてしまった。彼は禿頭で髭をきれいに剃った昔からいる執事で、トムの突然の無礼に目を丸くした。

だが、サー・オーガスティンは何も言わなかった。両親がいる席で、孫息子をたしなめることは決してなかった。サー・オーガスティンがマスチフ犬のような大きな目を静かにマシューに向けると、彼が口を開いた。

「なんてことを、生意気にもほどがある」とマシューは言い、感情を静めてから、言葉を続けた。「おまえは、こんな無作法をしてもいいと、自分が属している階級を——礼儀作法が男を一人前にすると考えている階級を忘れてもいいと考えたのだから、明日の釣りはもちろん取り止めるつもりだろうな、トム。その代わりに、メナンドロスの言葉を少し自分で読んでみるといい。おじい様が、喜んで本を貸してくださるだろう。そして一日かけて、それを翻訳してみなさい。では、挨拶をして、もう寝室に下がってよろしい」

少年は、自分の恥ずべき失態を自覚し、顔を真っ赤にしながらすばやく立ち上がった。

「とても失礼なことをして、どうかお許しください、おじい様」と小さな声で言い、トムはドアに向かった。

「喜んで許すよ、トム」と祖父は答えた。「本は明日、取りに来なさい。おまえのギリシャ語がどれくらい上達したか楽しみだ。では、おやすみ」

「おやすみなさい、おじい様。おやすみなさい、皆さん」とトムは答えて、姿を消した。父親はしきりに詫びていた。一同のなかでもっとも平気な顔をしていたのはサー・オーガスティンだった。

フェリックスはマシューをとがめた。

「あなたにもいくらか責任がありますよ」とフェリックスは言った。「トムくらいの年齢で体力のある少年は、休暇となるとはしゃぎすぎて、羽目を外しがちなものです。しかも、あなたはワインを飲ませて、二種類のワインを飲み比べるよう勧めたりした。トムが酒を飲んでどうなるというのです？　そもそも酒を覚えさせることなど、ばかげていますよ」

しかし、トムの父親はフェリックスの意見に反論した。

「お言葉だがね、われわれは未来のことを考えなくてはならないんだ。息子が受け継ぐはずの身分を担うためには、他の多くの事柄と同じように、ワインの勉強も欠かせない。キングスクレセットの未来の領主が、ワイン・セラーの意味もわからないようでは困るのだ。むろん、畜牛や土地、収穫高や広大な領地の管理、身分にふさわしい礼儀作法などもしっかりと学んでほしいがね」

「それはもっともですよ」とモンタギューは同意した。「君も未来のことを考えるべきだな、フェリックス、トムを何でもこなせるような人間にするためにね」

「平均を取って粘り抜け――メナンドロスは、そう言っている」とサー・オーガスティンは言った。

「言い換えれば、『忍耐と中庸』ということだ。若者に忍耐を教えることは、なにより難しいことだ。しかし、若者にまず叩き込まねばならないのは、自己節制と克己心なのだよ」

「トムにワインを飲ませなかったら、逆に酒に溺れろと教えるようなものだ、フェリックス」とマシューが説明すると、フェリックスもその点には同意した。

「それは、おっしゃるとおりだと思います。しかし、トムを酒好きにはしないでください」とフェリックスは頼んだ。

やがてトムに関する話も終り、男たちが応接室に行くと、そこではヘレン・テンプラーと彼女の娘が待っていた。モンタギューはペトロネルを誘い、ふたりは連れ立ってテラスを散歩した。マシューと妻は、息子の失態を案じ、若い世代の礼儀作法の衰退を嘆きながら、どうしてトムが思いがけない無礼をおかしたのか頭を悩ませていた。一方、サー・オーガスティンはフェリックスと話していた。老人はペトロネルのことを話題にするつもりだったが、考えを変えた。それはあまりにも微妙な問題であったし、孫娘の初恋という尊重すべきことがらを口にするのもはばかられたからだ。サー・オーガスティンは息子の勘違いだと思いたかった。しかし、マシューの家族がキングスクレセットに滞在している間は、自分で観察してみようと心に決めていた。フェリックスが自分の将来のことを話し出すと、いきなり現実的な問題に引き戻され、ペトロネルのことは老人の頭から消えてしまった。

「昨日、シャンペルノワーヌ神父からお手紙をいただきました」とフェリックスは言った。「私が戻るのを心待ちにしておられます。私も、できるだけ早く帰るべきだと考えています。ウォリックはいつ、こちらに帰って来るのですか?」

アーサー・ウォリック神父は、テンプラー家の礼拝堂付き司祭で、心の中では、サー・オーガスティンの元へ帰らずにすめばと願っていた。

「ここで私と一緒に暮らして、礼拝堂付き司祭になることはできないと、そう思っているということかな?」

「そうです。ここへは、できるかぎり頻繁に足を運びたいと思っています。キングスクレセットで伯父さんと暮らすほど幸せなことはありません。しかし、健康も取り戻し、体力も十分につきました。私はまだ三十歳ですし、礼拝堂付き司祭の職は、若い者にとっては閑職なのです」

フェリックスは、オックスフォードを出てから、そこで支持されていた首都の教会団体のひとつに参加していた。そして、戦争が始まる前の二年間、レッド・ライオン修道会にいる高名な人物の下で働いていた。その本部はロンドンのホルボーンにあるレッド・ライオン・スクエアの近くにあり、フェリックスは今では年長者から一目置かれる存在になっていた。シャンペルノワーヌ神父はフェリックスを自分の右腕と考えている。甥のフェリックスにキングスクレセットの礼拝堂付き司祭になってほしいという夢が叶わぬものだということは、サー・オーガスティン自身が誰よりもよく承知していた。

ふたりの話題は一般的なものに移り、やがてモンタギューとペトロネルが、暗くなり始めたテラスから戻ってきた。風景は、春の夜の色を失ったおぼろな夕闇のなかに沈んでいた。湖だけが、空に残るきらめきを映し、暗いガラスの国の底に沈んだ盲《めし》いた二つの目のように広がっていた。

十時半になり、サー・オーガスティンが寝室に下がる時刻がきた。沈黙が広がるなかで、モンタギューが背後のフランス窓を閉め、錠を掛けた。彼は整った顔をわざと伏せるようにしていた。感情の乱れが表に出ていたからだ。

「合唱してから、寝ることにしよう」と屋敷の主人が指示した。それは由緒あるテンプラー家で、土曜日の夜に恒例となっている行事だ。

ペトロネルがピアノにつき、男たちは声を上げて賛美歌を歌った。歌詞は諳《そらん》じており、その簡素な儀式には若い頃から親しんでいた。

「日暮れて四方はくらく」を歌い、その儀式は終った。女性とフェリックスは自室に下がり、マシューと父親、そしてモンタギューは図書室に行った。そこではファスネットがウィスキー・アンド・ソーダを用意し、サー・オーガスティンがその日の最後の一杯を飲むいつものヴェネチアン・グラスに注いでいた。そのグラスは亡き妻から贈られたものだ。三人の男性は長居はせず、十分後には「おやすみ」と挨拶を交わして、自室に下がった。だが、その夜更けに、不可解で奇妙な出来事が起こった。平穏で月も出ていなかったその夜の事件によって、恐ろしい悲劇の幕が開いたのだ。その悲劇のなかで、数少ないテンプラー家の人々のほとんどが、その人生を狂わせ、あるいは終らせることになる。

不審な物音で最初に目覚めたのは、フェリックス・テンプラーだった。だが、それに続く出来事は、モンタギューの介入によって、大きく変わってしまった。その次第はこうである。

フェリックスは、午前三時頃、自分の部屋の下から聞こえてくる物音で目が覚め、階下を調べてみることにした。彼の寝室は図書室の真上だったが、自分に聞こえたということは、かなり大きな音だったに違いないと判断したのだ。偶然にも、それから十分もしないうちに、まったく別の理由から、モンタギュー・テンプラーもベッドから起き上がり、階段を下りていった。彼は考えに耽って何時間も眠ることができず、疲れて空腹になってきた。それで、図書室にはまだビスケットとウイスキーと炭酸水のサイホンが置いてあることを思い出したのだ。その夜テラスで、モンタギューはペトロネルに結婚を申し込み、断られた。彼は「ノー」という言葉を返事とは考えていなかったし、実際、ペトロネルは否定的な言葉をためらいがちに口にしただけだった。しかし、予想外の拒絶にあい、その夜、モンタギューは自分の持ち札を見直した。若者というのは自分に相当な自信を持っているものだが、夜も更けた頃には、モンタギューは見通しは暗いと考えるようになっていた。

率直に言って、マシュー・テンプラーの娘には、モンタギューとの結婚で得るものはほとんどなかったのだ。そんな憂鬱なことを考えながら、ホールの大時計が三時を打っても、モンタギューはまだ眠れずにいた。それからまもなく、眠ることも思考を止めることもできないと悟って起き上がり、パジャマのままで部屋を出た。大きな階段の上にあるスイッチで、ホールの明かりを点け、急いで下りていった。しかし、階下に着く前に、下から叫び声がして、彼に早く下りてくるよう頼んでいるフェリックスの声が聞こえてきた。それで、モンタギューは、裸足で可能なかぎりの速さで、階下に走った。そして図書室の窓のそばで仰向けに倒れているフェリックスを見つけたのだ。窓は開いていた。モンタギューが図書室の明かりを点けると、フェリックスは立ち上がり、事情を説明した。自分の部屋の真下から聞こえた物音で目覚め、そっと階段を下りて、ドアのところで耳を澄ませていると、室内で誰かが動いている音が聞こえた。図書室は大きな部屋で、暖炉と窓の間に大きな机が置いてある。ドアには鍵が掛かっておらず、一個の懐中電灯を除けば、部屋は真っ暗だった。侵入者は、その懐中電灯を片手に持って机の前に座り、その上に広げた大きな紙ばさみに収められていた書類を読んでいた。フェリックスは、その人物に気づかれないよう、少しだけドアを押し開けた。実際のところ、フェリックスは机の前に座っているのは伯父だと思い、話しかけようとしたとき、やっと間違いだと気づいたのだ。窓は開いており、そこから屋敷に侵入した男は、サー・オーガスティンよりも小柄で若かった。フェリックスには男を観察する余裕があった。そのまま気づかれないように引き下がって助けを呼ぶか、それともひとりでその男に立向かうか迷っていたとき、モンタギューが明かりのスイッチを入れ、彼の存在を相手に教えることになった。開いたドアのすぐ内側に立っていたフェリックスは、ホールの明かりが点くと、当然ながら、男に気づかれてしまったのだ。男はすぐ窓へ向かって走り、フェリックスも男の意図を察して、同じ方向へ走った。だが、パジャマ姿の男が、服を着て靴を履いている相手にかなうはずもなかった。フェリックスは男に追いすがったが、頭の横を強く殴られ、床に倒れてしまった。その時、モンタギューが現れ、フェリックスを助け起こした。しかし、夜の侵入者はまんまと逃げおおせていた。

ふたりの青年はすばやく窓から外へ飛び降りたが、男を追いかけるのは無理だった。高さ五フィートの図書室の窓の下には、広い帯状の芝生が屋敷の正面へと続いていて、その芝生の向こうには砂利を敷いたテラスが広がり、下の草地と庭まで二百フィートはあった。侵入者はすでに薄明の中に姿を消し、芝生と砂利の上になにか痕跡が残っているはずもなかった。

フェリックスとモンタギューは屋敷に戻り、男の使用人たちを起こしたが、他の者たちはそっとしておいた。それから、モンタギューはあらためてフェリックスの話を聞き、朝になってから、サー・オーガスティンも同じ話を聞いた。図書室からは何も持ち去られてはいなかった。サー・オーガスティンも、息子や甥たちと一緒に、侵入者の目的を慎重に考えてみた。その男は明らかに外から窓の掛け金を外している。その錠は単純なしくみなので、家宅侵入に慣れた人間なら楽に開けることができただろう。侵入してから、男がサー・オーガスティンの机の錠をあけたのは間違いない。盗まれたものはなく、引き出しがひとつだけ荒らされていた。サー・オーガスティンの遺言書の控えが入っていた引き出しだ。侵入者が不意をつかれたときに読んでいたのは、明らかにその遺言書の控えだった。侵入者は逃げるときに、机の錠をあけるのに使ったらしい合い鍵と、懐中電灯を落としていった。

侵入者の意図はまったく見当がつかなかった。サー・オーガスティンは、どれほど想像力をたくましくしても、犯罪をおかしてまで彼の遺言書の内容を知りたいと考える者を思い浮かべることはできなかった。懐中電灯も侵入者の正体を知る手がかりにはならなかった。イングランドのどこの金物屋でも売られている、ありふれた品物だったからだ。

フェリックスは、彼を殴りつけた者の特徴を述べるため、地元警察に呼ばれたが、漠然とした描写しかできなかった。それでも、男が何かを読んでいる間に観察していたので、黒のニッカーボッカーとジャケットを着たたくましい男だということは説明できた。黒の布製の帽子もかぶっていた。殴り倒される直前に、ドアから漏れた明かりで、ちらりと見ただけだが、大きな眼鏡を掛け、濃い黒の頬髭と口髭を生やしていた。顔は、すぐに殴られてしまったので、見ることができなかった。

キングスクレセットの住人で、知り合いのなかにそんな人物がいるのを思い出せる者はひとりもいなかった。警察の捜査でも、そのような男の情報は得られなかった。キングスクレセットから逃げ出す道はいくらでもあり、捜索は遠くまで及んだが、近隣の町からも他の場所からも、手配書に合致するような不審者の報告はなかった。

翌日の夜、夕食の時にトムが訊ねた。「その男は、遺言書の中に自分の名前を見つけたんでしょうか、おじい様?」

「そんなことは、まずないと思うよ」とサー・オーガスティンは答えた。「知り合いのなかで、黒い頬髭と口髭を生やし、こんな乱暴な訪問をするような人物はひとりも思い出せないからね」

「ツェルマットであなたの命を救った男はどうなんですか、伯父さん?」とモンタギューが訊ねた。

「ジョン・グラットンのことか? 彼は金髪で長身だ。それに、彼のことは間違いなく保証できるよ、モンティー。あの男なら、君を信頼するのと同じくらい、信頼できる。あれほど高潔な男には会ったことがない」

第二章　第一の事件

偶然にも、警察にフェリックス・テンプラーの友人がいた。バートラム・ミッドウィンターという人物で、フェリックスとは数年来の親交がある。ミッドウィンターは若い巡査だった頃から、フェリックスの教会に通っていた。今では昇進し、警部になっている。稀有な能力を発揮して勝ち得たポストだ。ミッドウィンターは誰よりも尊敬するフェリックスの求めに迅速に応じ、事件から二日も経たないうちにキングスクレセットに到着した。しかし、捜査の結果は思わしくなかった。糸口になるような手がかりも髭面の男の痕跡も見つからず、奇妙な侵入の理由もはっきりしなかった。

一週間もすると、テンプラー家の数少ない人々はそれぞれの場所に帰っていった。モンタギュー・テンプラー少佐は、その頃プリマスに駐屯していた連隊に合流した。マシュー・テンプラーと妻と娘はロンドンに帰り、息子のトムはイートン校に戻った。フェリックスはロンドンでの仕事を再開し、サー・オーガスティンはいつも通りの生活を続けていた。悩みの種がないわけではなく、なかでも、テンプラー家の礼拝堂付き司祭と農場管理人のことが、最も厄介で大きな問題だった。しかし、サー・オーガスティンの寛容さのおかげで、彼らは自分たちの快適な立場をなんとか失わずにすんでいた。ふたりとも職務を怠ったりはしなかったが、自分のやり方で気ままにやっていた。楽しく付き合える隣人としては、有能で話のわかる開業医のフォーブズ医師と、キングスクレセットの教区牧師がいた。教区牧師はサー・オーガスティンとほぼ同年輩で、大学時代の旧友でもあった。

だが、サー・オーガスティンの平穏な生活は数週間しか続かなかった。彼は自分の個人的な悲しみを家族には伝えなかったが、マシューの妻のヘレンが、「タイムズ」紙の死亡記事でそのことを知った。ペトロネルを通じて、フェリックスもそれを知ることになった。ペトロネルの両親はロンドンに住んでいたが、父親のマシュー・テンプラーは最大の関心事であるスポーツを楽しむため、春と秋のほとんどは街にはいなかった。母親のヘレンは、社交の季節を満喫しており、多忙をきわめていたのである。

あれから一ヶ月が過ぎていた。ペトロネルは事前に約束してから、いとこに会うため、フェリックス・テンプラーが仲間の修道士と共に生活しているレッド・ライオン修道士宿舎を訪れた。面会はペトロネル自身が望んだことで、フェリックスはそれを喜びながら、彼女に茶をふるまった。

ペトロネルはフェリックスの小さな書斎に座っていた。フェリックスはめったに着ない法衣姿で、キングスクレセットのことを話したり、ミッドウィンターが侵入事件の謎を解けなかったことを残念そうに語ったりしながら、ペトロネルが訪ねて来た理由を告げるのを待っていた。

彼女は動揺している様子で、フェリックスは、何かつらいことがあって悲しい思いをしているのだろうと察しをつけていた。

ペトロネルは沈痛な声で話し始めた。

「まだ一ヶ月も経っていないのに、ずいぶん不思議な偶然だと思うわ。ジョン・グラットンさんの名前を話題にしたことがあったでしょう。キングスクレセットで侵入事件があった朝のことよ。ツェルマットでおじい様の命を救ってくれた男の人。あの方が亡くなったの」

「亡くなった！　だって、彼はまだ若かっただろう。サー・オーガスティンが手を尽くして、南アフリカによい就職口を見つけてあげたはずだ。ケープタウンの大学教授の仕事だったと思うが」

「ええ。グラットンさんはそこへ行く直前だったの。でも、たしかダービシャーだったと思うけど、オートバイで大きな事故に遭って、発見されたときには亡くなっていたそうよ」

「気の毒に。しかし、オーガスティン伯父さんにはひどくショックだろうな。その男性にはかなり好意を持っていたからね」

「おじい様は、グラットンさんのことをとても大事に思っていたわ。キングスクレセットにも来てくださったし」

「僕もそこで会ったことがある。というか、僕が着いたときに、彼は帰るところだったけれどね。若くて、ちょっと独断的なところのある男だった。だが、とても勇敢だったにちがいない。たしか、植物学に造詣が深かったはずだ。彼の死については何も知らなかった。もっとも、新聞なんてめったに読まないんだ。伯父さんに手紙を書いて、お悔やみを言わなければならないな」

「おじい様のところに泊まりに行ってもらえないかしら。あなたのことを誰よりも頼りにしているのよ」

「人はそれぞれ自分の戦いを闘わねばならないのだよ、ペトロネル、僕の戦場はここで、キングスクレセットではない」

ペトロネルはフェリックスの顔を見つめた。

「あまり根をつめないでね」と彼女は言った。かつての崇拝めいた表情はペトロネルの顔から消えていたが、あるいは押し隠していたのかもしれない。彼女の父親や祖父があえて触れようとはしなかった疑念を、母親はためらいもせずに指摘したが、彼女はそれを笑いとばした。ペトロネルの人生には、まったく別の関心事が起きていたのだ。フェリックスが結婚できないことはわかっていた。承知していたからこそ、フェリックスに関心を抱くことを自分に許していたのだろう。他の状況ならもっと用心して隠すべき感情だった。ペトロネルはいとこのモンタギューから愛を告白された。彼の申し出を受け入れはしなかったが、最終的に断ったわけではない。告白されてから数週間ほどの間に、ペトロネルは父親がその種の婚姻に反対していることを知った。しかし、モンタギューに好意を持っている母親は、娘との縁組に賛成し、彼を応援していた。

「君は『老子』を読んだことがあるかい」とフェリックスが訊ねた。ペトロネルは、まだ東洋の哲学者の本を読むような余裕がないと答えた。

「母があれこれとうるさくて」と、ペトロネルは愚痴を言った。「社交シーズンの母がどんな風かご存知でしょう。六月四日にはイートン校に行くことになっていて、他にも五十くらい約束があるのよ。私は父と一緒にデヴォンシャーに逃げ出したかったけれど、母が行かせてくれなかったの」

フェリックスはまだ『老子』のことを考えていた。「あらゆる哲学者の中でも、老子は君の助けになる人物だと思う。何世紀も経た、はるか遠い過去から、こうした偉大な言葉がこれほど生き生きとした声で語りかけてくれるのは、すばらしいことだよ。その言葉は本当の真実の基準であり、決して古びることはなく、その尊い言葉を最初に聞いた人々と同じように、つらい時世を生きる僕たちにとっても貴重なのだ。今でも、当時と同じように、僕たちに理解できるのはうわべの現象だけだ。現実は、永遠に、僕たちには手の届かないところにある。感覚で捉える事柄はすべて現実ではない。そのことを頭に刻み付けておくべきだよ、ペトロネル。言葉では言い表せないくらい役に立つ。悲しみも苦しみも、渇望も欲望も、希望も恐怖も、すべて現実ではない。とりわけ、道《タオ》、すなわち世界の本質を知りたいという願望はそうだ。道《タオ》が何であるかを理解している人々は、それを教えはしない。教えられると思い込んでいる人々は、それを理解していない。道《タオ》に到達すれば、君はとても身軽に生きられるはずだ。それに到達し、そこへ戻るとき、君にはそれがわからないだろう。なぜなら君自身が道《タオ》の一部だからだ。海から蒸発した水分が、雲になり、雨となって海へと戻るようにね」

「そういう漠然とした抽象的な言葉を聞くと、キリスト教はとても明快で安定した支えに思えるわ、フェリックス」とペトロネルが答えると、フェリックスは、東洋の神秘主義には永遠の真理を混乱させる要素は何もないと、説得しようとした。彼はアジアのキリスト論と仏教を、隠されたキリスト教として説明した。

「それぞれのシンボルにさえ、類似が見られる。いつか、下位のものが上位のものに吸収され、仏陀が、いわばキリストに同化する時が来る。僕もそう信じている人間のひとりだ」

「それでは、道《タオ》はあらゆる創造物のなかにあるのね?」フェリックスを喜ばせるために、ペトロネルは訊ねた。

「そのとおりだ。あらゆる不一致は最後に調和する。荘子はそれを見事に表現しているよ。『最高の喜びは無だ』とね。過度に幸福を追い求めたり、不幸を避けたりしてはいけないということだ。

君が言うように、道《タオ》から拒まれるものはひとつもない。肌を刺す蚊さえののしってはいけない。それは道《タオ》をののしることになるからだ。殺人犯、売春婦、哲学者、詩人、司祭、すべてが一部分なのだ。あらゆる活動は錯覚で、善行であれ悪行であれ、行為は架空の明示にすぎない。道《タオ》それ自体は、悪でも善でもない。なぜなら道《タオ》だけが現実で、現実はどんなものであれ特質なく存在しているからだ。キリスト教の教えが始まるのはそこからで、そうした冷酷で恐ろしい真実から、人類を癒すより高度で純粋な教えを導き出すのだ」

「もういいわ」とペトロネルが言った。「そうしたお話は、私にはまだ難しすぎるわ。あなたに助言してほしいことがあるの。これから話すことは、どうみても重要ではない夢のようなものかもしれない。でも、私はその夢を生きなければならないし、それは私にとっては十分に現実なのよ」

フェリックスはすぐさまペトロネルの言葉に関心を寄せ、はるか高みを望む情熱は、彼の目から消え失せた。声さえ、優しくうちとけてきた。

「どんなことでも、君にとって重要なことなら、僕にとっても重要だよ。僕がなにかの役に立てると思うなら、なんでも話してくれ、ペトロネル」

「モンティーから結婚を申し込まれたわ。母は賛成してくれたけど、父は強く反対しているの」

「興味深い話だ。で、君の考えはどうなんだい？　それだって少しは関係があると思うんだが」

ペトロネルの性格にはにえきらないところがあり、そんな風に他人の言葉で状況を説明するのがつねだった。だが、ペトロネルは自分の意見を言うのは苦手でもユーモアを理解する感性はあり、フェリックスの質問に声をあげて笑った。

「ばかげて見えるでしょうね。だけど、確信がもてないの。そのときは、『ノー』と返事をしたわ。

それでも、私はモンティーが好きだし、彼には私にはない強い性格と決断力があると思うの。でも、私にとって父がどんな存在かわかっているでしょう。主義の問題なのよ。父は、いとこ同士は結婚すべきではないと考えているの」

「君たちは、またいとこの関係だ。医学的な反対理由があるとは思えない。見解の相違かもしれないが。しかし、もっと重要なのは、君の気持ちが固まっていないことだ。もし、心の底からモンティーを愛せないなら、彼にそう話すべきだと思う」

「もう話したわ。でも、彼はまったく気にしていないの。自分にはふたり分の愛情があると言うのよ」

フェリックスは考え込んだ。個人的な愛情について何も知らない彼は、きわめて論理的に判断した。モンタギューが愛の告白をする気になったのは、ペトロネルを思ってというより、彼女の将来性を考えたからではないかと。状況を公平に正しく観察する想像力に欠けたインテリの男性が、犯しがちな過ちだった。ペトロネルはたしかに、父親が称号を継いだ暁には、きわめて裕福な女性になる。というのも、父親のマシュー・テンプラーは娘を溺愛しており、息子や妻よりも大切にしていたからだ。それでも、フェリックスは間違っていた。モンタギューはペトロネルの立場を計算して、それに心を動かされていたわけではない。彼は、美しさと結びつく弱さに大きな魅力を感じる強い男のひとりで、そんなペトロネル自身を愛していたのだ。

「君は、まず自分が何を望んでいるのかを決めなければいけない」とフェリックスは言った。「自分の気持ちをはっきりさせなければ。決心がつかないということは、モンティーは君の夫としてふさわしくない、ということではないかな。僕は君の父上と同意見だ。じらさずにモンタギューに話してやるべきだと思うよ。君が彼と同じ気持ちなら、何か助言する前にもっとじっくり考えたかもしれない。だが、君はとても公明正大な考え方をする人だし、モンタギューのためにも、はっきりと断るべきだと思う」

「そうね」とペトロネルは答えた。「たぶん、そうなるでしょう。モンタギューの次の手紙を待って、それから決めるわ。もちろん、お父様の考えは、私にはとても大事だし、あなたの考えも同じよ。私が気持ちを決めかねているということは、モンティーを愛していないということなのよね。それでも、彼の手紙を待つことにするわ、フェリックス」

「彼が告白したこと以上の何を書いてくるというのかな?」

「モンタギューはプリマスに駐屯しているの。父がいる場所のすぐ近くよ。お父様は、鮭釣りのために、ダート川から一、二マイルのところに宿を取っていて、今はそこに滞在しているわ。四週間か六週間くらいそこにいて、それからトウィード川に行く予定なの。父の話だと、ダート川には魚はたくさんいるけど、小さいらしいの。モンティーは、来月の土曜日から月曜日の間に、ホーンに近い、川沿いの宿まで父に会いに行くことになっているのよ。私は結果を聞いて、それから結論を出すことにするわ」

「だったら、それでいい。さあ、お茶を注いでくれ」

「このことに関しては、すべて報告するわ。あなたの言うとおりになると思うけれど、まだ心が完全には決まっていないの。モンティーは私をとても愛してくれているわ。彼となら、私も明るく幸せな人生を送れると思うの。モンティーはとても頭がいいし、意思も強くて、考え方も堅実だわ。彼の判断に任せれば、すべてうまくいくでしょう。私の性格さえ強くしてくれそうな気がするの」

フェリックスは頭を振った。

「君の口からそんな言葉は聞きたくないね。自分の性格の形成を他人に任せたりしてはいけない。そういう問題を委ねることができるのは神だけだ。疑念は神に問いただすべきだよ、ペトロネル。自らの義務や決断を夫の肩に移し替えようなどと考えてはだめだ。誰も、君の良心の番人にはなれないのだから」

お茶のひと時が終ると、ペトロネルは再び、亡くなった植物学者、ジョン・グラットンのことを訊ねた。

「彼のことはまったく知らないの。おじい様の命を救ってくださったことだけだわ」

「サー・オーガスティンは若い頃、アルプス登山家として有名だった」とフェリックスは語り出した。「体力が落ちたあとも、サー・オーガスティンは何年もの間、昔なじみの山に登りつづけていた。グラットンに救い出されたあの出来事が起きるまではね。ツェルマットは、サー・オーガスティンが自分の基地として選んだ場所で、ほんの数年前の六月にも、そこに登っていたんだ。登山シーズンはまだ始まってはいなかったが、サー・オーガスティンは、もう本格的な登山はできなくなっていたから、気にしなかった。それから、雪山のどこかで少しばかり冒険をしてみたくなった。いつもは従僕のウェストコットが一緒なんだが、その時は、彼はホテルで待っていた。そして君のおじい様は、気がつくと大変な事態に巻き込まれていたんだ。サー・オーガスティンのせいではないが、溶けた雪が落ちてきて、まるで彼を懲らしめるみたいに小さな雪崩になった。半マイルほど離れた氷堆石で植物採集をしていたグラットンがいなかったら、サー・オーガスティンはほぼ間違いなく命を落としていただろう。グラットンは事態を察知すると、危険もかえりみず、大変な難所を考えられないような速さで進んで救出に向かった。グラットン自身の命も危うかったんだ。彼はぎりぎりの時間でたどり着き、サー・オーガスティンの体を覆う雪を取り除いて呼吸ができるようにし、彼を救い出した。サー・オーガスティンは三十分ほど気を失っていたが、意識を取り戻してから、事故の経緯を聞かされた。サー・オーガスティンは、ジョン・グラットンのフラスクから酒を飲み、彼がどうやって来たかを知った。自分を救い出すために彼がどれほどの危険をおかしたか、サー・オーガスティンにはよく理解できた。数日後、グラットンに付き添われて、サー・オーガスティンは再び事故の場所に出かけた。そして、同胞の命を救えという人間の気高い本能に従うあいだに、グラットンが何度も自らの命を危険にさらしたことを知った。君にはおじい様の人柄がわかっているから、感謝の念が実質的な形で示されたことは察しがつくだろう。サー・オーガスティンは自分の力を使って、グラットンのために、アフリカにあるとても良い就職口を見つけてあげたんだ。グラットンの死を知って、サー・オーガスティンはひどく悲しんでいるだろう」

フェリックスとペトロネルは、それから三十分ほど話をした。ペトロネルは、事態が進展したら、できるだけ早く知らせると約束した。

「私はセント・フェイス教会のミサに出るつもりなの。そこであなたの姿が見えなくても、あとでまたここへ会いに来るわ。二週間後くらいになるかしら。母と私は、来週は何日かノーフォークのウォリントン家を訪問する予定なの」

それからふたりは別れ、フェリックスはまず伯父に、グラットンの死を悼む手紙を書いた。サー・オーガスティンはその出来事に少なからず心を痛めており、短期間でもフェリックスに来てもらえないだろうかと返事をよこした。しかし、彼らは互いに考えているよりも早く顔を合わせることになった。ペトロネルと話してから十日も経たないうちに、彼女は再びフェリックスに会いに、教会を訪れた。その朝はフェリックスが司式者で、礼拝が終ってから、ペトロネルは待っていた。

「朝食を一緒にと思ったの」とペトロネルは言った。

一連の悲劇的な事件の最初の知らせが届いたのはちょうどその時で、ペトロネルはモンタギュー・テンプラーが彼女の父親を訪ねた件について話し始めてもいなかった。彼女が語ろうとしていた出来事は、過去の歴史へと追いやられ、取るに足りないこととなってしまった。その日が始まろうとしているとき、恐ろしいショックがふたりを待ち受けていた。一族の未来の歴史を変え、現在の当主に計り知れない悲しみを与える出来事が。

フェリックスとペトロネルは連れだって修道会宿舎へ向かっていた。フェリックスはペトロネルの朝食に何かおいしいものを買おうと、小さな店で立ち止まった。するとペトロネルは、ふたりの花売り娘を指差し、朝食の代わりに薔薇の花束を買ってほしいと言った。ふたりは少女たちと立ち話をした。花売りの少女たちは、近隣の住人たちと同様、フェリックスとは顔見知りだった。その時、電報配達の少年が、赤い自転車に乗って通りかかり、フェリックスたちを目にすると、自転車から降りて近づいてきた。

「おはようございます、テンプラー神父様」と少年は言った。「お姿が見えたので止まりました。レッド・ライオン修道会宿舎まで、この電報を届ける途中だったんです」

「ありがとう、フレッド」とフェリックスは答えた。彼は地元の少年のほとんどと顔見知りだった。フェリックスは少年をからかい、ペトロネルの花束の代金を支払ってから、フレッドが鞄から出して渡してくれた電報を読んだ。

たちまちフェリックスの顔色が変わり、笑みが消えた。顔から急に血の気が失せ、しばらく何かを思い浮かべるように、虚空を見つめていた。

「返事は出さない」とフェリックスは言い、ペトロネルを脇に引き寄せた。

「ペトロネル、残念だが、僕たちにはとても深刻な事態が起きたらしい。というか家族全員にとってだ。この電報は君のお母さんからだ」

「母からですって！　母はまだ寝ているはずだわ。私が今朝のミサに出ることを知っていたから」

「お母さんの目を覚まさせるようなことが起きたんだ。電報を受け取ったんだよ、君のお父さんに関することで」

「まあ、悪いことじゃないでしょうね、フェリックス？」

フェリックスは電報を見せた。

『マシュー、重傷、命の危険あり。できるだけ早く、サー・オーガスティンの元へ行かれたし。こちらは十一時にパディントンを発つ。ペトロネルに伝えて。ヘレン』

ペトロネルはその悪い知らせを読み、事態を悟った。よろめいて、片手をフェリックスに差し伸べた。

「お父様は亡くなったのね」と小さな声で言った。戦時中に似たような知らせを数多く出したり受け取ったりしたフェリックスは、否定しなかった。

「真実を少しずつ知らせようとする人もいる。残念だが、事実は直視しなくてはならないよ、ペトロネル。中に入って腰を下ろそう。確かなことではない、しかし……ああ、ペトロネル、君にとってどんなことか、よくわかる」

だが、フェリックスの心は伯父に向けられていた。突然の別れには、老人より若者のほうが耐えやすいものだ。マシューの妻は独立心の強い女性で、夫を十分に愛してはいたが、ふたりで分かち合っているものはほとんどなかった。しかし、サー・オーガスティンにとっては、ひとり息子はかけがえのない大切な存在だった。一番つらい思いをするのは、ペトロネルとサー・オーガスティンだと、フェリックスは思った。ペトロネルに軽い食事をさせ、彼女がどうするか決める前に、次の電報を待ったほうがいいと話した。

「君のお父さんが生きておられるなら、君はもちろんお母さんと一緒に現地に行くことになる」とフェリックスは言った。

「いずれにせよ、私は行かなければならないわ」とペトロネルは答えた。「母ひとりに、そんな恐ろしい旅をさせることはできないもの」

「お父さんの従僕は一緒だったんだろう？」

「ええ、ブラウンが一緒だったわ」

「それなら、ブラウンがプリマスにいるモンティーに電報を打っただろう。間違いなくそうしたはずだ。モンティーは近くにいて、すぐ現地に駆けつけることができる」

「お父様とモンティーはうまくいっていなかったわ」とペトロネルは答えた。「仲たがいをしているというほどではなかったと思うけど。でも、ふたりは私のことで、真っ向から対立していたわ。あなたにそのことを話すつもりだったの」

「いずれにしても、ブラウンがプリマスに電報を打つのをためらう理由にはならない。モンタギューが事態を知ったら、まず僕に知らせようとするはずだ。今日、サー・オーガスティンにこのことを伝えるつらい仕事は、僕がすることになるだろう」

「それにトムにも知らせなくては、これが本当なら」

「トムのことは僕に任せてくれ」

フェリックスの言ったことは正しかった。九時半に、ペトロネルを家につれて帰るためタクシーを呼ぼうとしていたちょうどその時、プリマスからの電報が届いた。

『マシュー死すとの知らせあり。ただちにホーンに来られたし。家族にこのことを伝えるよう。モンタギュー』

フェリックスはその電報をペトロネルに渡し、ふたりはすぐに出発した。ヘレン・テンプラーは、この最悪の知らせをまだ受け取ってはいなかったが、そう聞かされても驚きはしなかった。一時間もしないうちに、フェリックスはふたりの女性をパディントン駅まで見送った。ペトロネルが母に付き添っていた。それから彼は、自分の支度をするため、レッド・ライオン修道士宿舎に戻った。数時間後、フェリックスがキングスクレセットとそこで待ち受けているつらい責務に向かって出発しようとしていると、モンタギュー・テンプラーからの二通目の電報が届いた。短いものだったが、フェリックスのこれからの仕事に少なからぬ苦痛と恐怖を付け加える内容だった。

『マシューは殺された。明日、キングスクレセットの君宛てに手紙を出す。できればミッドウィンターを呼んでくれ。モンタギュー』

第三章　パウンズゲイトの黒衣の男

バートラム・ミッドウィンターは、ロンドンからデヴォンシャーへ向かいながら、これから取り組む仕事の概要を記した一通の手紙と、それに同封されていた手紙を読み直した。

ミッドウィンターは金髪のがっしりした体格の男で、年齢は四十歳、鋭い目と秀でた額、長めの顎、顔の髭はきれいに剃られていた。志が高く、レッド・ライオン信徒会にも入っていた。思いやりのある人物で、仕事以外のことにも強い関心を寄せ、自分の時間を割くこともいとわなかった。そうした関心の対象のひとつがフェリックス・テンプラーだった。フェリックスは、その献身的な生き方によって、彼より頭の固い人々からも多くの尊敬を集めている。ミッドウィンターは、この若い司祭に惚れこんでいた。フェリックスは一度ならず彼の侍者を務めてくれたことがあり、ミッドウィンターはふたりの真の友情を誇りに思っていた。

テンプラー大佐の死とキングスクレセットの夜間侵入事件との関連性を確信していたミッドウィンターは、これからの捜査を前回の事件の続きだと考え、最初の失敗を取り戻すチャンスだと思っていた。

ミッドウィンターはパイプに火を点け、二通の手紙にもう一度目を通した。最初の手紙はフェリックス・テンプラーのもので、もう一通はモンタギュー・テンプラーが従兄弟のフェリックスに出したものだ。そこにはデヴォンシャーでの事件が詳しく書かれていた。

「親愛なるバートラム」と、キングスクレセットの彼の友人は手紙を書き出していた。「同封した私の従兄弟からの手紙には、彼がホーンで見たことが詳しく述べられ、また、マシュー・テンプラー大佐の殺人事件についてわかっていることもすべて書かれている。たしかに殺人事件と言うしかない。私はつらい場面に立会い、気の毒なマシューの父親と息子の苦しみを共に分かち合った。マシューの息子は祖父と共にキングスクレセットにおり、葬儀が終るまで滞在する予定だ。

私の従兄弟も望んでいることだが、君が検視審問に間に合うよう、ホーンに到着してくれることだけを願っている。この事件はまったくの謎だ。亡くなったマシューには（誰についてもそう言われるのかもしれないが）、どこにも敵などいなかった。彼の死によって得をする者などひとりもいない。

すぐに会えると期待している。キングスクレセットで、君の役に立てるようなことがあれば、何なりと言ってもらいたい。

敬具

フェリックス・テンプラー」

次にミッドウィンターは、もっと重要な手紙に神経を集中させた。

「親愛なるフェリックス
僕は、プリマスから自動車に乗り、今朝の八時を少し過ぎた時刻に現地に到着した。非常に悲しいことだが、ここで起きた恐ろしい事件について君に説明しなくてはならない。マシューはダート川数マイルの鮭釣りの入漁料を支払っていた。そして昨日、彼はこの村で宿泊していた小さな宿から、朝食後すぐに出かけて行った。従僕のブラウンには、いつものように一日中出ていると伝えたそうだ。マシューは漁場番人と一緒ではなく、どこかで会う約束もしていなかった。ここでは、ダート川は木々に覆われた高い丘陵の間を流れている。滝や溜池が続き、川底には大きな岩があり、平坦ではない。流れは緩やかでも釣り人が歩いて渡るのは無理で、川岸に沿って進まねばならないこともある。

途中に、百ヤードほど釣りには不向きの場所があり、そこから川の上に張り出す小さな崖に向かって、木々を抜ける小道が通っている。道の両側には下生えが生い茂り、木々がアーチ状に覆い被さっている。その道の一番上で、マシューは命を落としたようだ。彼は頭を撃たれていて、リボルバーかピストルから発射された大きな弾丸が、左のこめかみに当たり、脳まで達していた。即死だったに違いない。しかし、彼は倒れた場所で見つかったわけではない。発見されたのはある偶然によるもので、その偶然がなかったら、遺体が発見されるまでに、しばらく時間がかかったかもしれない。だが、ひとりの樵が、殺害の少しあとにその道を通り、道の脇に何か光る物があるのに気づいた。そこに差し込む夕日が道端の草むらにあった金属の物体に反射していたのだ。その樵が——名前はアダム・フォスターというのだが——その物体を手にとってみると、釣り糸が付いた鮭釣り用のリールだとわかった。まだ濡れていて、糸を巻きつけたばかりだった。幸運なことに、フォスターは頭の切れる男で、この奇妙な発見物が気になり、リールをポケットに入れて立ち去る代わりに、あたりを見回してみた。すると、十二ヤードほど先に、釣り竿とかぎ竿があった。両方とも、二つの岩にはさまれた羊歯と野薔薇の茂みの中に押し込まれていた。それを見つけたのも運がよかったとしか言えないが、フォスターはさらに崖の方へと雑木林を進み、下の川に目をやった。そしてすぐに、気の毒なマシューを見つけた。マシューは、体の半分は川の中、もう半分は外に出した格好で横たわっていた。フォスターは苦労して川まで降り、マシューの体がまだ温かいのに気づいた。マシューは体のあちこちを骨折していた。頭のひどい傷は事故で崖から落ちて岩にぶつけたせいだと、フォスターは考えた。実際、フォスターが遺体を運ぶために呼び集めた人々も同じ意見で、地元の医師が遺体を調べるまで、マシューが殺害されたことはわからなかった。

今朝までに、はっきりしたことが一つある。マシューを殺したのは、大型のリボルバーから発射されたドイツ製の弾丸だ。その弾丸なら、僕はよく知っている。他に付け加えることはたいしてない。もちろん、地元警察は熱心に捜査しているが、この人里離れた土地で殺人者を追いつめるのは難しいだろう。マシューはこの土地に来たのは初めてだし、知り合いといえば、周辺の広い土地を所有している数人の地主だけで、それもロンドンで面識があった人々だ。マシューを殺害した人物はとっくに逃げおおせていることだろう。このような犯罪ではその動機を見つけ出すことが、犯人にたどり着く唯一の道だ。しかし、動機を考えること自体、ばかげている。

ブラウンが、この事件を知らせるため、今朝早くにヘレンに電報を打った。僕はここに着いてから、真相をすぐに知らせたほうがいいと考えた。君はオーガスティン伯父さんと一緒に、さぞ辛い時を過ごしたことだろう。だが、君や伯父さんには、支えとなる信仰がある。

ミッドウィンターに、できれば検視審問に出てくれるよう伝えてくれ。彼は難しい仕事をしなければならないだろう。だが、われわれはどうしても、この悲劇の張本人である卑劣な悪党を捕らえなければならない。

大事な点がひとつある。マシューは左のこめかみに傷を負っているので、殺害された時、川を下って宿に帰る途中だったと考えられる。彼を見張っていたら誰にでも、マシューがその道を通って帰ることはわかったにちがいない。しかも、そこなら間違いなく、マシューに見られずに接近することができる。フォスターが見つけたとき、遺体はまだ温かかったから、亡くなってからそれほど時間は経っていなかったはずだ。マシューは七時ごろに亡くなったのかもしれない。もちろん、フォスターが遺体発見を知らせてきたのはもっとあとだし、遺体がホーンに運ばれてきたのは深夜をだいぶ過ぎていた。

今のところ、話すべきことはこれくらいだ。ヘレンとペトロネルは気丈に振舞っている。だが、ペトロネルはさぞ辛い思いをしていることだろう。それを思うと僕も身を切られるようで、なんとか彼女を慰めることができたらと念じている。父親の存在はペトロネルにはかけがえのないもので、ふたりは強い愛情で結ばれていた。ヘレンはマシューを真に愛したことはない。彼女を責めているわけではない。彼らは、趣味や関心のすべてにおいて、あまりにも違いすぎた。しかしこの事件で、当然ながら、ヘレンは大きなショックを受けている。ヘレンとペトロネルは検視審問のあとでキングスクレセットに向かうことになっている。僕は遺体に付き添って、あとから行く。近くにいて幸運だった。何かあったら知らせてくれ。

君を敬愛する従兄弟、モンタギューより
サウス・デヴォンシャー、ホーン
チャーチ・ハウス・インにて」

ミッドウィンターは、消えてしまったパイプに火を点けた。二通の手紙をポケットに戻し、ノートを取り出すと何かメモしてから、他のメモを読み返した。現時点でとくに興味を引かれる点は、マシュー・テンプラー殺害の手口と凶器だった。ミッドウィンターはすでに、どの方向を捜査すべきか考えていた。ポケットから縮尺の大きな英国陸地地図を出し、膝の上に広げてその地域をじっくりと眺め、渓谷から半径数マイルの範囲にある農場や村落に印を付けた。

それから、ミッドウィンターは自分の目で見ているかのように、その事件を思い描いてみた。川を三マイルほど下った、イーグル・ロックとニュー・ブリッジに近いある地点で、マシュー・テンプラーは殺された。彼は宿に帰る途中で、時刻は七時かそれより少し前、あと二時間半くらいは明るかったはずだ。命を落とすことになる場所まで来たとき、マシューは鮭釣り用の竿をたたんで手に持っていた。頭を撃たれ、倒れて釣り竿を落とした。そのとき釣り竿の手元からリールが外れた。殺人犯はマシューの遺体を崖から渓谷へ投げ込んだあと、釣り竿とかぎ竿を隠したが、リールを見つけられず隠せなかった。そのおかげで、マシューの遺体はすぐに発見された。

ミッドウィンターは地図を調べ、樹木の生い茂った辺鄙な地域に住宅がごくわずかしかないことに注目した。殺人はダート川の北岸で行われた。遠く離れた少数の農場を除けば、人が住んでいるのはパウンズゲイトという小さな村だけだ。その村は渓谷の真東にあり、犯行現場から一マイルちょっとしか離れていない。川から高原までの登り勾配はかなり急で、パウンズゲイトまでの下りはそれより穏やかだ。他の住宅がある地域はさらに遠く、そこに行くには湿地の向こうにある農道を通るしかない。

ミッドウィンターが四時過ぎにアシュバートンに着くと、モンタギュー・テンプラーが車で迎えに来ていた。彼が書いた手紙に付け加えるような情報はほとんどなかった。ただ、偶然ながら、テンプラー大佐の死亡時刻はかなり正確にわかった。大佐はダートミートから一マイル半以内で鮭を一匹釣り上げた。彼の入漁権はそこで終っていたので、ダートミート・ブリッジの向こうにある郵便局に、五シリングを添えて、その鮭を預けた。あとで手伝いの者が、ホーンまで鮭を届けることになっていた。テンプラー大佐は、郵便局でお茶を一杯飲み、釣り竿をたたんだ。彼は六時に、歩いて川の方へ戻って行った。ダートミートから殺人現場までは約一マイルで、大佐が殺されたのは六時半から七時の間であるのはほぼ確実だった。

モンタギュー・テンプラーは、ミッドウィンターがマシューの殺害を六週間前にキングスクレセットに侵入した不審者と結びつけているかどうかに強い関心を示した。モンタギュー自身は、ふたつの出来事は間違いなく関係があると考えていたので、ミッドウィンターが同意見だと聞いて満足そうだった。

ミッドウィンターは時間を無駄にしなかった。お茶を一杯飲むと、地元の警察署に出かけ、この土地に詳しいピアス警部と一時間ほど話し合った。事件現場を綿密に捜査したが、新たな発見はなかったという。ピアスは、テンプラー大佐を殺した犯人は、疑惑をもたれることなくまんまと逃亡したのだろうと思っていた。取り調べも成果はなかった。ピアス警部は、この事件は本署が扱うべきだと考えていた。テンプラー大佐の親族の協力如何にかかわらず、殺人犯を見つけるには、大佐の身辺調査や粘り強い聞き込み捜査が不可欠だったからだ。とはいえ、バートラム・ミッドウィンターが到着する前に、ピアスもいくらかは捜査を進めており、大佐の妻との長い会話について詳しく述べることができた。

「ヘレン・テンプラー夫人はとても協力的で、知っていることはすべて話してくれました。もっとも、あまり役には立ちませんでしたが」とピアスは語った。「被害者は、戦時中は海軍に所属していました。テンプラー夫人が知るかぎり、被害者はドイツに行ったことは一度もありません。夫妻は、戦前には社交界で何度かドイツ人に会ったことはありますが、それ以降は会ったことはないそうです。大佐はドイツ人を憎んでいましたが、夫人によれば、ドイツ人の知り合いはひとりもいませんでした。ドイツ人の誰か特定の人物が大佐に憎悪を抱いていたとは考えられないそうです。しかし、モンタギュー・テンプラー少佐の場合は事情が違います。彼からはとても興味深い話を聞けると思いますよ。この事件と関係があるかもしれません。私はその話を聞いて、ある仮説を考えました。テンプラー少佐は捕虜収容所の囚人としてベルギーのモンスにいたあと、終戦までドイツにいました。そこで、司令官の部下と激しくやりあったそうです。テンプラー少佐とそのドイツ人は、少佐が自由の身になったら決闘することを約束しました。決闘は型どおりに、適切な手順に従って行われました。テンプラー少佐は昨年の冬、一月に、友人のひとりと一緒にドイツに行き、相手のドイツ人を見つけました。彼は喜んで約束を果たすことに応じ、ふたりはピストルで決闘することになったのです。ドイツ人は狙いを外し、少佐は命中させました。少佐は相手の右脇の上部を撃ち、ドイツ人は倒れましたが、その場は命をとりとめました。しかし、しばらくして彼は死にました。

決闘に関わった人々は、各自の見識に応じて、誠実に対処したようです。その決闘は名誉の問題であり、英国人が勝った、ということで納得しました。少佐が知るかぎり、それ以上のことは何も言わなかったそうです。しかし、しょせんドイツ人はドイツ人です。この長い話を聞いたあと（それが事実なのはたしかでしょう）、私はある結論に達しました。何か大きな間違いが起きたのではないか。私の仮説はこうです。テンプラー大佐を撃ったのは、ドイツ人だった。しかし、彼は復讐しようとしたが、間違った相手の跡をつけてしまった。モンタギュー・テンプラーを追っていた人物がいるのは、たしかだと思います。その男が、目当ての人物を殺したと思い込んで帰国するか、それとも誤りに気づいてもう一度やろうとするかはわかりませんが、いずれにせよ、その人物を捜し出すのはあなたの仕事ですね、警部」

ミッドウィンターはピアスの話に少なからず興味を抱いたようで、その日のうちに、その決闘の英雄から、詳しい話を聞くことにした。だが、その夜テンプラー少佐と会う前に、ミッドウィンターはいくつかの問題点をはっきりさせるため、自動車で遠出した。それはお決まりの調査で、本来は地元警察の仕事だったが、ピアス警部は必要なしと判断していた。

ミッドウィンターは、地元の運転手と一緒に、事件に関わる地域のうち、遠い場所にある農場や農家をすべて訪ね、パウンズゲイトだけをあとに残した。どの家でも、訪問者や間借り人に関する情報は得られなかった。農夫とその妻たちは、なんとかミッドウィンターの役に立とうとしたが、見知らぬ客や旅人を、男にしろ女にしろ、見たり泊めたりした者はひとりもいなかった。

人気《ひとけ》がなくなりようやく夜が訪れたころ、ミッドウィンターはホーンの宿チャーチ・ハウス・インに戻った。テンプラー少佐と軽い夕食を共にしたあと、ミッドウィンターはあらためて決闘の話を聞いた。モンタギューに、決闘の場にいた人物を憶えているかと訊ねたが、彼は思い出せなかった。決闘の準備はごく内輪の関係者だけで進められ、ポツダム郊外の森で行われた。ドイツ人たちは、その場にふさわしい公正な態度で振る舞い、その後も干渉したりはせず、モンタギューと友人は無事にイングランドへ帰ってきた。決闘の相手には、ドイツ人の医師がひとりと、兵士が二、三人付き添っていた。モンタギューは、医師が大柄な金髪の男で、口髭をたくわえていたことを思い出した。その医師は決闘のあと、モンタギューの相手は助からないだろうと言っていた。

「テンプラー神父があの夜キングスクレセットで見た男に似た人物を、誰か憶えていませんか？」とミッドウィンターが訊ねると、モンタギューは憶えていないと答えた。

「ドイツではよく見かけるタイプだ」とモンタギューは説明した。「がっしりした体格で髭が濃く、浅黒い肌で眼鏡を掛けている男は大勢いる。だが、決闘の場にそんな男がいたかどうかは思い出せない」

ミッドウィンターが自室に戻ったのは夜も更けた頃だったが、彼の指示で、翌朝六時には警察署の車が待っていた。ミッドウィンターはホーンから川の向こうのニュー・ブリッジまで行き、朝靄が立ち込めるなか、大きな丘陵を登って反対側のパウンズゲイトとルースデン、そしてロアー・タウンに点在する家々を訪ねた。検視審問の前に、その地域の調査を片付けておきたかったのだ。いつものようにきびきびと質問し無駄口をきかなければ、そう時間はかからないと思っていた。しかし、ミッドウィンターは、デヴォンシャーの人々が用心深いことを知らなかった。彼の希望は失望に変わってしまうところだったが、幸運にも、最後には驚くべき手がかりを見つけ、その結果、マシュー・テンプラーの死がキングスクレセットの侵入事件と関わっていることが明らかになった。

捜査を進めるうち、バートラム・ミッドウィンターはテンプラー少佐に注目するようになっていたが、決闘の話を聞いたあとでは、さらに関心が大きくなった。とくに、その危険な旅に同行したイギリス人がどんな人間なのか気になった。ミッドウィンターの中産階級的考え方では、実際の決闘の危険はともかく、テンプラー青年が解放されるとすぐドイツに戻ったのは、命を危険にさらす行為としか思えなかった。だが、ミッドウィンターは、ドイツの地主貴族の精神には欠点と同時に長所があることを理解できず、あるいはモンタギューの性格に少なからぬプロイセン的厳格さがあることがわからなかった。モンタギューの仲間は、名誉のためにドイツへ戻る彼の勇気を尊敬し、賞賛したのだ。そして彼らは、若きテンプラーの考え方や、反動的であるとしても、その貴族政治への偏愛を共有していた。モンタギューが自分や自分の階級を重視し、下層階級に対しては冷淡で、マシューの死に関して地元の人間から情報を得るような捜査方法に苛立ちを感じているのは、ミッドウィンターも承知していた。モンタギューは自分の感情を隠そうとはせず、彼と関わった人々は、その高慢さにたちまち反発をおぼえた。尊敬という観点からすれば、ミッドウィンターもまた、自分のなかで徐々に彼に対する反感がつのっていくのに気づいていた。階級的な偏見のせいではなかった。その種の理不尽な態度を示されたわけではない。しかし、上品な態度や育ちの良さのためにフェリックスに対する敬意が減ずることはなかったが、それがモンタギューのエゴイズムや身勝手と一緒になると、不快な印象を与えることになるのだった。警察で働く者はみなそうだが、ミッドウィンターには人の性格を見抜く能力があった。モンタギューの性格の中に邪悪さはなかったが、そのよそよそしさと傲慢な態度には嫌気がさした。

ロアー・タウンでは、時間はかからなかった。休暇のシーズンで、何軒かの宿には泊まり客がいた。だが、最初の宿の客は、毎年やって来て今年が十五回目という老牧師夫妻で、二番目は三人の子供を連れた未亡人だった。三番目は、ロンドンの銀行員ふたりで、一緒に二週間の休暇を過ごしていた。ミッドウィンターは人家のまばらな村にある次の宿に行き、主人に会うまで二分待たされたが、そこでやっと収穫があった。

そのセヴン・スターズ亭は、ダート川の支流の岸辺にある小さなパブだった。時おり釣り人が宿泊し、亭主のハーフヤード氏によると、今は誰も泊まっていないが、もうすぐ来る予定だということだった。

「ここはけっこう人気があるんですよ」と亭主は言った。「スポーツ好きで、毎年やって来る人たちもいますからね。来週は釣り客がふたり来るし、他にも予約がありますよ」

「最近は、どうかな?」とミッドウィンターは訊ねた。

「ああ、ひとりいましたよ。学者というんでしょうかね、何を研究してるんだかよくわかりませんでしたが。野原の草のことなら、この辺の者はみんな知ってるからね。そのお客さんは植物学者だと言ってました。このあたりの野生の花を採りに来て、いろんなものを持ち込んでは、水をやるために部屋の洗面台を使ってましたよ。うちのかみさんが頭にきちゃってね、なにしろきれい好きなもので」

「その男はどれくらい泊まっていたのかな、ハーフヤードさん?」

「四日です。最初の二日間は探していた草が見つからなくて、次の日にやっと探し当ててね、大金を見つけたってあれほど喜びはしなかったでしょうよ。それで、翌日の夕方には帰っていきました。車でアシュバートンまでお送りしましたが、トトニスでロンドン行きの夜行列車に乗り換えたはずです。とてもいい人でしたけどね」

「その客の名前は？」

「ルービンさんとおっしゃいました。宿帳を見ますか。英語をしゃべっていたけど、口数は少なかったね」

ミッドウィンターが宿帳を調べると、明らかにドイツ風の筆跡だった。

「マルク・ルービン、ミュンヘン」

それだけだった。

「私にはとても興味があることなんだ、ハーフヤードさん」とミッドウィンターは言った。「あなたのおかげで、厄介な問題についていい情報がもらえた。飲むには早すぎるかな？　もしよければ、好きなものをやってくれ。私には、バートンを一パイント頼む」

ハーフヤード氏は満足そうな顔をした。ビールが注がれ、パブの亭主は辛口のジンジャーエールの小壜を手に取った。

「これなら害はないからですからね」と彼は言った。「お医者に、昼間は飲まないと約束してるんですよ」

「そのルービン氏について、知っていることをすべて話してくれないか」とミッドウィンターは口を切った。「理由はあとで説明する。とても重要なことで、私には質問する権限が与えられている。好奇心で訊いているわけではない。私の身分を聞けばわかってくれるだろう」

「そのことなら、わかってますよ、旦那。ロンドンから来た刑事さんでしょ。夕べ、ホーンのものから聞きましたよ。殺された釣り人のことで来たんですよね」

「ルービン氏のことを話してくれ」

パブの亭主は考え込みながら、ジンジャーエールを飲み干し、話し出した。

「体は中肉中背。髪は黒くて、かなり短く刈っていましたね。船乗りみたいな、黒くて濃い顎髭と口髭、それに頬髭。黒くて大きな眼鏡も掛けてました。まるで黒い角か亀の甲羅みたいに見えましたよ。強い近眼でね。これまでずっと顕微鏡を覗くみたいに暮らしてきたって、そう言ってました。眼鏡を外したところは一度も見ませんでしたね。服は黒づくめで、黒のノーフォーク・ジャケットに、黒のニッカーボッカー、黒の靴下に黒のブーツ、という具合でした。とても礼儀正しくて、なんのトラブルもありませんでしたが、ほとんどしゃべらなかったし、朝から夜まで外出してましたね。ブリキの箱と移植ごてとサンドイッチの包みを持って、夕食まで戻らないんです」

「その男がここに泊まっている間に、誰か訪ねてこなかったかな？」

「あたしが知っているかぎりでは、いませんね」

「そのことを確かめなくてはならない。誰かに聞いたらわかるかな？」

「バーにいる連中ならわかるでしょうね」

「その男に手紙はきていたかな？」

「あったと思いますよ。かみさんに聞いてみましょう」

ハーフヤード氏は妻を呼んだ。小柄な、白髪混じりの女性で、バーのドアの後ろから、興味しんしんに聞き耳を立てていた。彼女はすでにミッドウィンターの名前を知っていた。

「これが家内です」とパブの主人は言った。「こちらの紳士はスコットランド・ヤードの方だ。ここに泊まっていた植物学者のお客さんだが、殺人事件のあった夜にパウンズゲイトを発っただろう。

あの人が事件と関わりがあるかもしれないとお考えのようだ」

　小柄な女性は目を丸くした。

「まあ、なんてことでしょう！　あの人が！　虫も殺さないような顔をしていたのに。おとなしい人でしたよ、旦那さん、雑草にしか興味がなくてね」

「ここに泊まっていた間に、彼は手紙を受け取りましたか、奥さん？」とミッドウィンターは訊ねた。「それと、誰か訪問客はいましたか？」

「たしか訪ねて来た人はいませんでしたよ。いたとしても、会えなかったでしょうね。あの人は一日中、外に出かけてましたから。朝食は六時でした、サマータイムのね。でも、手紙は二通きてました、それはたしかですよ」

「彼が泊まった部屋を見せてもらえますか、居間と寝室を」

「居間はありません。朝食と夕食はこの部屋でとっていました。あの人が使ったのは、自分の部屋とここだけです。夕食がすむと、まっすぐ自分の部屋に戻りましたよ」

　一同は階段を上って、ルービンが泊まった小さな部屋へ行った。ミッドウィンターはその部屋をすばやく、しかし綿密に調べた。

「あの人はすべてきちんと片付けていきました」とミセス・ハーフヤードは言った。「暖炉の囲いも掃除してあるはずなんだけど、あの怠け者の女中のせいだわ。でも、紙くずも残ってますから、何かお役に立つかもしれませんね」

　ミッドウィンターはすでに、炉床に残っていた紙くずを一つ残らず拾い集めていた。それから、暖炉の囲いと火床をさらに詳しく調べた。

「彼は煙草を吸いましたか？」とミッドウィンターは訊ねた。

「吸いませんでした。だが嗅ぎ煙草はやってましたね。それが手放せなくてね。酒も飲まなかった。朝出かける前に、あたしと一緒にジンジャーエールを飲んだが、それだけでしたよ」

ミッドウィンターは、残されていた紙くずをその場で調べた。五分で内容が判明した。封筒が二枚あり、それぞれの宛先は、「アシュバートン、パウンズゲイト、セヴン・スターズ亭。王立協会特別会員、M・ルービン様」となっていた。

封筒の一枚は、ロンドンのウエストミンスター管区から投函され、宛先はタイプライターで打ってあった。二枚目は、几帳面に美しく書かれた手書き文字で、エクセターから出されていた。この封筒には、まだ火床に残っている手紙が入っていたようだ。その手紙はぞんざいに八つに引き裂かれ、宛先と同じ筆跡で書かれていた。ミッドウィンターは数分かけて手紙の断片をつなぎ合わせた。内容はこうだ。

「親愛なるルービン殿。

非常に珍しい英国の植物ロベリア・ウレンスの自生地は、この街からそれほど遠くないアクスミンスターの近くだと言われています。しかしながら、私はその花を一度も見たことがないので、その報告を実証することはできません。コーンウォール地方特産のヨウシュコナスビ、トリニア・ウルガリスに関しては、ブリクサム近くのベリー・ヘッドという場所でかなり多く自生しております。一緒に、他の珍しい植物も見ることができます。

これは確かな情報です。

敬具

ジョン・ジャクスン
エクセター、博物館

八月の英国学術協会の例会で、お目にかかれるものと思っております。御高著はいつも繙読させていただいております」

この手紙の重要性に気づいたミッドウィンターは、しばらく虚空を凝視していた。見つけたいと思っていた決定的な証拠だった。その手紙はきわめて大きな意味を持っていた。書かれている内容を額面どおりに受け取れば、ルービンは実在し、名声を得ており、王立協会の特別会員で、植物学の重要な本を少なくとも一冊は書いていることになる。しかし、そうした真偽の疑わしい事柄は、捜査陣の目をくらますためのまやかしかもしれない。ある者がルービンなる人物を装い、地方の植物学者をだますのは、きわめて簡単なことだ。重要な事実がもうひとつあった。ハーフヤード氏が述べたルービンの特徴は、あらゆる点で、夜間にキングスクレセットに忍び込み、図書室でフェリックス・テンプラーに目撃された男の姿と重なる。

ルービンの寝室をさらに調べたが、ほかには何も出てこなかった。ミッドウィンターは列車に注目した。調査対象について何か情報が得られるかもしれない。検視審問は十二時に始まる予定で、今はまだ十時だった。ハーフヤード氏は客が帰った夜、自分の車で駅まで送った。そしてこの地方のターミナル駅であるアシュバートンでは、ひとりのポーターが、黒髭のドイツ人を憶えていて、数日前に来たことを思い出した。ポーターが語ったその男の特徴は、パブの亭主の説明と完全に一致した。そしてルービンが持っていたのは旅行鞄と手さげ鞄だけだということもわかった。彼はそれを自分が乗る一等車の客室の棚に上げるよう指示した。アシュバートンでは乗車券を買わなかったが、パディントンからの一等車往復切符の半券を、検札係に見せた。

ここまではすべて滞りなく判明し、ミッドウィンターは、わりと人目をひくこの男を、トトニスでもきっと誰かが記憶しているだろうと思った。トトニスで、旅行者はローカル列車を降り、ロンドン行きの夜行郵便列車に乗り換えなければならない。それで、ミッドウィンターは、男がトトニスへ向かったことを確認できるだろうと考えた。だが、それは不可能だった。ルービン、あるいはそういう名前で旅行していた人物は、トトニスの駅では誰にも目撃されていなかった。その男の旅行鞄を運んだ者はなく、彼に似た旅行者を憶えている者もいなかった。ひとりの利口そうなポーターが詳しく説明してくれた。

「支線の列車が駅に入ってきたので、そのドアを開けました。客車が二両と車掌車が一両あるだけです。市が立つ日を除けば、その列車で行き来する人はごくわずかです。その夜は、全部で四組の乗客がいました。ひとりの紳士と連れのご婦人、顔見知りではありませんでした。トトニスのミセス・プリダム、息子さんに会いにスタヴァートンへ行った帰りでした。ひとりの紳士と連れのご婦人、顔見知りではありません。ナップザックを背負ったかっぷくのいい紳士と痩せたご婦人、おそらく徒歩旅行者でしょう。それから、バックファストリーのバックファスト大修道院の修道士の方がひとり。乗っていたのは、その人たちだけです。ミセス・プリダムはこの駅で降りましたが、他の三組の方たちは皆さん夜行郵便列車にお乗りになりました」

そのポーターは、かっぷくのいい紳士について訊ねられたが、思い出せたのは、太っていたこと、灰色のフランネルのスーツを着ていたこと、とても疲れているように見えたことだけだった。同行していた女性は、徒歩旅行用の短いスカートをはき、男性よりかなり年下に見えた。

さまざまな事実がわかると、ミッドウィンターは疑念を持った。ずいぶん奇妙な展開だった。件の植物学者が、自分に対する疑惑が生じるかもしれないかなり前に、このような奇妙な状況をあえて作り出そうとした、その理由がわからなかった。ポーターの話が本当だとすると、アシュバートンからの旅行者は二つある中間駅、バックファストリーかスタヴァートンのどちらかで列車を降りたことになる。検視審問のために戻る途中、ミッドウィンターはその二つの駅に行ってみたが、どちらの駅でも列車を降りた乗客はいないことがわかった。だが、太った男性と連れの女性が、スタヴァートンで列車に乗ったことははっきりした。

判明した事実から、ミッドウィンターは考えを変え、検視審問には出ないことにした。これまでに集めた情報は、まだ自分のところで止めておいたほうが無難だった。黒髭の男の捜査は、困難で、あまり見込みのない仕事になりそうだと考え、早まった情報の公開で、審問を妨げるべきではないと判断したのだ。

ピアス警部や検視官と個人的に会って事情を説明すると、彼らもその判断を支持した。ミッドウィンターは、探している男がたどったと思われるルートに捜査を絞った。彼が姿を消すことは、ますます不可能に思えてきた。暗い夜だったら、人の目をくらますのは容易だっただろうが、今ごろは夜でも、夏時間の十時くらいまでは明るい。ルービンなる男が巧みに変装してトトニスに現れたのでないかぎり、彼がその列車に乗っていくのは無理だろう。バックファスト大修道院のベネディクト会修道士たちは頻繁に旅行していたが、ルービンが彼らの存在を知っていて、アシュバートンとトトニスの間で修道士に変装したということも、ほとんどありえないように思えた。

検視審問では、テンプラー大佐の死については何も明らかにならなかった。彼はごく近距離から頭部を撃たれていたが、遺体の発見者は銃声を聞いていない。いずれにしても、発見者が五十ヤード以内にいたのでないかぎり、発射音は川の音で消されて聞こえなかっただろう。モンタギュー・テンプラーは、テンプラー大佐を殺害したのはドイツ製の弾丸だという事実をはっきりと証言した。ミセス・テンプラーと娘は、証拠事実を述べるため召喚されることはなかった。要点の説示で検視官は、自分の判断で審問を延期することも可能だと指摘したうえで、状況を考慮し、この事件を継続捜査案件としたいと述べた。そして陪審に通例に従って評決を出すよう求め、この事件は優秀な捜査陣の手に委ねられていると説明した。

その結果、一人または数人の未知の人物による殺人という評決が下された。その夜、ヘレン・テンプラーとペトロネルは、遺体に別れを告げ、ロンドンへと向かった。その途中で、キングスクレセットに立ち寄る予定だった。翌日、モンタギュー・テンプラーは、遺体を墓地まで運ぶ霊柩車と共に出発した。その前に、フェリックスから、サー・オーガスティンが雄々しく苦悩に耐えているという手紙が届いた。

「トムはサー・オーガスティンよりも苦しんでいます」とフェリックスは書いていた。「彼は利発で、私が思っていたより感受性の強い少年です。ある意味では、孫のトムのおかげで、サー・オーガスティンは息子の死という現実から気持ちを逸らすことができます。彼はすでに未来を見つめ、トムをどのように運命と立ち向かわせるべきか考えているのです。父親が生きていれば、自分が伝統を引き継ぐべき時がきたら、トムは苦労することなくそれを実行できたでしょう。しかし彼はまだ未成年で、その考え方は世の中の変化によって影響を受けるかもしれません。そうなったら、サー・オーガスティンがどれほど動揺なさるか、貴兄にもおわかりのことと思います。しかし、そうした漠然とした不安が、目の前の苦しみからサー・オーガスティンの気持ちをいくらかでも逸らしてくれるなら、それもいいのではないかと思います。高齢が感覚や感情を鈍らせるのは、神の祝福です。葬儀は金曜日に決まりました。気の毒なマシューは、彼の祖父の傍らに安置されます」

第四章　ジョン・グラットンの死

「『高潔な言葉は悲しみを癒す』と、メナンドロスは言っている」サー・オーガスティンはそう言って、息子の妻の手を握りしめ、別れの挨拶をした。マシュー・テンプラーの葬儀が終ったのだ。その悲しい儀式から四十八時間が過ぎ、未亡人とその娘はキングスクレセットを去り、帰宅しようとしていた。ふたりを駅まで送る自動車が待っており、家族の者たちが別れを告げるために集まっていた。サー・オーガスティンとトム、モンタギュー、そしてフェリックスが、ふたりの女性の出発を見送った。

サー・オーガスティンは、他人の前では、気丈に悲しみをこらえていた。悲痛のさなかで、信仰が老人の大きな支えとなり、甥のフェリックスの心遣いも、息子の死に続くつらい日々に彼を助けるかけがえのない力となった。

いまマシュー・テンプラーは、長い伝統に従って一族が眠る、草に覆われた簡素な墓のひとつに安置されていた。彼が横たわっていたのは、サー・オーガスティンがつねづね自分が横たわるものと思っていた場所だった。

自動車がふたりの女性を運び去った。トムは急いでイートン校に戻る必要もないので、年長の家族たちの元に残り、そこで、サー・オーガスティンが将来のことについて話し始めた。

「眠れぬ夜を過ごしながら、息子の死がもたらす大きな変化と、直接あるいは間接的に利害関係のある人々の生活に与える影響のことを考えた。ヘレンはロンドンに住みつづけるだろうし、彼女が必要とするかぎり、私は経済的援助を続けるつもりだ。一年もすれば、彼女がどうするか、おおよそ見当はついている。私はそれを残念には思わないし、マシューもおそらくそうだろう」

「ウッドバロウのことをおっしゃっているのですか？」とモンタギューが訊ねた。

「そうだ、ヘレンは彼と結婚するだろう。私がヘレンに大きな愛情を感じている振りをしても何の役にもたたない。彼女は、愛情からではなく世俗的な理由でマシューと結婚した。だが、彼女は献身的ではなくても、よき妻ではあった。ウッドバロウ卿は独身だから、ヘレンの将来は安泰だろう。ペトロネルはといえば、君への対応については、父親と同じ立場を選ぶかもしれないな、モンタギュー。つまり、君を夫として受け入れることはないかもしれない。だが、そのうちに時が熟したら、私はペトロネルとそのことを話し合い、私の考えを伝えるつもりだ。近頃では、マシューはこの問題について偏見を持っていたのではないかと思うようになってきた。科学が誤りだと明らかにしている古い考え方に、固執していたのではないかとね」

「ありがとうございます、伯父さん。ペトロネルにそう話していただければ、ありがたいかぎりです。彼女はまちがいなく僕に心を向けてくれています」

「メナンドロスは実に的を射たことを言っているよ、モンタギュー。『人の世の先見や知恵は、しょせん錯覚や狂気の沙汰にすぎない。舵の柄を握るのは運命の女神のみ』とね。支配する力というよりは、神の摂理と呼んだほうがいいかな。しかし、いつも私を力づけてくれる別の考察もある。メナンドロスはこう言う。もっとも良識のある者は、同時に最高の預言者でありいちばん賢明な相談相手だと。ある程度の良識を備えていることに、私はささやかな満足感を持っている。そのおかげで、最愛の息子の不可解な痛ましい死にも耐えられるし、その死が及ぼすキングスクレセットへの影響も、すべてたじろがずに待ち受けることができる」

サー・オーガスティンの甥たちは、広いテラスの上を一緒に歩いていた。サー・オーガスティンは言葉を続けた。

「未知のものに直面すると、さらに追い討ちをかけるように、どのような状況でその未知なるものが目の前に現れてくるのか予測することもできなくなる。私が言いたいのは、もちろん、トムの将来のことだ。トムの人生に対する考え方や姿勢は、まだ固まってはいない。そうしたことをはっきりさせるには若すぎるのだ。しかし、確かなことは、私たちにもはっきりとわかっている。社会状況と裕福な人間の立場は、めまぐるしく変化している。メナンドロスが言っているように、『富には多くの災いが潜んでいる』のだ。今ほど、この言葉を真実だと思える時はない。だが、こんな恐ろしい考え方もある。『正当なことは、合法なことより優れている』。正当なことが全体を覆い尽くし、合法なことを破壊し、大衆の声やその意志によってわれわれの価値がすべて覆されてしまう、そんな時代が来ている。それで、トムはどうなるだろう？　彼が成年に達するのを見届けるまで、私は生きられそうもない。今回の事件のショックで、私の寿命が縮まったことはいずれはっきりするだろう。自分ではわかっているし、もうそれを実感してもいる。マシューと私を結び付けていた深い愛情と信頼関係を考えれば、当然のことだ。では、私の相続人にとって最善を尽くすにはどうすればよいのか。いずれフェリックスが君に話すだろうがね、モンティー、私は最近ずっとトムのことを考えていた。それで決めたのだが、トムが成年に達するまで、できたら君とフェリックスに共同後見人になってもらいたいのだ。さらに、私の考えどおり、後見期間をトムが二十五歳になるまで延長する権限が自分にあるのなら、私はそうするつもりだ。『神はわれわれひとりひとりに、守備兵にして司令官という役目を割り当てられた』とメナンドロスは言っている。ならば、トムの品性を養うことがわれわれの第一の責務となるだろう。そういう問題については、氏より育ちを重視する考え方に、私も同感する。いわゆる、『悪い血筋』の子供たちが、健全なる精神的、肉体的環境のおかげで、遺伝子を克服した事例を自分の目で見て、納得した。君たちふたりは、トムを正しい道に導くのにまことにふさわしい。力の及ぶかぎり彼を指導してほしい。君たちがそれぞれの職分に応じて、トムの世話をし、進路に配慮し、彼の判断力を鍛えてくれると信じている。フェリックスは、トムの人生における精神面を見てくれるだろう。彼が高い道徳観を保ち、メナンドロスが言うように、『自由の身に生まれた者は高潔な思想のみを持つべきだ』ということを忘れぬよう励ましてくれるだろう。君はといえば、モンティー、もっとも優れた血筋を引くテンプラー家の一員であり、使用人や借地人への対応も昔から身に付けている。君の仕事が難しいとしたら、それは宗教や義務は静的な思念であるが、キングスクレセットの領地管理は社会状況に左右されるからだ。これからの十年間に、社会情勢がどうなるか、法律がどうなるか、誰にもわからない。裕福な者に対する憎悪はますます大きくなっている。戦争によって自然に富を増やした人々、そうしようと考えたわけではなく、自然の成り行きでそうなってしまった人々でさえ、罵詈雑言や悪意のある目を向けられている。だが、われわれの領地では、テンプラー家の者がどんな人物かよく知られており、誰も私の莫大な財産に文句をつけたりはしない。みんな私がその財産に対する義務感を持っていることをわかっているからだ」

「それでも、税制のために収入は半減したでしょう、伯父さん？」とモンタギューが訊ねた。

「そのとおりだ。だが、そうであっても、戦争のおかげで、実際には収入は増えている。私は二十五万ポンドを利率五パーセントの戦争公債に投資した。その債券は今では額面以上になっている。それに、君も知っているように、君のおじいさんお気に入りの投資先はタイン船荷輸送会社だった。ほぼ一世紀前にご自身で創設した会社だ。戦争のために、その会社は装備が整った大型船舶を二十五隻も保有することになり、政府はそれらの船舶をすべて徴発した。その結果、会社の財産は百万ポンド近く増加した。こうしたことは自然の成り行きなのだ。それに、私のブロンズ像や彩色陶器のコレクション、四代目の准男爵が生涯かけて集めたものだが、それも考慮しなくてはいけない。今では、キングスクレセットの領地より値打ちがある。だが、そのために私が非難される謂《いわ》れはないのだ」

サー・オーガスティンの話に、モンタギューは強い興味を示したが、フェリックスはほとんど関心がない様子だった。彼はトム・テンプラーのそばに戻り、伯父が少年に関する自分の意見を長々と述べるのを聞いていた。

サー・オーガスティンは三十分にわたって、旧世代の知恵を語り、これも自分の孫息子のためだと弁解した。

「承知のように、トムのために、彼が敬愛する父親や一族の名誉を守って立派にこの家系を受け継ぐよう、私は君たちにその希望と責務を任せたい」とサー・オーガスティンは締めくくった。「私にもっと才覚と力があったらと思う。君たちは私の気持ちを汲み取り、そして、『説得力があるのは、語り手の雄弁よりその人格だ』という格言を忘れないでくれ」

彼らはサー・オーガスティンの信頼に応え、トム・テンプラーの成長に最大の配慮と力を注ぐと約束した。

「伯父さんのほうが長生きして、私たちよりトムを助けることになるかもしれませんよ」とフェリックスは言った。「そして、トムが重い責務にふさわしい心構えと能力を身につけるのを見届けることになるかもしれません」

バートラム・ミッドウィンターが、報告のため約束どおりキングスクレセットに到着したのは、そうした会話が行われた翌日だった。しかし、ミッドウィンターがそれまでに発見したことより、彼がキングスクレセットで教えられた事実の方が、はるかに重要なことだった。近い過去から現在に結びつく手がかりをもたらし、新たな捜査への予想外の道筋をつけたのは、ミッドウィンターではなく、サー・オーガスティンだったのである。ミッドウィンター自身の情報は、役立つというよりは意外なものだった。徹底した捜査をしても、パウンズゲイトにいた有名な植物学者に関しては何もわからなかった。だが、その男が自分で名乗っていた人物ではないことは明らかになった。ミッドウィンターが、エクセター博物館から来た手紙の差出人を個人的に調べたところ、そのような人物はいないことが判明したのだ。博物館の専門家がその手紙を読み、そこに書かれている植物の情報は正確だと言明した。しかし、ジョン・ジャクスンという人物のことは一度も聞いたことがなく、マルク・ルービンという名前もまったく知らない。そのような人物が存在しているかどうかははっきりしない。しかし存在していたとしても、王立協会特別会員でないことは確かで、それは断言できる。また、マルク・ルービンという著者による植物学の本がないことも間違いない、とのことだった。

「その男はおそらく自分宛てに手紙を出したのでしょう」とミッドウィンターは結論づけた。「だが、その理由は、男が俳優で、自分が演ずる役に現実味を持たせたかったということでもないかぎり、見当がつきません。その男は、たぶんロンドンで空の封筒を投函したのでしょう。そして途中で、二通目の封筒をエクセターの駅の郵便ポストに入れたのだと思います。あるいは、ロンドンからの手紙は共犯者が出したもので、マシュー・テンプラー大佐に関する情報が書かれていたのかもしれません。もう一通の、男が私に見つけさせようと残していった植物についての手紙は、囮でしかなかったのです。だが、その男は、悪知恵の働く人間によくあるように、やり過ぎて失敗しました。手紙が残されていなかったら、そういう人物が実在すると思い込み、ミュンヘンに問い合わせるまで、そうでないと確かめる手段はなかったでしょう。しかし、その男は、一日でばれるような必要のない嘘をついたのです」

サー・オーガスティンは、その話に強い興味を示した。それが、つい最近の記憶を呼び起こし、思いがけない結果に導くことになった。

「これまで、マシューの恐ろしい事件を」とサー・オーガスティンは話し出した。「最近、私の身近で起きた、今回ほどではなくとも実に悲しい出来事と結びつけて考えたことはなかった。ジョン・グラットンの最期は、当時は大変な事故に思えたし、実際そのとおりだった。有望な若者の死は、いつでも老人を動揺させるものだからね。だが、今の話を聞いて、今月の初めに起きたジョン・グラットンの死亡事故のことを妙にはっきりと思い出した。彼は、アフリカでの新たな仕事に就くまであと数週間という時期で、生まれ故郷ダービシャーの植物相に関する著作を完成しようとしていた。そんなとき悲劇的な死に見舞われたのだ。今夜、その事故の詳細を話すことにしよう。なぜなら、ミッドウィンター君から私の息子の死に関わる話を聞いて、このふたつの出来事を結びつける不可解だが現実的なつながりを見つけたからだ。ミッドウィンター君、メナンドロスはこう言っている。『時と人間の生き方は、人生というタペストリーに、思いもよらぬ驚きを縫い込むものだ』とね」

その夜遅く、サー・オーガスティンは、その話を語った。ファスネットがサー・オーガスティンのヴェネチアン・グラスに、その日の最後の酒を注いだあとのことだ。

「葉巻をもう一本どうかね、モンティー。君もどうぞ、ミッドウィンター君」と勧めてから、サー・オーガスティンは話し出した。「このことは、できるかぎり詳しく話す必要がある。そしてミッドウィンター君、君には、ダービシャーに行ってもらうことになるかもしれない。ジョン・グラットンが亡くなったあとで、私は彼の母親に手紙を書いた。グラットンは母親と同居していて、家族はふたりだけだ。彼がこの秋にケープタウンの大学に行く時には、母親も同行することになっていた。私は彼女から、グラットンの最期に関わる出来事を詳しく聞くことができた。むろん、わかっているかぎりの話でしかないがね。というのも、グラットンが死ぬところを見た者はひとりもいないからだ。彼はダービシャー山巓《ピーク》地方のはずれにあるホームズフィールドという小さな村に住んでいた。そこからシェフィールド大学に通勤していたが、その仕事も辞めることになり、『ダービシャーの植物相』という本の校正刷に手を入れたり、イングランドでの雑務を片付けたりしていた。そんなとき、彼が亡くなる五日前だが、見知らぬ人間から一通の手紙を受け取った。その手紙は、グリンドルフォードという。それほど離れていない村から出されたものだった。差出人は、山巓《ピーク》地方で博物学の研究をしている学者だった。名前はパーヴィスといって、たまたま近くに著名な植物学者がいることを知り、ある情報を教えてほしいという短い手紙を書いてきたのだ。パーヴィス氏は、面識のない相手をわずらわせる非礼を詫びていた。

ジョン・グラットンは、この上なく勇敢な男だったが、きわめて親切な人間でもあり、自分で返事を書いた。オートバイに乗れば、ホームズフィールドからグリンドルフォードまで三十分ほどだ。結局、グラットンはパーヴィス氏に会い、相手が感じのいい聡明なアマチュア研究者だとわかると、その地域で自分が知っていることを喜んで教えてあげた。グラットンは、珍しい植物の自生地にパーヴィス氏を案内し、一度は自宅に招き、母親と一緒に昼食を共にしたこともある。これは重要だ。それでパーヴィスがどんな男かわかったからだ。そして、あの運命の夜、グラットンは死んだ。母親の話によれば、次のような状況だったらしい。パーヴィス氏が旅を終えてダービシャーを去る前夜、ジョンはパーヴィスに招待されてオートバイでグリンドルフォードまで行き、夕食を共にした。母親は、息子が珍しい隠花植物か苔のことで、パーヴィスから何か教えてもらったというようなことを言っていたのを憶えている。だが、それに関して、彼女は詳しいことは知らない。とにかく、ジョンはオートバイでグリンドルフォードへ行き、母親がベッドに入ったとき、息子はまだ帰宅していなかった。母親は気にしなかった。彼はオートバイでシェフィールドや他の土地に出かけ、夜遅くまで帰らないことがよくあったからだ。

そのとき、パーヴィスは自分の部屋にいた。グリンドルフォードを通って山巓《ピーク》地方へ向かう本道に面した小さな家の二部屋を借りていたのだ。世話をしていた女家主は、事故が起きた夜については、ほとんど話せることはなかった。グラットンはパーヴィスと一緒に夕食をとり、女家主が給仕をした。彼らの会話は植物に関することだけだった。彼女はいつものように、十時には寝室に下がり、翌朝、かなり早い時刻に二輪の軽馬車が来て、シェフィールド行きの一番列車に乗るパーヴィス氏を鉄道駅まで運んだ。彼は六時半前に出発した。その後に起きた出来事のため、パーヴィス氏をぜひとも探し出さねばならなくなった。気の毒なグラットンが前夜に致命的な事故を起こし、その朝、発見されたからだ。しかし、グラットンの母親とグリンドルフォードの女家主の双方から、パーヴィスの正確な特徴がわかったにもかかわらず、その男の行方はつかめなかった。彼は早朝の列車でグリンドルフォードを発った。だが、シェフィールドまでのすべての駅を調べたにもかかわらず、その男に関する情報はまったく得られなかった。

さて、グラットンに話を戻そう。彼が死んだ夜、グリンドルフォードの家を何時に出たか、女家主は知らなかった。すでに眠っていたからだ。彼女にわかっていたのは、パーヴィス氏が早い朝食をとるため、列車に間に合う時間に降りてきたということだけだ。朝食は彼女が五時過ぎに起きて用意してあった。彼は前夜の客のことに触れ、夜遅くまで話し込んだ後で、ジョン・グラットンは帰ったと話した。

それから、パーヴィスが立ち去った二時間後に、グラットンが、自宅とグリンドルフォードの中ほどにある細い道で死んでいるのが発見されたという知らせが入った。その道は本道から直角に分かれて急な下り坂になり、おおいかぶさるように突き出した岩まじりの土手の下を川へ向かって伸びていた。その道の、上の本道から百五十ヤードほど離れた地点で、グラットンは発見された。頭蓋骨が砕かれた状態で、三、四ヤード離れた所に壊れたオートバイがあった。グラットンがなぜ本道から横道へ入ったのか、誰にもわからなかった。だが死亡事故が起きたのは明らかで、警察はその状況をこう再現した。まず、突き出した土手から土と重い岩が落下した。それは確かで、そこの地形を見慣れている荷馬車屋が、じつはその男が、仕事に行く途中で、グラットンの遺体を見つけたのだが、前の晩に家に帰った時には岩は落ちてはいなかったと断言した。しかし、グラットンのオートバイが崩れ落ちた土や岩にぶつかり、そのために事故が起きたのはまちがいない。彼は猛烈な勢いでオートバイの前方に投げ飛ばされ、半分宙返りするような格好で後頭部から落下したのだ。頭蓋骨の後ろが砕かれており、グラットンは致命傷の原因となった岩の上に横たわっていた。オートバイは大きな岩に突っ込んだあとで炎上したらしい。歪んでいただけでなく、燃えるような物はすべて燃え尽きていた。

医者の話では、グラットンは明らかに即死だった。この悲劇的な死の唯一の謎は、彼がどうして事故の現場に行ったのか、ということだ。地方新聞やロンドンの新聞に多数の広告が出され、パーヴィス氏に、警察に連絡してグラットンが生きていた最後の数時間について情報を提供するよう、呼びかけた。パーヴィスがその事故のことを聞き逃したとは考えられなかったが、彼の行方はわからず、連絡もなかった。

一方、母親はといえば、翌朝起きてから、ジョンが帰宅していないのがわかると心配になった。新しい友人とは夕食を共にするだけだと聞いていたので、彼女は朝食のあとで、息子を探しに出かけた。その途中で、息子の遺体を家まで運ぶグリンドルフォードの救急車と出会ったのだ。警察は当然ながらグラットンのことを知っていた。彼は近隣ではよく知られた人物だった。

さて、ミッドウィンター君、君が私の息子の死と関連があると考えている、そのルービンという奇妙な男の話の中で、ある重要な点がなかったら、私は手間をかけてこんな話をしたりはしなかっただろう。マルク・ルービンがマシューの殺害に関与しているという君の推測は正しいかもしれないし、そうでないかもしれない。殺人犯がドイツ人で、決闘で死んだ男の復讐を果たそうとして、マシューとここにいるモンタギューを取り違えたという推測も、正しいかもしれないし、そうでないかもしれない。そうした仮説や、そこに隠された真実があるかどうかについては、今はまだわからない。だが、君がルービンの特徴を話してくれた時、私はすぐに、ジョン・グラットンの母親から聞いたパーヴィスの特徴を思い出した。もちろん、グラットンの母親はパーヴィスの特徴が重要になるとは思っていなかったし、それほど詳しく話してくれたわけではない。それでも、彼女の話は、君がパウンズゲイトで聞いた話と完全に一致する。そのうえ、ルービンがマシューが殺された場所の近くにいて、翌日の早朝にあわただしく宿を発ったことも、パーヴィスがグラットンの死から数時間以内に姿を消したやり方とそっくりだ。このふたつの事件の間にどのようなつながりがあるのか、私にはわからない。なんでもない偶然が重なっただけかもしれない。しかし、私は事実を述べたのだし、グリンドルフォードへ行けば、もっと情報を得られるかもしれない」

サー・オーガスティンは話をやめ、ため息をついてグラスの酒を飲んだ。

「それで、グラットン氏の母親は、昼食を共にした見知らぬ男の特徴をどのように話したのですか、サー・オーガスティン?」とミッドウィンターが訊ねた。

「かっぷくがよく、黒のニッカーボッカーをはき、その他の衣類もすべて黒で、濃い顎髭と口髭も黒かった。髪も短く、『まるで外国人のように見えた』そうだ。これは彼女の言葉だがね。しかし、その男の口調には外国なまりはなかったと言っていた。口数はかなり少なかったらしい。ところで、検視陪審は事故死という評決を下した。この事件は地元ではいくらか関心を集めた。グラットンの追悼式はシェフィールドで行われた。大学には友人が大勢いたからね」

グラットンの事故死について議論されたが、フェリックスもモンタギューも、それをマシュー殺害と結びつくとは考えていないようだった。しかし、ミッドウィンターの賛同を求めると、彼の考えは違っていた。実際には、ミッドウィンターは正反対の意見だった。

「サー・オーガスティンがおっしゃるように、このふたつの事件の関連を徹底的に調べることは重要でしょう」とミッドウィンターは言った。「しかし、そうするまでもなく、明らかな関連がひとつあります。そのことにはいずれ触れますが、まずは、われわれが問題にしているのは二つではなく、三つの事件だということを思い出していただきたい。テンプラー大佐およびグラットン氏の死を三番目の事件と結びつけることができれば、二人の死を関連づける公算も高くなります。実際、私の考えでは、それはもうできているのです。セヴン・スターズ亭の主人が話してくれたパウンズゲイトの黒髭の男、そしてダービシャーでグラットン氏の母親と女家主が話してくれた黒髭の男の外観だけが判断材料のすべてではありません。テンプラー神父が、この部屋で目撃した男もまったく同じ特徴をもっています。それはまちがいありません。フェリックス神父、あなたが目撃したとき、その男はあそこの机をこじ開けて、サー・オーガスティンの遺言書を読んでいた。それから、テンプラー少佐が階段を下りてこられた。その男は危険を感じて、開いた窓から飛び出そうとした。フェリックス神父が捕まえようとすると、男はあなたを殴りつけ、あなたが倒れると逃げ出した。そのとき、テンプラー少佐が部屋に入ってこられた。その不法行為の手口を見ると、その男がデヴォンとダービシャーで起きた悲劇の犯人と同一人物だという公算がきわめて高いのです」

「だが、それでは関連があることにはなるまい」とサー・オーガスティンが言った。「つまり、私の息子とグラットンとの間にはなんのつながりもない。あの青年は、スイスで自分の命を賭けて私を救ってくれた。メナンドロスはなんと言っていたかな？　『目の前にいる友人は埋もれた富より大切だ』。そういうことだ。あの目の前にいた友人は、強いヒューマニズムに駆られて、私の莫大な富をもってしても救えなかっただろう命を救ってくれた」

「それでも、つながりはあるのです」とミッドウィンターは答えた。「マシュー・テンプラー大佐とジョン・グラットンの間には、広く知られてはいない要因が作り出したつながりがあります。みなさん、侵入した男はなにをしていたでしょう？　サー・オーガスティンの遺言書を読んでいたのです。そして、その遺言書には、私の思い違いでなければ、相続人の名前だけでなく、危険を冒して遺言者の命を救う栄誉に浴した青年の名前も書かれていたはずです」

「そのとおりだ」とサー・オーガスティンは認めた。「消えることのない感謝の気持ちを別にすれば、私がグラットンに与えられるのは金銭だけだ。彼には十分な遺産を残すことにしていた」

「しかし、ジョン・グラットンに十分な遺産が与えられていると、その黒髭の男が知ったとしても、それで彼を殺そうとするだろうか？」とフェリックスが訊ねた。「グラットンがその遺産を受け取れないようにしたからといって、他の人間にはなんの得にもならないだろう？　同じように、伯父さんが息子や相続人になにを残すか知ったとしても、見知らぬ人間にそれでどんな得があるのだろう？」

「今は答えられません。どうしてそんなことが起きたのか、今のところは見当もつかない。ふたつの悲劇の間にあるつながりを指摘したまでです。正体不明の黒髭の男は、三人の異なる男かもしれない。だが、どちらに信憑性があるでしょうか――この三つの事件は関連なしと考えるか、それとも関連があると考えるか。私の意見では、三つの事件は関連しており、追いかけねばならないのはひとりの人物だと確信しています。私はその仮定に従って捜査を進めることにします」

サー・オーガスティンは腰を上げた。「おやすみを言うことにしよう。私の遺言書にはなんの秘密もない。それも近いうちに、書き直さねばならなくなった。大事な点がまったく変わってしまったからな。甥たちには遺言書を読んでほしくはない。二人もそのことは理解してくれるだろう。だが、ミッドウィンター君がそれを読むことでなにか得るものがあるかもしれないと考えるなら、いつでもそうしていただいてかまわない」

「ありがとうございます、サー・オーガスティン。しかし、今はけっこうです。実際のところ、私が知りたいのは一つだけで、それはこの場で教えていただけることです。遺言書では、ジョン・グラットンに遺産を与えられていたということですが、それに付随する条件はありましたか？　それと、その遺産はグラットンの相続人や彼の権利を譲り受ける者にも与えられるものだったのか、それともグラットンのみに与えられるものだったのでしょうか？」

「グラットンへの遺産は、遺言補足書に書いた。彼に与えるつもりだった遺産にはなんの条件も付いていない。そして、それは彼だけに与えられるものだった」

「グラットンは、あなたが彼に遺産を与えることを知っていましたか？」

「知っていた。私は生前に贈与したかったのだが、グラットンは賢明にもこう言った。そういうものを受け取ったら、これまでに考えてきた人生設計が狂い、自分は怠け者になってしまうかもしれないとね。じつに分別のある決断だよ。働く必要がないとわかっていながら一生懸命に仕事をするのは、若者にとってはきわめて難しいことだ。グラットンの場合は、高い志があったからしっかり仕事をしただろう。だが、私は彼の意見に心から賛成した」

「グラットン氏は、自分が働かなくてもいいほどの大金を与えられることがわかっていたのですね？」

「おそらくわかっていただろう。金という言葉は相対的なものだ。私のように、他の者に比べて大きな金額で考えることに慣れている者にとっても、遺贈する金は相当な額にみえることだろう。だが、結局それは、私が自分の命にどれほどの価値を付けるか、ということではないか。私は自分がいくらかでも命を永らえたことがとてもうれしかった。言うまでもないだろうが、今ではその望みもかなり減ってしまったよ、ミッドウィンター君。しかし、数年前には、自分がそれほど年老いたとは感じていなかった。戦争から老いを感じ始め、今回の恐ろしい事件で私はすっかり老け込んでしまった。『年寄り以外に、年老いることがどんなものか想像できる者はほとんどいない』と、メナンドロスは言っている」

「しかし、人はそれを知るためにだけ生き永らえようと願うわけではありません」とフェリックスが言った。

「とにかく、私は突然の死を免れ、とても感謝した」とサー・オーガスティンは続けた。「グラットンの人柄をさらによく知るようになって、彼なら富を浪費することなく、それを使って科学の道に進み、人類の知識と幸福を増してくれるだろうと納得し、私は喜んでささやかな財産を彼に遺贈することにしたのだ――十万ポンドの金を。おやすみ、ミッドウィンター君。君たちも、おやすみ」

サー・オーガスティンが立ち去ると、モンタギュー・テンプラーは従兄弟に目を向けた。フェリックスも、その遺産の額に驚いていた。

「なんという金額だ！」と、感嘆したようにモンタギューは言った。

「ずいぶん大胆なことをされる方だ」とミッドウィンターはつぶやいた。

彼らは夜遅くまで話し合い、ミッドウィンターは翌朝、ダービシャーに発つことにした。目的は、不審な男を泊めたグリンドルフォードの女家主から、その男の様子をできるかぎり詳しく聞き出し、ミッドウィンターがパウンズゲイトで手に入れた情報と比較することだった。ジョン・グラットンが死んだ現場も調べてみるつもりだった。

第五章　第二の事件

一週間後、フェリックス・テンプラーはレッド・ライオン修道会に戻る用事ができ、いったん伯父の家を離れることになった。だが、留守にするのはほんの数日と考えていた。修道会長のシャンペルノワーヌ神父に説明したように、目下のところは遺族を支えるのが自分の使命だと思っていたのである。その日は、朝食を済ませてから出かけることにしていた。晴れていたので、駅まで歩くことにした。駅までは、集落があるヒースにおおわれた丘を超えて行く。サー・オーガスティンがモンタギュー・テンプラーに付き添われ、フェリックスと並んで半マイルの道を歩いていた。

モンタギューは不平を言っていた。彼も伯父に請われて休暇を取り、数週間キングスクレセットに滞在して、ほとんどの時間をサー・オーガスティンの農場管理人と過ごしていた。それはサー・オーガスティンが望んだことだ。この機会に、モンタギューが領地に関する知識を増やし、相続人のトムを補佐する能力を高めてほしいと願ったのだ。しかし、モンタギューは領地のことを調べて、憤慨していた。そこで働く人々が無能で怠惰だと言って譲らなかったのである。

「彼らが一日の仕事と呼んでいるものを見ると、まったく嫌になる――のらくらと、だらしなく時間を過ごして、給金泥棒みたいな奴らだ。規律というものがない。彼らの半分は軍隊にいたことがあり、戦場で戦った経験があるというのに」とモンタギューは言った。

「反動だろう」とフェリックスは言い返した。「軍隊でつらい経験をしたから、そうなってしまうんだ。みんな辛い思いをしたにちがいない。それで、今は一種の脱力感に陥りがちになるんだ」

「働き方を忘れているのさ。しっかりと思い出させるべきだ。いちばん感じやすいところでね。つまり財布の中身ということだ」

サー・オーガスティンは、モンタギューの広い肩を軽くたたき、その憤激ぶりに頭を振った。

「いつだってそんなものだ。パンチ（操り人形の見世物『パンチとジュディ』のグロテスクな主人公）を見るのと同じで、昔のように面白いことは決してない。労働者もそうなのかもしれない。以前のようにがんばって仕事することは決してないのだ。目新しい不平ではないのだよ、モンティー。『ゲヌス・ウマヌム・ムルト・フィト・イルド・イン・アルウィス・デュリウス』とローマの詩人は言った。『先人は戦場においてはるかに屈強であった』という意味だ。われわれが言うなら、『しっかりと働いた』としたほうがいいかな。ルクレティウス（ローマの詩人・哲学者）を引用したりして、フェリックスに謝らねばなるまい。だが、どの世代も新しい世代に満足できないというのは、真理のようだな」

「それが進化の法則です」とフェリックスは言った。

「あの連中に、実際に働いた分の三倍もの賃金を払うのは進化の法則ではない。がんばって働いたとしても賃金は半分でいい。僕は農場管理人のテリーに、そう言ってやった。伯父さんには、無為な連中に大金を払うだけの経済力がありますが、そんなことはできない一般の地主や雇い主たちはどうなるのですか？」

「率直に言うがね、モンタギュー、私には金を使うのに細かく計算せずにすむくらいの財産がある。それに私の好みはごく質素なものだ。それでも、すべての支出を合わせれば、必要以上に大きな額になるだろう。経済的かつ合理的な考え方を持てば、人生は違ったふうに見えてくるものだ。だが、フェリックスが舵取りをしたら、自分はつましく暮らして満足し、残りはすべて人々に分け与えてしまうだろうな」

「では、それにふさわしい人々に分け与えましょう」とモンタギューは迫った。「こんな田舎の能無しどもではなく」

「伝統と義務だよ、モンティー。君が喜ぶなら、封建制的伝統と言ってもいい。私はまだその制度を守り、古い教えに従い、地元で慈善を施さねばならないのだよ」

「社会の変化が、やがてそうした伝統を時代遅れにし、それに伴う義務も非現実的なものにしてしまうでしょう」とフェリックスは断言した。「伝統も義務も、所有権という反社会的で無効な価値観に基づいていることが明らかになります。そんな価値観は役に立たなくなって捨てられるのです。世間はあなたの個人的な名声や威厳を賞賛しなくなります。あなたの気前のよさも、情け深く親切な行為もです。あなたが治める共同体の幸福や満足は問題とはなりません。キングスクレセットは変化という砂漠の中にあるオアシスにすぎないのです」

「上流階級が力を合わせるだけでいい。そうすれば彼ら一般大衆を自分の属する階級にとどめておくことができるだろう」とモンタギューは言った。

「それは違うな、モンティー——そんなふうに考えてはいけない」と彼の伯父は警告した。「われわれは大衆に教育を与えた。その成果にさからって力を合わせるなど論外だ。将来に大きな変化が待ち受けているのはまちがいない。だから私は、孫息子のトムを君やフェリックスに託し、見守ってほしいと切望しているのだ。トムはすでに自己主張が強くなっているが、私はあの子と言い争う気にはなれない。なんといっても、マシューの大事な忘れ形見だからな」

「トムは快活で健康な若者です」とフェリックスはうけあった。「将来のこともしっかりと考えています。しかし、もちろん、自分の階級の側にいます」

「『議論しても、神と少年をやり込めることはできない』とメナンドロスは言っている」とサー・オーガスティンは答えた。「トムにはまだ、近づいている嵐の音が聞こえていないのだ」

「しかし、世界はこれからの十年で、根底から変わってしまうでしょう」とフェリックスは言った。

「その兆候は至るところにあります。トムが古い秩序の側につくとしたら、それは莫大な収入のおかげでしかありません。土地ひとつのことでも考えてみてください。君は知っているかい、モンティー？　休戦からこれまでに、三百万エーカーを超える土地の所有者が変わってしまった」

「それだけイングランドは悪くなったわけだ」とモンタギューは言い放った。「トムから聞いたことだが、今ではイートン校にも山ほどの能無しがいるそうだ――成金連中の無作法な子供たちがね。だが、彼らについては確かなことがある。われわれの味方になるかもしれないということだ。イングランドのためを思えば、労働者階級より彼らが土地を所有したほうが、まだましだ。成り上がり連中は、ともかくも一生懸命に働いた。そして、この戦争に勝つために力を貸してくれたのだ」

「だが、メナンドロスは言っているぞ、モンタギュー。『憎悪や羨望を買うだけの金は、富ではない』とね。もし教育が――」

「お願いですから、教育の話は持ち出さないでください」と、モンタギューは苛立たしげにさえぎった。「その話にはうんざりしているんです。労働者の教育にどんな価値があるのですか？　ゼロ以下です。教育のおかげで、彼らはなにを目指しているのですか？　ありもしない現実離れしたゴールです。ロシアが実現不可能だと証明した共産主義の理論です。伯父さんの若い頃と比べて、労働者階級はより幸福に、正直に、賢明に、礼儀正しくなっていますか？　自分たちの立場をよりよく正当化していますか？　立派な仕事をしていますか？　誠実で自尊心を持っていますか？　そうでないことは、よくご存知のはずだ」

「変化には常に痛みが伴うものだ」とフェリックスは言った。「今は先の読めない時代なんだ、モンティー。そんな不毛な時期だからこそ努力して、次の世代に僕たちの信仰を伝えなくてはならない」

「君は本当のところは急進論者だ」とモンタギューは言い返した。「しかも最悪の急進論者だ――聖職者でもあるのだからな。君の力をもってすれば、大いなる災いの種を蒔くこともできるだろう、フェリックス。そして君はその力を使うにちがいない」

フェリックスの顔が紅潮した。

「ひどい言葉だ」とフェリックスは答えた。「そんな言い方は、君らしくないぞ、モンティー。それぞれ理想が違うということだ。しかし、僕は決して君を批判しない。そんな言い方をするのは無礼だぞ」

だが、モンタギューは狭量でかたくなな意見の持ち主ではあったが、彼なりに真剣に社会問題を案じていた。自分の一族と階級の未来を第一に考えていただけではあったが。

「二股はかけられないぞ」と、モンタギューは冷ややかに言った。「君だって、コント（フランスの哲学者・社会学者）の三段階の法則を無視することはできないだろう、フェリックス。社会主義の理想が実現したら、君の聖職者としての理念にどのような見返りがあるか想像してみるんだな。ロシアは君たちの仕事に対して、どんなことをした？　コントによれば、人間の精神の第一段階は神学的精神で、第二段階は形而上学的精神。そして第三段階は、僕たちはその段階に来ていると思うが、科学的精神だ」

　フェリックスの目がぎらりと光った。

「いまに君にもわかるはずだ。世界を救うのは、科学でもなければ、利己心でも貪欲さでも階級的偏見でもない」

　フェリックスの激した言葉を、サー・オーガスティンがさえぎった。

「すまないがね、フェリックス、このままでは列車に乗りそこねてしまうぞ。この興味深い議論は、君が戻ってきてから続ければいい。だが、君とモンティーには、意見の相違に折り合いをつけ、協力してもらわねばならない――トムのために」

　その叱責を聞いて、フェリックスとモンタギューははっとした。ふたりはほとんど同時に手を差し出した。

「意見の相違で、袂を分かつことにはならない。互いの尊敬の気持ちも曇ることはない」とフェリックスは言った。

「われわれ一族の誇りも」とモンタギューはつけ加えた。「テンプラー家とその歴史を誇らしく思う気持ちには、階級的偏見はない」

　それからフェリックスは、ムアを横切る道を上って駅へと向かい、サー・オーガスティンはモンタギューと共に屋敷へ帰った。

「フェリックスと口論するつもりはありませんでした。ただ、トムと彼の将来が気がかりだったのです」とモンタギューは釈明した。「あのような過激な考えをトムに吹き込むことは伯父さんも望んでおられないと思います。フェリックスは自分の良心のおもむくままに進むことができます。しかし、トムの進む道は定まっており避けられないものです。彼の行く手には多くの困難が待ち受けているでしょう。しかし、私が力を貸すことができれば、トムは自分の階級に忠実でいてくれると思います」

「確かにそうだと思う。トムはいい性格をしている――父親の積極的な人生観と、父親や私よりも高い知性と機転のきいた理解力を合わせ持っている。そうした明敏で頭の切れる人間にとって、危険というのは現実的になりすぎることなのだ、モンタギュー。真実をしっかりと見極めることより、便宜や進歩を高く評価してしまうことだ。政治家は、そうした危険のじつにわかりやすい見本だよ。ひとかどの男でいたいのなら、みんなにいい顔をするわけにはいかない。だから、政治家で本当の男といえる人物はほとんどいないのだ。これは、私が経験から勝ち得た、ささやかな見識だ。自分でいつもそう振舞ってきたとは言えないがね。だが、真実が一番でなければならない。われわれの神聖な信仰のほかに、最高の真実を見出せるものがあるだろうか？　私はなによりも、トムが信仰を持ちつづけることを祈っている。そして、フェリックスがトムの支えになってくれることを。『真実は人生の最大の防御』だとメナンドロスも言っている。こうつけ加えてもいいかもしれない。今のように流動的で変わりやすい時代では、真実は人生の最大の知恵でもあると」

「伯父さんは僕と同様、カエサルのもの（富や権力など、世俗的な力の喩え）を拒まずとも、良き信者になれるでしょょう」

「そう願っているよ、モンティー、そうであってほしい。愛するマシューの息子を君たちに安心して任せることができて本当に満足している。だが、トムの後見人の間に、衝突や争いがあってはならない。われわれの家族は今ではわずかになり、結束が必要なのだ」

話題の主である大切な少年は、イートン校へ戻る前に、大好きなスポーツをして最後の一日を過ごしていた。それは父親から受け継いだ趣味だった。トムは朝食がすむとすぐに釣りに出かけ、休暇が終りかけていたモンタギューは、あとで会いに行くと約束していた。ほどなくモンタギューはサー・オーガスティンと別れ、谷の方へ歩いていった。そこから湖に出て、ふたつの湖の間にある浅瀬に掛かっている橋を渡れば、下手にある湖の端のお気に入りの場所にいるトムと会えるはずだった。

しかしここでわれわれは、彼の従兄弟フェリックスのほうへ話をうつさねばならない。しばらく後のこと、彼は修道会にある自分の書斎で、バートラム・ミッドウィンターから、北部での調査結果を聞いていた。

ミッドウィンターは正午過ぎに到着し、フェリックスから昼食の誘いを受けた。

「お話しすることはあまりないんです、神父」とミッドウィンターは切り出した。「ただ、証明はできませんが、〝ルービン〟と〝パーヴィス〟が同一人物だということはかなり確実です。はっきりしたのは、それくらいです。しかし、その事実から、もっといろいろなことがわかってきます。たとえば、〝ルービン〟がデヴォンシャーに行ってテンプラー大佐を殺したのだとしたら、〝パーヴィス〟がグリンドルフォードでの事件に関与しているのはほぼ間違いないでしょう。つまり、グラットンが衝突して頭蓋骨をつぶしたとみられている巨大な岩は、本当の死因ではないかもしれないのです。しかし、このふたつの事件の関連がはっきりし、その根拠をつきとめるまでは、ジョン・グラットンの件を問題にすることはできません。これまでにわかったのは、グリンドルフォードでの〝パーヴィス〟の行動が、デヴォンシャーのセヴン・スターズ亭での〝ルービン〟のそれとそっくりだということです。静かで落ち着いた男性――誰に対しても礼儀正しく、植物に情熱を注いでいる。グラットンが死んだ夜、〝パーヴィス〟と何時に別れたか明らかにするのは不可能です。〝パーヴィス〟がグラットンと一緒に家を出て、その後ひとりで戻ってきたとしても、やはり証明するのは不可能です。女家主はずっと前に寝室に下がっていて、その件については何の役にもたちません。ジョン・グラットンの死亡現場を丹念に調べ、地元警察からも事情を聞きました。しかし、かなり前の出来事です。土手から道に岩が崩れ落ちた箇所は、むろん修復されており、岩も片付けられていました。オートバイのタイヤ痕とか、私が見れば重要だったかもしれないさまざまな手がかりはなくなっていました。事故に疑念を持たなかったとか、私なら調べたかもしれないことを調べなかったといって、地元警察を非難することはできません。彼らには、殺人だと疑う理由がなかったのです。事故の背後に犯罪が潜んでいると考える理由はまったくありませんでした。

ひとつもです――地元警察にとってはもちろんのこと、他の誰であっても疑問は感じなかったでしょう。犯罪の疑いが浮上したのは、不吉な偶然が明らかになってからです。

それに、以前に起きた一件があります――キングスクレセットに不審な男が侵入した事件です。私は乏しい証拠を集めて、これらの事件の関連をなんとか探り出そうとしました。そうすれば、不審な男の行動からひとつの全体像が浮かび上がってくるかもしれないと思ったのです。しかし、これまでのところ、その男がどんな目的を持っているのかまったくわかりません。最初は、殺人犯が間違いを犯したのだと考えました。男がドイツ人だと仮定し、モンタギュー少佐の決闘事件の報復のためにこの国にやって来て、彼を殺害しようと企て、間違った場所へ行き、誤って少佐の従兄弟を殺してしまったのだと考えたのです。ご存知のように、私はこれまでずっと、その可能性を考慮して用心するよう、少佐に警告してきました。今では、自分が間違っていたと思います。グラットンの死に不審な男が関わっていることがはっきりして、取り違え説の根拠がなくなったのです。教えていただきたいのですが、フェリックス神父、ご一族の歴史に、封印しておきたいような出来事、現在の事件のヒントになるような出来事はありませんか？　もちろん好奇心から聞いているのではありません。しかし、由緒ある家にはなにかと秘密があるものです。私は奇妙な事件を知っています。本国からの送金で気楽に暮らしていた外国人の男が、妄想にかられて、不意に本国に帰り、マシュー・テンプラー殺害事件と同じような事件を起こしたのです。悪意のある想像が頭の中でふくらんでいくと、激情がつのり、最後には罪を犯すことにもなるのです」

「まったくその通りだ、バートラム。世間が自分たちに敵対しているとか、他人から迫害されていると思い込むことほど大きな危険はない。だが、答えはノーだ。私たち一族の歴史に隠された秘密はない。現存する家族については、君も全員と顔見知りのはずだ。どういうわけか、今では家族の数は極端に少なくなってしまった。戦争のせいではないのだが。マシューを襲った犯人が、親族の誰かと関わっているとか、マシュー自身と関係があるとは考えられない。これは重要な点だ。マシューには敵などいなかった。彼が故意に命を奪われたのだとしたら、その理由は、きっと彼自身も見当がつかないようなものだろう」

「そうだとしたら」とミッドウィンターは言った。「きわめて恐ろしいことですが、正体不明の殺人犯の犯行はこれが最後ではないかもしれません。その男が完全に目的を果たしたとは断言できないのです。次の犯行の機会をうかがっているのかもしれない。ご家族全員に、十分に用心していただかなくてはなりません」

しかし、フェリックスは頭を振った。

「私にはそうは思えない。マシューとジョン・グラットンの間に、私たちの知らない何らかのつながりがあったのではないだろうか。ふたりは、君がまだ発見していないある組織に属していて、互いに顔見知りだったのかもしれない。君が言うように、また別の事件が起き、この知られざる悪の力が再び行動をおこすことはあるかもしれない。しかし、この次も私たちが襲われるとは思えない。どうしてそんなことが起きるというんだ？」

「サー・オーガスティンの遺言書を調べた者がいるからです」

「確かにそうだ。しかし、それはマシューやグラットンとは関係のないことだ。ふたりとも遺言書に名前はあったが、彼らが死んだおかげで誰かが得をしたわけではない」

ミッドウィンターはその話題を深追いはしなかった。

「とにかく待つしかありません」とミッドウィンターは言った。「それほど長く待つ必要はないような気がしますが」

「この事件が終ったとは考えていないのだね？　君の話を聞いて、ある神秘主義者の偉大な言葉を思い出したよ、バートラム。抽象的な事柄について言ったものだが、人生の些細なことにも当てはまる。『思考は絶えず誤謬から真実へと移っていく』という言葉だ。それは哲学においても、人生においても、変わらない。思考を混乱させるのは思考だからだ。思考を超越できるのは、永遠の真実だけ。君が、この問題を解く土台として、ひとたび何らかの永遠の真実を手に入れれば、そこから推理を構築することができる。君は、遅かれ早かれ、この事件の根源にたどり着くことになるだろう。私はそう信じている。しかし、知っての通り、私は理性より直観をはるかに高く評価している。直観は、理性を、炉にくべられた一本の藁のように簡単に焼き尽くしてしまう。天才の偉大な業績はすべて、理性ではなく直観の上に築かれたものだ。直観は、神の啓示と同じように、天からの恵みで、習得された能力ではない。君は、悪を相手にするその恐ろしい仕事に、非凡な才能を持っているにちがいない。神が望まれるなら、その才能が君をこの謎の解決に導いてくれるだろう。さあ、外に食事に行くことにしよう」

しかし、予定されていた食事は結局とることができなかった。ミッドウィンターの予言を実証するかのように、ふたりが出かけようとしたその時、フェリックス・テンプラー宛ての電報が届いたのだ。フェリックスは電報を見つめたまま、顔から血の気が失せていった。しかし、彼はなんとか自制し、その電報をミッドウィンターに手渡した。

「私たちは、自分で思っていたよりも真実に迫る話をしていたようだ」ミッドウィンターが電報を読んでいる間に、フェリックスは言った。

『悪い知らせだ。至急、戻られたし。できれば、警部と一緒に。モンタギュー。キングスクレセット』

「私は三十分で支度ができます」とミッドウィンターは言った。フェリックスは電報の用紙が机の上にないか探していたが、見つからなかった。電報配達の少年が用紙を持っていたので、フェリックスは急いで、ミッドウィンターを連れてできるかぎり早く戻ると、返事を出した。

「考えるのも恐ろしいが、伯父のことではないだろうか」ほどなく、ミッドウィンターと共に車に乗り、パディントン駅に向かいながら、フェリックスは言った。

「なぜ、サー・オーガスティンなのです？」

「他にそれらしい人物がいるとでも？」

「悪い知らせというのは、おそらくあの少年のことだろうと思います。もしも——まあ、事情がわかる前に、その意味をあれこれ考えてもしかたありません」

ふたりの間に沈黙が広がった。フェリックスは鞄から新聞を取り出すと、熱心に読み始めた。ミッドウィンターはノートを引っ張り出した。やがて、フェリックスはひどく苛立った表情を浮かべ、新聞をたたむと、列車の窓から手荒く放り投げた。

「こういうモダニストの連中は、疫病や広がる災いのようなものだ」とフェリックスは言った。「われわれの教会にも、ローマのように、連中を処罰する力と勇気があればいいのだが。私たちのリーダーは臆病者だ。高位聖職者は神学校の教師の中から任命される——小柄で、神学校のことしか頭になく矮小化された展望しかもてない人物ばかりだ。私は今、キスとともにキリストを裏切る、第二のユダのような男が書いた本を読んでいるところだ」

ミッドウィンターが礼儀正しく耳を傾けていると、フェリックスはこわばった厳しい表情で彼を見つめた。

「バートラム、私はときどき恐ろしい考えにとりつかれる。今なおローマがわれわれの信仰を守る難攻不落の砦であり、唯一の確かな避難所なのかもしれないと。境界がなぎ払われて混乱に陥り、羊飼いが羊の群れより自分たちの安全に腐心するような場所では、羊たちは狼の前で死んでいくしかない」

フェリックスは口を閉じ、自分で自分の考えに当惑しているような顔つきになった。キングスクレセットの駅では、テンプラー少佐が待ち受けていた。

「サー・オーガスティンは無事だ――トムだよ。あの子は溺れて――事故じゃない――仕組まれた殺人だ」

フェリックスは立ち尽くした。頭が混乱し、今回の災厄について、どうでもいいようなことに気をとられているようだった。彼は大きく息を吐き、ミッドウィンターのほうに振り向いた。

「君には敬意を払わなくてはいけないな――バートラムは、事件に巻き込まれたのはトムだと確信していた」

「時間があれば、車に乗る前に、テンプラー少佐から詳しい話を聞かせてもらいましょう」とミッドウィンターは口をはさんだ。

駅のプラットフォームを行ったり来たりしているうちに、そこにいるのは彼らだけになった。列車を乗り降りするわずかな客も姿を消し、駅には誰もいなくなった。

「君がロンドンへ向かったあと」とモンタギューは話し出した。「僕は伯父さんと一緒に戻り、彼を家に残してトムに会いに行った。そうすると約束していたんだ。ミッドウィンター君が知っているかどうかわからないが、トムが通った道は、ふたつの湖がつながっている狭い部分に掛けられた小さな橋を渡るようになっていた。両側の湖岸にこの橋に通ずる門が付いていて、利用するのは家族の者だけだ――猟場番や山番たちは使わない。トムは鍵を持っていき、僕があとから行く時のために、錠に鍵を差したままにしておく約束だった。門に近づいたとき――あの子がそこに着いてから、長くても二時間くらいしか経っていなかったはずだが――すぐに何が起きたかわかった。門は開いていたが、橋は消えていた。その橋はとても軽い丸木橋で、四本の高い柱で支えられていた――両方の湖岸に二本の柱がある。木材は傷んではいなかった。二年前に新しくしたばかりだ。だが、それにもかかわらず、橋全体がくずれ、横倒しになって水に浮かんでいた。向こう岸に流れ着いている木片もあった。強い流れに乗って、上流の湖から下流の湖に押し流されてしまった木片もある。湖岸まで行くと、トムの麦藁帽子が水に浮かんでいて、釣り竿が遠い岸辺に引っかかっているのが見えた。それからすると、トムがほとんど渡り終えた時、橋が崩れ落ちたらしい。かわいそうに、トムがどこにいるか、すぐ見当がついた。トムは泳げたが、肩に重い荷物を担いでいた。餌の缶や二本の炭酸飲料、他にもあれこれとね。トムが溺れたのはまずまちがいない。向こう岸に目をやると、一人の男が僕を見ていた。想像の産物とか、幻覚とか、そんなものじゃない。誓って言うが、石楠花の低木の後ろに男がひとり立っていた。木の高さは四フィートくらいだ。そこで橋から通じている道が、上りと水辺への下りに分かれている。茂みの向こうに男の頭と肩が見えて、僕たちは十五秒ほど互いに見つめあっていた。それから、男は姿を消した。僕は叫んで注意を引こうとした。できたのはそれだけだ。聞こえるはずがないとわかってはいたが。泳いで渡るのは気が進まなかった。僕は泳ぎが下手だし、それに、泳いでいるのをあの男が聞きつけたら、僕が向こうの岸に上がる前に襲ってくるのではないかと思ったんだ。それに、トムのことも考えなくてはならなかった」

「ここで、その男の特徴を話してください、テンプラー少佐」とミッドウィンターは頼んだ。

「いいとも。その男は岸から五、六ヤードほどの場所にいたから、僕にははっきりと見えた——せいぜい二十五ヤードくらいの距離だ。がっしりした体格で、かなりの猪首だった。黒い服に、髪をすっぽりと覆う帽子、大きな黒い眼鏡、それに濃くて黒い髭を生やしていた——船乗りのような髭だ。実際、僕たちが追っている男の特徴とそっくりだった」

「それから?」

「湖の上手に回って男を自分で追いかけるべきか、それともすぐに助けを呼ぶべきか、とても迷った。むろん、実際には選択の余地はなかった。トムがいつ落ちたのか、橋に着く前に何が起きたのか、僕にはわからなかった。トムが水中にいるかどうかさえ確かではなかった。僕はボートを湖に下ろそうと思って、上流の湖の上手にある道具小屋と船小屋に向かった。だが、半マイルも行かないうちに、そんなことをしても無駄だと気づいた。トムが水中にいるなら救うには遅すぎるし、そうでないとしたら、時間を無駄にしているだけだ。それで家に走り、電話をして、農場管理人や番小屋人、そして猟場番頭を呼び出した。橋まで行って、ボートを下ろしてほしいと話した。ウォートンには——猟場番頭のことだ、ミッドウィンター君——ゴーラー・ボトム一帯と断崖のカーテンの下に捜索隊を出し、森のあらゆる場所を調べて見知らぬ男を捕まえるよう指示した。誰かが姿を見せたら、その男が何を言おうと、拘束するよう伝えた。それから、サー・オーガスティンの所へ行き、トムの行方がわからないと知らせたんだ」

　モンタギューは言葉を切った。声が震えていた。

「なんてことだ、まるで地獄だ。あの悪魔を捕らえて縛り首にするまで、生きているような気がしない。サー・オーガスティンからはまず君を呼んでほしいと言われたよ、フェリックス。それで電報を打ってから、湖に戻った。呼び出した男たちはみんな現場に駆けつけて、やるべきことをやっていた。大きな網を持ってきて、それに重りをつけ、橋のあった場所から下の方へと網を引いていた。彼らは──僕がそこへ着いた時、ちょうどトムを見つけたところだった。鞄と装具の重みで、トムにはチャンスがなかったんだ。彼を岸に引き上げたとき、フォーブズ先生が来て、一時間ほどトムの呼吸を元に戻そうと手を尽くした。だが、トムは助からなかった」

「捜索隊からなにか知らせはありましたか?」

「僕が彼らと別れた時には、誰も見つかっていなかったし、それらしい人間の手がかりもなかった。まだ捜索を続けているはずだ。しかし、あの男はとっくに逃げてしまっているだろう」

「橋はもう調べましたか?」

「僕は調べていないが、網を引いている間に、テリーが調べた。農場管理人のテリーだ、ミッドウィンター。彼が見つけたことから、この事故が殺人だとはっきりした。橋は壊されていたんだ。橋を支えていた四本の樅の木で作られた柱がすべてのこぎりで切断されていた──そのままの状態ならなんとか持ちこたえていられるが、犬一匹でもその上を走ったら、すぐに壊れてしまうような具合に。昨日の夜、風が強く吹いていたら、おそらく橋は壊れていただろう。トムは不審に思わず橋を渡り始め、足元で崩れだしたのを感じて、壊れてしまう前に渡りきろうと走り出したに違いない。だが、間に合わなかった。橋と一緒に川に落ちてしまったんだ」

沈黙が広がった。フェリックスは伯父の様子を訊ねた。

「どんな様子かな──サー・オーガスティンは?」

「わからない。伯父のところには行けなかった。ファスネットの話では、僕が君たちを迎えに来る直前に、サー・オーガスティンはトムの遺体を図書室に運ばせ、その傍でひざまずいていたそうだ」

「屋敷に戻ろう」とフェリックスは言った。十分後にはキングスクレセットが見えてきた。ミッドウィンターは、地方でよく見かけるタイプの、快活な中年の開業医フォーブズと会い、フェリックス・テンプラーは伯父の元へ行った。

「遺体は調べましたか？」というのが、ミッドウィンターの最初の質問だった。医者は調べたと答えた。

「テンプラー少佐の話を聞いて、慎重に調べるべきだと思った」と医者は答えた。「呼吸を回復させようと手当てをしている間に、私はあのかわいそうな少年の体を詳しく調べた。銃撃された形跡もなく、崩壊した橋の木片で怪我をしてもいなかった。溺れたのが死因だ。重い荷物を持っていたので、おそらくすぐ水中に沈んでしまったのだろう。もし、犯人だというその男が、成り行きを確かめようとすぐ近くに――」

しかしミッドウィンターは、医者の意見にはもう興味がなかった。彼はファスネットに食事の用意を頼み、腹ごしらえをすると、待機していた地元警察のマーチャント警部と一緒に湖に出かけた。周辺の地域には手配書が配られていたが、追っている男に関する情報はまったくなかった。

フェリックスは遺体の傍らで伯父を見つけた。少年の穏やかな姿は、もう決して失われることのない若さを誇らしげに見せつけているようだった。かたや老人は、その朝から急速に年老いていた。顔は土気色で、やつれ果てていた。甥が差し伸べた手に、老人はすがりついた。

「あの子が――あの子が、フェリックス――」とサー・オーガスティンは小さな声で言った。「若い者ばかりが死んで、年寄りは取り残されていく。若者の死はまだ足りないとでも言うのか？」

「ご自身のことではなく、トムのことだけを考えてください、サー・オーガスティン」とフェリックスは断固とした口調で答えた。「あの少年が召されたのも神の思し召しです。そうなのです！」

フェリックスはトムの遺体の傍にひざまずき、声をあげて熱心に祈りを捧げ、老人はじっと耳を傾けていた。

そのあとで、ふたりは話し合った。

「モンタギューは絶対に事故ではないと言うんだよ、フェリックス。そうだとしたら、マシューだけでなく、彼の家族全員が恐ろしい復讐を受けようとしていることになる。信じがたいことだ。これはイギリス人の仕業ではない。私たちは、戦争の陰で起きたことをすべて知っているわけではないからな」

「ミッドウィンターは、モンタギューの決闘のことを考え、トムの父親はその復讐のために殺されたのではないかと疑っていたようです。犯人がマシューとモンタギューを取り違えたのだと。しかし、二度も間違うことはあり得ません」

「あるかもしれない。考えられないことではない。今回も、モンタギューを狙ったのかもしれないだろう。そうした間違いが起きたと考えるほうが、もうひとつの見方よりはまだ受け入れやすい」とサー・オーガスティンは言った。

「どうして、狙われたのは今回もモンタギューかもしれないとおっしゃるのですか？」とフェリックスは訊ねた。

「なぜなら」と伯父は答えた。「モンタギューが最後に橋を渡ったからだ。彼は昨夜、ゴーラー・

ボトムでウサギ狩りをしたあと、あの橋を渡り、自分で門に鍵を掛けた。今朝モンタギューが目撃したという男は、昨日からそこに隠れていて、モンタギューが橋を渡って鍵を掛けるところを見ていたのではないだろうか。それで、今日もモンタギューが最初に橋を渡ると考えたのかもしれない。こんな推測に意味があるとは思わないが、ミッドウィンターに話してみるのはかまわないだろう」

「バートラムは、橋が故意に壊されたという仮定が間違いだと証明してくれるかもしれません。トムが自然の死を迎えたのだとわかれば、救われます」

だが、サー・オーガスティンは頭を振った。

「無理だな。モンタギューとテリーが、その種のことで間違うことなどあり得ない。それに、あの忌まわしい男はそこで何をしていたというのだ?」

ふたりが話していると、モンタギューがやって来た。彼はドアのところで、愁嘆場が繰り広げられていないか、しばらく中の様子をうかがっていたのだ。そういう場面に立ち会うのは耐えられなかった。しかし、フェリックスとサー・オーガスティンが事件について話し合っているのを聞き、仲間に加わった。

ミッドウィンターは外にいて、マーチャント警部と一緒に夕暮れまで捜査をし、新たな殺人事件が起きたことに間違いないとの確信を得た。犯人は殺人であることを隠そうともしていなかった。橋の四本の支柱は、のこぎりで故意に切断されていた――なんらかの重みがかかるまで、橋が持ちこたえているような具合に。重みが加わると、一番近くの柱が土台から外れ、続いて他の三本の柱も倒れるようになっていた。橋に付いている門に鍵が掛けられていたら、柱には湖の上からしか近づけない。そのためにはボートが必要だ。しかし、夜間にボートを水面に下ろして操るのは簡単にできる。ミッドウィンターはそのボートを調べてみたが、湖の底を浚うのに使われていて、手がかりはなにも見つからなかった。

一方、地元の男たちの一団が、森を越えて敷地の境界やヒースの高原まで捜索を続けていた。多くは勢子《せこ》として雇われている男たちで、森の隅々まで調べあげ、カーテンと呼ばれている場所も、上から下までくまなく見て回った。カーテンは、風化した石灰岩の巨大な断崖で、森の斜面が崩れてできたものだ。しかし、捜索の成果はなにもなかった。不審な男が近くにある二つの駅から列車に乗っていないことはほぼ確かだった。そうしていれば、きっと誰かが憶えていたはずだ。しかし、男がキングスクレセットの領地内に自転車を隠すのは簡単だっただろう。敷地の北側と東側の土地は広く、境界の近くには公道も通っていて、自転車を隠しておけるような場所はいくらでもある。

ミッドウィンターは捜索のやり方を指示して、ほどなく屋敷に戻ってきた。彼はすぐに、サー・オーガスティンの仮説について意見を求められた。

「そんなことが考えられるなら」とモンタギューは言った。「つまり、もしマシュー・テンプラー大佐に対する復讐というようなものが存在するなら、彼の息子で終らないかもしれない。僕は今夜ロンドンに行って、ミス・テンプラーと母親を自動車でここに連れてこようと思う。しかし、彼女に危険があると君が考えているかどうか、意見を聞かせてもらいたいのだ」

ミッドウィンターは考え込んだ。

「ご婦人方は、この事件のことをご存知ですか？」とミッドウィンターは訊ねた。

「まだ知らんのだ、ミッドウィンター君」とサー・オーガスティンが答えた。「希望が消えてしまうまでは、知らせたくなかった。望みはないとはっきりしてからは、フェリックスが来るまではと、知らせるのを延ばした。これから、夕食のあとで、フェリックスが車でロンドンまで行き、ふたりに知らせてくれることになっている。モンタギューも同行する」

「テンプラー少佐には、明後日の検視審問のために、ここに残っていただかなくてはなりません」とミッドウィンターは言った。

「明日の朝には戻ってくる」とモンタギューは答えた。「君に聞きたいのは、ミセス・テンプラーと彼女の娘が、この瞬間にも危険にさらされていると考えているかどうかという点だ」

「その危険はあります。今はまだ、動機も目的も、どんな連中がやったのかも、まったくわからない状態ですから」

「どうして、連中と言うんだ？」とフェリックスに訊かれ、ミッドウィンターは答えた。

「単独犯の犯行ではないように思えるからです。しかし、もっともな質問ですな。自分がどうしてそう考えるのか、今はまだお答えできません」

「しかし、君はそう考えているわけだ」

「そうです」

「君の疑念は、今日の事件で強まったのか、それとも弱まったのかな？」とサー・オーガスティンが訊ねた。

「強くなりました。しかし、今日の出来事で考えなくてはならないことは増えました。はっきりしない状況で断定的な意見を言うわけにはいきません。マシュー大佐のご家族に危険が及ぶことも十分にあり得ます」

「あるいは、私が言ったように、これがもう一つの間違いだったということもあり得る」とサー・

オーガスティンは言った。「狙われたのは、またしてもモンタギューの命で、かわいそうなトムが溺死したのは間違いによるものだと」

「それはあり得ないと思います」とミッドウィンターは答えた。「実際のところ、私はもう取り違え説は支持していません」

「きわめて重要な点を一つ、指摘できる」とフェリックスが言った。「これは、あの橋を次に渡るのはトムだと知っていた者の犯行だ。だとすると、殺人犯は、屋敷の中から情報を得たにちがいない。使用人たち――ふたりの従僕とファスネットは、トムがキングスクレセットでの最後の日に何をしようとしていたか、間違いなく耳にしていただろう。彼らは、トムが朝食後すぐに釣りに出かけることを知っていたし、トムが昨夜サー・オーガスティンに橋の門の鍵を持っているかどうか訊ねていたのも聞いていた」

「そうした点も確かに見逃せません」とミッドウィンターは認めた。「そこから何かわかるかもしれない。しかし、使用人たちのことは私に任せてください。そのうちの誰かに私が質問するかもしれないと、事前に悟られないようにしてほしいのです」

「その三人の使用人に悪いことなどできはしない」とサー・オーガスティンは断言し、甥たちもその意見に同意した。

「しかし、彼らはお孫さんの今日の計画を、悪気はなく誰かに話したかもしれません。そしてそれが悪意を抱く者の耳に入ったのかも」とミッドウィンターは説明した。「この事件の背後関係については、かいもく見当がつきません。明日になれば、何かが判明して、手がかりがつかめるかもしれない。今のところは、皆さんには十分な注意をしていただき、無用な危険は冒さないようお願いします。とにかく、まだ何もわかっていないのです。最悪の事態は終り、見えない敵は目的を果たしたのかもしれない。しかし、そうだと証明されたわけではありません。ですから、くれぐれも警戒を怠らず、危ないことはしないようにしてください」

サー・オーガスティンは動揺を隠せなかった。

「そこまでは考えていなかった」と彼は言った。「私たちの家族全体が脅威にさらされているということか——全員の命が危ういのだと？」

「その可能性に目をつぶるわけにはいきません、サー・オーガスティン。少なくとも、良識的に見て、最大限の注意が必要でしょう。皆さんはきっと領地内を一人で歩くようなことはなさらないと思います。実際、どこにも一人では出かけないようにしていただきたいのです。フェリックス神父については——」

しかし、フェリックスはミッドウィンターの言葉をさえぎった。

「そんなことは、ばかげているよ、ミッドウィンター。取り越し苦労というものだ。われわれは神の御手の中にいるのだし、それぞれ自分の義務と良心に従って生活しなければならない」

だが、モンタギューはもっと世間を知っていた。

「ミッドウィンター君の言うことはもっともだ」と彼は言った。「義務というなら、われわれの義務はこの得体のしれない憎悪の真相を見極めることで、その的になることではない。他の者はとにかく、伯父さんにはくれぐれも用心していただかないと」

「用心すべきなのは、私ではない」とサー・オーガスティンは答えた。「私の命など、今では少しも重要ではない。考えねばならないのは、君のことだよ、モンタギュー。君には、まず予防的な配慮を頼まなければならない。できるだけ早く、軍に辞表を提出してくれ」

「辞表ですって!」とモンタギューは大きな声を出した。「どうして、そんな必要があるんですか?」

「君が私の相続人だからだ。遅くとも数年以内に、君はこの領地を治めることになるだろう。キングスクレセットへ来て、私と一緒に暮らすのは、早ければ早いほどいい」

「ああ、なんてことだ。すっかり忘れていました」とモンタギューは言い訳した。だが、その顔と声には、満足より困惑と懸念のほうが強く浮かんでいた。そして、近くで彼を観察していたミッドウィンターは、その事実を目にとめた。

実際、モンタギューの整った顔はひどく暗くなっていた。日焼けした肌が紅潮し、困惑を隠しきれなかった。

「軍隊を辞めるなんて!」とモンタギューは言った。「伯父さんのおかげで転属できて、もっとも望んでいたことが実現しかけているというのに?」

サー・オーガスティンはその問いかけを聞いて、つかの間、自分の悲しみを忘れた。すぐ我に返ると、いつものやり方で思考をめぐらし、頼りにしている詩人の力を借りることにした。

「メナンドロスはこう言っている、モンタギュー。『困った時には、自分自身と相談しろ』とな。今は自分に質問すべき時だ。私にでもなく、他の誰にでもなく。『怒号と詰問のさなかでは、正しい方向を見失う。だが、理性が戻ってくれれば、再びそれを見出すことができる』とも言っている」

「その言葉は、私たちすべてに当てはまります」とフェリックスが言った。「私も、トムの死がモンタギューにどういう意味を持つのか、すっかり忘れていました」

「モンタギューは、悪い運命と同様に良い運命にも耐える勇気を神に願わねばならない。彼の人生は変わってしまった。モンタギューはこの途方もない責任を自ら求めたわけではない。しかし、人間には知るすべのない目的のために、大きな悲しみと苦しい試練を通してではあるが、その責任を負うことになったのだ。ならば、モンタギューは大きな変化に立ち向かい、神のご意志に従わねばならない」

夜の十時に、フェリックスとモンタギューはロンドンへ発ち、ミッドウィンターはキングスクレセットに留まった。サー・オーガスティンがフォーブズ医師の要請でベッドに入ることに同意したあとも、ミッドウィンターは遅くまで仕事をしていた。サー・オーガスティンが寝室に下がると、その夜は泊まることにしていた医者が、ミッドウィンターに自分の懸念を伝えた。

「今回の出来事で、サー・オーガスティンはひどく動揺されている。当然のことだ。しかし、あの方の年齢を考えると、たび重なるショックはかなり深刻な影響を残しているにちがいない。少し休むようにしないと、体力的にきわめて大きな負担になる」

「あの方には支えとなる信仰がありますよ」とミッドウィンターは答えた。彼は、縮尺の大きなキングスクレセットの地図を見ながら、そこへの進入路を調べているところだった。

「あいにくだが、信仰は、年老いて疲労した心臓を強くしてはくれない」と医者は言い返した。「メナンドロスの文学的遺産も同様だ。そのどちらより、ストリキニーネのほうが役に立つ。科学者の意見にも、ときには耳を傾けてもらいたいものだな」

第六章　恐ろしい仮説

悲嘆に暮れた家族たちは、それぞれの性格に応じて、この激しい衝撃に対処した。夫の死に続いて、あまりにも早く息子を失った母親は、深い悲しみに打ちのめされた。夫の家族の心遣いに感謝し、なによりもサー・オーガスティンと共にいることが大きな慰めとなった。ヘレン・テンプラーはとりたてて信仰心の篤い女性ではなく、アングロ・カトリックに対するテンプラー家の献身的情熱を共有してもいなかったが、それでも宗教は、今の彼女には救いとなった。葬儀の前後、彼女はテンプラー家の礼拝堂で長い時間を過ごした。

ヘレンは、ミッドウィンターの二度にわたる事情聴取に快く応じ、できるかぎり協力しようとした。しかし、彼女の夫に対する秘められた恨み、家族にまで及ぶような恨みがあったかどうかについて、思い当たるふしはまったくなかった。夫に秘密があったとか、そんな話を聞かされた記憶もない。彼女が知るかぎり、息子に累が及ぶような罪を、父親が犯したこともなかった。悲しみによる最初の麻痺状態が過ぎると、ヘレンは怒りのあまり狂ったようになり、あらゆる捜査を徹底的に行って殺人犯を捕まえるよう求めた。

ペトロネルは弟の死に激しいショックを受け、しばらくは誰にも彼女の苦しみを和らげることはできなかった。だが、ペトロネルのすぐ身近に、力強く慰めてくれる相手がいた。深い悲しみのなかにいたペトロネルには、祖父の月並みな言葉より、モンタギューの不器用ないたわりのほうがはるかに強い支えとなった。しかし、家族全員が共有していたのは高まる怒りだった。今やその怒りは、家族や近親者やテンプラー家の使用人たち以外の人々にまで広がっていた。しばらくは事件の謎が大衆の関心を呼び、新聞には、お定まりの無責任な警察批判とその無能ぶりを書き立てる記事が掲載された。

サー・オーガスティンの郵便受けには、毎日のように、励ましと哀悼の手紙が届けられた。サー・オーガスティンはすべての手紙に自分で返事を書くと言って譲らず、幸いにも、その仕事によって一日のうち数時間は悲しみから気を紛らわせることができた。

検視陪審の評決は、トムの父親の死について述べられたことの繰り返しだった。故人は一人または数人の未知の人物によって殺害された、というものである。審問を継続する必要はないとみなされた。日々が流れてゆき、ペトロネルが父親と弟を亡くしたときに助けてもらった恩返しをするときがやってきた。今度は彼女が、モンタギューを励ますことになったのだ。状況が明らかになり、不安定な混乱状態から、将来のはっきりとした体制が浮かび上がってくると、モンタギュー・テンプラーは別人のような一面をかいま見せるようになった。ぬきがたい憂鬱が彼の日常を覆った。性格も変わり、以前の彼とはまったく違う人間になってしまった。フェリックスは、モンタギューの人格の変化について、サー・オーガスティンと話し合い、その事実を指摘した。

「権力を愛し、昔ながらの保守的精神から、自分に託された偉大な仕事を引き受けるような男がもしいるとしたら、モンタギューこそまさにそういう男でした」とフェリックスは言った。「彼は胸の内を隠さずに話しましたか、伯父さん？　物事に興味を抱けない理由を、自分ではわかっているのでしょうか？　私にはまったく不自然なことに思えます」

「はっきりとした理由がひとつある――彼の仕事のことだ。モンタギューが陸軍に留まることを信義の問題と考えるなら、私はそれに従うと言ったことがある。だが、モンティーはそんなことはしないだろう。自分をごまかすことはできないからだ。自分の進むべき道が定められ、それがキングスクレセットにあることを、モンタギューは十分に承知している。私はと言えば、未来に思いを馳せ、それだけを考えるようにしている。過去と現在にとらわれているのは耐えられない。君も私をおおいに支えてくれたよ、フェリックス。しかし、肉体というのは手に負えないものだ。われわれの家系を受け継いでいくはずだった息子や孫息子のことを思うと、いまだに涙が止まらなくなる。だが、それも虚しいことだ。それでモンタギューのことだけを考えるようにしている。私が生きているかぎり、彼は私にとってかけがえのない人物なのだ」

「彼の憂鬱もいつか晴れるときがきますよ、伯父さん」とフェリックスは断言した。「トムの死に対する悲しみと、自分の将来に対する不安から、モンタギューはペトロネルをより強く慕うようになっています。私は彼女をよく知っています。彼らが共に経験した悲劇によって、ペトロネルはもうすぐ心を決めることでしょう。もう、そうしているかもしれない。ふたりとも、伯父さんが賛成なのは承知していますし、モンタギューにとっては心強いかぎりでしょう。母親のヘレンは、最初からこの縁組を望んでいましたしね」

「マシューとトムが生きている間は賛成だった」とサー・オーガスティンは正直に答えた。「そのころには、モンティーが相続人になる可能性など考えたこともなかったからだ。一族という観点からすれば、モンタギューは大事な人間ではなかった。しかし今となっては、もし選べるものなら、われわれ一族の未来はモンタギューにかかっているのだから、彼には別の血筋の娘と結婚してもらいたい。身内ではない人物を妻にしてほしい。だが、そんなことを考えても、すでに手遅れだろう。モンタギューの話では、事実上ふたりは婚約したらしい。そうであるなら、モンタギューには、恋愛問題で自分の意志を通したことを自覚してもらい、これからは後継者として十分に責任を果たすよう、期待するしかあるまい」

「しかし、ペトロネルから聞いたところによると、モンタギューはまだ憂鬱が続いていて、未来のことを考えられない状態だとか」

「ペトロネルに、彼の憂鬱を晴らす力がないのは残念なことだ」とサー・オーガスティンは答えた。

「彼女から聞いたモンタギューの様子には、ずいぶんと奇妙な印象を持った。陸軍を諦めることで憂鬱になっているのではない、とペトロネルは言うのだ。実際、モンタギューはその点に関しては、大げさに言っていたふしがある。将来、戦場で武勲をあげる機会はありそうもないと、自分でも認めている。私もそうであってほしいと思う。ペトロネルへの愛情と婚約についても、きわめて恵まれた話で満足していると言明している。それなのに——まったく奇妙な話だ。モンティーは自分の意見をはっきり言う人間だ。その彼が、自分は未来の生活を楽しめない運命ではないかと、ペトロネルに打ち明けている」

「モンタギューが！　未来を恐れていると言うのですか？」

「恐れている、か。モンタギューの人生観には、およそ似つかわしくない言葉だな。彼が捕虜となって抑留される前には、よく手紙を書いて警告したものだ。無駄な危険を冒すのは愚かなことだと。メナンドロスは言っている。『兵士が問題にすべきは、自分の命を守ることだ――命を粗末にしたところで、代わりはいくらでもあるのだから』とな。ところが今では、その恐れを知らぬ精神が――ペトロネルの言葉だが――おののいている。たぶん恐れからではない。自分の命が危険にさらされているという根深い確信のせいだ。モンタギューは、私と同じように、この惨劇が終ったとは信じられないのだ。事実、彼はこれから先のことを非常に心配しているし、ペトロネルと結婚していいものか悩んでいたこともある。最初はペトロネルの身を案じていた。今では、犯人はただひたすらモンタギューの命を奪うチャンスを待っているのではないかと疑っている。そして、犯人を見つけることも捕まえることも不可能だと思っているのだ」

「よくない考えですね」とフェリックスは言った。「驚きました。考え過ぎですよ、モンタギューらしくもない」

「そんなモンタギューの様子を見て、当然ながら、ペトロネルの愛は強まっている。以前、ペトロネルの父親は、娘が君を愛しているのではないかと考えていた。君のような才能と思想の持ち主にペトロネルが惹かれたとしても、ごく自然なことだ。しかし、今では、ペトロネルのモンタギューに対する気持ちは、心からの真の愛情に変わっている。愛というものは、ときには混乱を深めるだけかもしれない。あるいは、このように悲しいことばかり続く状況では、盲《めし》いた者の行く手を照らす唯一の光になり得るかもしれない。ペトロネルがモンタギューの様子を正確に伝えているのは確かだ。しかし、君なら、この事態をどう説明する？　その背後にあるのは精神的な動揺か、それともなにか病的な原因とか、異常があるのだろうか？　時間が過ぎれば消え去るのか、それともモンタギューはこの先ずっと、あの憂鬱にとりつかれたままなのか？　さらに悪いことを考えれば、彼が本能的に抱いている恐怖が現実になってしまうのだろうか？」

「私も伯父さんと同じように、かいもく見当がつきません。モンタギューが怖じ気づくなど、およそあり得ないことだし、私には想像もできません」

「彼には、いつも少し悲観主義的なところがあった。戦争で失望を経験してからはとくにそうだ。人生の暗い面を、厳しく、いささか冷笑的に眺めるくせがあるし、目下の者や労働者階級を批判するときなどは、それがとくに目立つ。モンタギューは、『好事のなかには、必ずなんらかの災いが潜んでいると考える』男なのだ。これは『女房嫌い』の一節で、その作品はメナンドロスが晩年に書いた戯曲のひとつと伝えられている。それなのに、ああフェリックス、われわれにはほんのわずかな断片しか残されていないのだよ！」

「お望みなら、私がモンタギューと話し合いましょう。しかし、伯父さんが話されたほうがはるかに有益だと思います」

「そんなことはない。これは微妙な問題で、君に任せたほうがずっといい。君になら、モンタギューも胸襟を開くだろう」

「この問題は、少しそっとしておきましょう」とフェリックスは提案した。「私はもうすぐ仕事のためにロンドンに戻ります。シャンペルノワーヌ神父がぜひとも必要な休暇を取られている間、私はここには来られません。しかし、伯父さんとはロンドンでお目にかかれますね、英国教会連合の協議会で。協議会には、何をおいても必ず出席してくださいよ、伯父さん」

「行くとも。私の義務だからな。演説の草稿も書き上げたよ」

「その時に、モンティーとペトロネルの様子を聞かせてください。そのころまでには、彼の憂鬱も消えてしまっているかもしれません。そうでなかったら、私が彼とじっくり話し合い、これからの仕事のことを真剣に考えるよう説得してみます。見通しは明るく考えましょう、伯父さんがおっしゃるように病気みたいなものです。モンタギューは恐ろしい事件でとてもショックを受けているんです。たまたま、二つの事件が起きたとき、彼は現場のすぐ近くにいましたからね」

伯父との会話から数日して、フェリックス・テンプラーはロンドンに戻り、大きな満足を感じながら、熱心に仕事と取り組んだ。しかし、フェリックスは、家族が巻き込まれた苦しみから、それほど長く遠ざかっていることはできなかった。ラオコーンに巻きついた海蛇のように、つかの間その恐怖が力を弱めたのは、次にもっと強く締め付けるためでしかなかった。バートラム・ミッドウィンターはすぐフェリックスに連絡をとったが、彼が戻ってくるのを待つしかなかった。フェリックスに会う必要を感じていた彼は、それから三日後、レッド・ライオン修道会の修道士宿舎でようやく面会を果たすことができた。

ふたりは真夜中過ぎまで一緒にいた。そのときフェリックスが病気の男性の元へ呼ばれ、それ以上、話を続けることができなくなったのである。

ミッドウィンターは、この貴重な機会を余計な話で無駄にはしなかった。フェリックスも、ミッドウィンターが悩み、疲れているのをすばやく察知した。彼はフェリックスが差し出した葉巻を首を振って断った。

「今夜はやめておきます」とミッドウィンターは言った。

「これは君の葉巻箱だよ、バートラム——いつでも好きなとき使ってくれ。何か悪いことでも？

いや、そんなことは聞いていないな。それともこれから聞かされるのかな？」

「フェリックス神父」とミッドウィンターは切り出した。「私がこれから言うことは、あなたにとってはきっと恐ろしい話になると思います。だから、できるだけ早く終らせることにします。キングスクレセットでは、この話はできませんでした。しかし、ここならできます。別のところに持ち込めば、あなたを苦しめずにすんだかもしれない。だが、そうしたとしても、あとであなたにもっと大きな苦しみを与えることになったでしょう。それに、これからお話しする事実を、あなたがどう考えるか、私は知りたいのです。そうです、事実です。その事実から、私はある仮説を組み立てました。しかし、その事実も、あなたには違うように見えるかもしれない。そうであってほしいと、神に祈っています。あなたの目から見て、その事実は見かけほど重要ではないと教えてもらえるなら、どれほどありがたいことか。私は自分の罪を、あなたに懺悔しました。あなたのおかげで、少しは賢明で善良な人間になれました。あなたは私の聴罪司祭（信徒が宗教的指導を受けている司祭）で、私が個人的に深い敬愛と献身の気持ちを抱いていることを、ご承知だと思います。だから、私があなたを苦しめることになったとしても、それは私が仕事としてやらねばならないことだと、理解してくださるでしょう」

　ミッドウィンターの激しい心の葛藤を目の前にして、フェリックスの顔に浮かんでいた疑念は同情へと変わっていった。

「バートラム、職務が君にとってもっとも大切なものだということを、この私にわざわざ説明する必要はない。ずいぶん辛い仕事になる時もあるだろう。そういう仕事で、私は君に同情したこともある。この話が私の個人的な問題に関わることで、そのために悲しい思いをするとしても、それを君のせいなどとは考えない。君の考えを、残らず話してくれ。私がそれを聞くのにふさわしい人間だと、君が確信していればだが」

「そう思っています。確信しています」とミッドウィンターは熱を込めて答えた。

ミッドウィンターは、書類ケースから何枚かの紙を取り出し、それを並べ替えながら、話し始めた。

「私に関心があるのは、事実だけです——フェリックス神父、あなたもよくご存知の事実です——ひとつを除いては。これから、そうした事実を整理して述べます。そこから示される推論については、あなたにご判断いただきたいのです」

ミッドウィンターは書類に目を落とすと、次々に読みあげ、その内容を明らかにしていった。

「午前三時」と、ミッドウィンターは語り始めた。「フェリックス・テンプラー神父がキングスクレセットで、自室の下にある図書室の物音で目覚め、何事か調べるため、階下に向かった。そこで、眼鏡を掛けた黒髭の男が、伯父の机で何かの書類を読んでいるのを発見し、その男を監視した。その監視は、モンタギュー・テンプラー少佐によって妨げられた。少佐は、空腹で眠れなかったために、食べ物を取りに下りてきた。テンプラー少佐がホールの明かりを点けたため、何かを読んでいた不審な男はその行為をやめ、逃げ出そうとした。フェリックス神父は男を捕まえようとしたが、男の腕力が勝っていた。男は追いかけるフェリックス神父を殴り倒し、図書室の窓から飛び降りたが、その際、ありふれた懐中電灯を落としていった。その後、男に関する情報はなく、徹底した捜査にもかかわらず、男の手がかり、あるいは正体を発見することはできなかった」

ミッドウィンターは、次の書類をめくった。

「キングスクレセットでの出来事から三週間後、若い植物学者、ジョン・グラットンが死亡した。その出来事は明らかに事故と思われたので、殺人の疑惑はまったく起きなかった。しかし、自称〝パーヴィス〟という男が、数日間にわたり、しばしばグラットンと行動を共にしていたことが判明した。その男は、グラットンが死ぬ直前まで会っていた人物でもある。男の特徴は、さまざまな証言により、すぐ明らかになった。それは、フェリックス神父がキングスクレセットに侵入した男について述べた詳しい特徴と一致した。グラットンの検視審問の前に、〝パーヴィス〟について、通常の捜査が行われた。しかし、その男は時機を逃さず出発していたので、誰にもその跡を追うことはできなかった。男がグリンドルフォードから出発したことはわかっている。だが、その後は、グリンドルフォードとシェフィールドの間にある各駅でも、シェフィールドでも、男に関する報告はない。ジョン・グラットンが死亡した時、キングスクレセットで不審な男に出くわしたふたりの人物のうち、フェリックス神父はロンドンに、そしてテンプラー少佐は――シェフィールドにいた」

「モンタギューが、シェフィールドにいたというのか？」と、フェリックスは訊ねた。

「政府の仕事に関わっている教区牧師の方々に会うために。ご存知ないことがひとつあると申し上げたのは、このことです」

フェリックスは動揺した。そのささいな出来事には、見かけ以上の重大な意味があるかもしれないと、直感的に悟ったかのようだった。

ミッドウィンターはフェリックスを見ていなかった。彼はもう一枚紙をめくり、読みつづけた。

「ジョン・グラットンの死から、一ヶ月と三日後、英国海軍のマシュー・テンプラー大佐は、宿から左岸二マイルの入漁料を支払い、ダート川で釣りをしていた。大佐は死体で発見された――頭部をドイツ製の銃弾で撃たれて。自称〝マルク・ルービン〟という、キングスクレセットとグリンドルフォードで報告された黒髭に眼鏡を掛けた不審者とそっくりな男が、テンプラー大佐が殺された場所から二マイル足らずのところにある宿に泊まっていたことが判明した。男は、殺人のあとただちに姿を消した。彼は、セヴン・スターズ亭の主人に車で駅まで送ってもらい、アシュバートンから去った。列車で発ったところは目撃されているが、その後は、乗り換えねばならないはずの支線の終着駅トトニスでも、他の中間駅でも、目撃されていない。この殺人事件が発生した時、テンプラー大佐の家族はそれぞれ以下の場所にいた。サー・オーガスティン、キングスクレセット。フェリックス神父、ロンドン。マシュー・テンプラー夫人とその娘、同じくロンドン。トム・テンプラー少年、イートン校。モンタギュー・テンプラー少佐、プリマスの連隊。テンプラー少佐は、マシュー・テンプラー大佐の従僕から最初に連絡を受けた人物で、すぐに車でホーンへ駆けつけた。翌朝、家族に事件のことを伝えたのは、テンプラー少佐である」

ミッドウィンターは次の事件へと話を進め、フェリックスは黙って聞いていた。

「先月、七月十日の朝、その翌日にはイートン校に戻る予定だったトム・テンプラー少年が、次のような状況で命を落とした。

早めの朝食の直後、時刻としては八時ごろ、少年はふたつの湖の境目にかかっている橋の鍵を持って、釣りに出かけた。その橋にはいつも錠が掛けられており、その鍵はサー・オーガスティンの書斎に保管されている。一時間後、フェリックス神父がロンドンへ向かう。サー・オーガスティンとテンプラー少佐は途中まで神父を見送る。彼らは、鉄道駅に近い野原の道で神父と別れ、キングスクレセットに戻った。トム少年にあとから行くと約束していたので、少佐は湖に出かけたが、三十分も経たないうちに戻ってきて、橋が崩落していること、そして不審な男を目撃したことを伝えた。その男は湖の向こう岸にいて、湖岸近くの低木越しに少佐を見つめていた。少佐にはどうすることもできなかった。湖を泳いで渡る気にはなれなかった。向こう岸に上がる前に、敵に襲われる怖れがあったからだ。少佐は、不審な男を追いかけるか、この事件を知らせに戻るか、迷った。少年の麦藁帽子が水面に漂い、流された釣り竿の破片が湖の遠い場所に浮かんでいた。少佐は、少年が溺れたのは間違いないと考え、事件を知らせるため屋敷に戻ることに決めた。

その後の捜索で、黒髭の男の手がかりはまったく見つからなかったが、少年の水死体は湖から引き上げられた。同夜、キングスクレセットに到着したミッドウィンターは、農場管理人のテリー氏が報告した事実を確認した。すなわち、橋の細い木製の支柱はのこぎりで切断され、その丸木橋にわずかな重みがかかるだけで崩れるように細工されていた。ミッドウィンターは、橋から半マイルほど上にある道具小屋から大きな手びきのこがなくなっていることも確認した。その手びきのこを最後に使った山番が、二日前には確かにいつもの場所にあったと証言しており、紛失したのは間違いない。殺人事件の朝より前に、サー・オーガスティンの鍵を使った最後の人物はテンプラー少佐である。少佐は前夜、ゴーラー・ボトムでのウサギ狩りから夜遅く戻ったので、家族と共に夕食をとらなかった」

フェリックスが口を開こうすると、ミッドウィンターは片手を上げ、最後の書類を掲げて見せた。

「まず、これを読ませてください。つけ加えることは、あとわずかです。最後のメモの表題はこうなっています。〝テンプラー少佐の利害関係〟」

ミッドウィンターは再び読みはじめた。

「モンタギュー・テンプラー少佐は休戦後まもなくドイツで決闘を行った。少佐と共に捕虜収容所にいた部下の将校が、ポツダムまで同行した。名前はアーネスト・ウィルバーフォースで、平和宣言が出されたのち除隊している。それ以降も、ウィルバーフォースはテンプラー少佐としばしば行動を共にしている。少佐と一緒にシェフィールドにいたことがあり、一時はプリマスにもいた。その二ヶ所の土地で、ウィルバーフォース氏の居場所について記録が残されている。テンプラー少佐は、プリマスでは兵舎で暮らしていた。だが、シェフィールドでの居場所は確認されていない。

テンプラー少佐の利害関係は、以下のとおりである。マシュー・テンプラーとトム・テンプラーが生存中は、少佐が准男爵の爵位を継ぐ順位は、その二人の次であった。今では、テンプラー少佐が相続人である。ジョン・グラットンの死は、キングスクレセットの資産からすれば、十万ポンドの利益を意味する。その事実は、キングスクレセットに侵入した黒髭の男が調べていた内容から判明した。というのは、サー・オーガスティンが甥やミッドウィンターの前で、グラットンへ遺贈する金額を明らかにするまで、その事実を知っていたのはサー・オーガスティンと弁護士だけだったのである。グラットンも遺産を与えられることはわかっていたが、その額までは知らされていなかった」

ミッドウィンターは朗読を終え、メモ類をたたんで書類ケースに戻した。数分間、フェリックス・テンプラーは何も言わなかった。そして、ようやく口を開いた。

「驚くべき偶然の連続だな、バートラム。じつに見事だ――君の仕事ぶりのことだが。しかし、私は一瞬でも――一瞬たりとも――君が疑い始めているような恐ろしいことを信じたりはしない」

「そのことを神に感謝します、神父」

「その仮説には弱点がある。無数の抜け穴がある。あいまいな状況もあり、それについては、しっかりとしたアリバイが確認されるはずだ」

「私もそう願っています。この仕事が私にとってどんなものだったか、おわかりいただけると思います。もちろん、はっきりしている点がひとつあります。テンプラー少佐は不審な男に扮してはおりません。そんなことは不可能です。最初にその男を目撃したのは神父です。そして、ダート川で殺人事件が起きた時と、〝ルービン〟と名乗る男がパウンズゲイトに滞在していた間、テンプラー少佐はプリマスで軍務に就いていました。シェフィールドでも同様に、少佐の滞在先は不明で、わかっているのは、その訪問がグラットンの死と時を同じくしていることだけです。少佐が自分の滞在先をはっきりさせるのは簡単でしょう。少佐がそこで教区牧師の方々と協議を行っていたことはわかっています」

「だとすると、すべては黒髭の男にかかってくることになる。その男がモンタギューの共犯者ではないかと、君は想像しているのか？」

「そのとおりです。われわれは、ウィルバーフォース氏の行動を徹底的に捜査しました。これまでのところ、彼が不審な男に変装するのは不可能だったと示す事実は何もありません。キングスクレセットで夜間の侵入事件が起きた時のウィルバーフォースの行動については、何もわかっていません。彼は自分のアパートにはいませんでした。彼は誰かに雇われているのではなく、自営業をしています。ウィルバーフォースとの関係を考えると、私の意見ではありますが、少佐が階下に行ったのは――食べ物を取りにではなく、共犯者に会うためではなかったかと思われるのです。グラットンの死については、ウィルバーフォースは事件の二日後にシェフィールドにいたことはわかっています。彼は、その地のグレート・セントラル・ホテルに滞在していました。そこから、少佐と同時にロンドンへ帰っています。ウィルバーフォースはその後もしばしばプリマスに出かけ、デューク・オヴ・コーンウォール・ホテルに宿泊しています。彼はマシュー・テンプラー大佐が殺害される一週間前にプリマスを発ち、自分のアパートで数日過ごしたあと、再びどこかへ出かけました――その場所は確認できていません。しかし、ウィルバーフォースがプリマスに戻ったのは二週間後です。そこで、彼は兵舎にいるテンプラー少佐に面会を求めますが、少佐がキングスクレセットに出かけていることは、明らかに知らない様子でした。かくして、一連の奇妙な状況証拠が見事に完結するわけです。しかし、急いでつけ加えねばなりませんが、それはきわめて脆弱なものです。少佐とその友人の証言によって、そうした状況証拠を打ち破る多くの事実が明らかになるかもしれません。実際、あまりにも不確実なので、私も仕事でなければその可能性を認めなかったかもしれません。こうした恐ろしい状況に別の納得のいく説明が見つかったわけではないのですが。ご判断はあなたにお任せしたいのです、フェリックス神父。この話を本部へ伝える前に」

「それは、どういう意味かな、バートラム？」

「テンプラー少佐とアーネスト・ウィルバーフォース氏が容疑者として逮捕される可能性がある、という意味です」

フェリックスはため息をもらした。が、それは安堵のため息だった。

「そういうことなら、悩む必要はまったくない。私は一瞬でも疑ったりはしない。なぜなら、死と最後の審判を信じるように、信じているからだ。モンタギューは絶対に、そのような卑劣な犯罪とは無関係だ。彼が戦争で不正行為をしないのと同じことだ。事件の真相や、気の毒なマシューや彼の息子の命を奪った敵については、ずっとわからないままかもしれない。しかし、モンタギューや彼の友人に会って事情を聞けば、君も心から納得し、証拠も十分に手に入れて、この偶然の連鎖は無意味なものになるだろう。真剣に考える価値があるとは、とても思えない」

ミッドウィンターの憂いに満ちた顔が明るくなった。

「そういう風に答えていただけることを、心から願っていました」と彼は言った。「おかげで、すっかり気持ちが軽くなりました」

フェリックスは微笑んだ。

「モンティーのことなら、少年時代から一緒で、よくわかっている」とフェリックスは答えた。「私たちは、名誉と義務に関する点を除けば、互いに意見が異なる。たぶん、これほど意見が違う人間はいないだろう。しかし、私は確信している。犯罪はモンタギューの性格とはまったく相容れないものだ。それに、細かいことになるが、奇妙に思える点がひとつある。この恐ろしい事件が君の想像どおりだったとしたら、モンタギューはどうして、トムが死んだあとで不審な男を見たなどと言ったんだ？　君の仮説だと、共犯者はトムの死には手を貸していないはずだろう」

「その点は私も考えました。モンタギュー・テンプラーが犯人であると考えた場合、こう説明できます。もちろん実際には、そこには誰もいなかったのです。彼が架空の人物を見たと報告したのは、第一に、争点を混乱させて不審者に責任を押しつけるためであり、第二に、ウィルバーフォースがこの事件と無関係であることをはっきりさせるためだったのです。ウィルバーフォースはロンドンにおり、トムが死んだ朝もそこにいたことは証明できる。したがって、少佐が見たのはウィルバーフォースのはずはない、というわけです。少佐が誰かを見たというのは、とても本当には思えません。それが最大の難問なのです」

「だが、モンタギューが実際に黒髭の男を見ていたら、彼に不利な証拠というのは、事実上なんの意味も持たなくなってしまうだろう？」

「そうです。しかし、率直に言って、少佐がその点で本当のことを話しているとは、ほとんど考えられません。少佐がこの事件とはまったく無関係だと仮定したとしても――私はそう思いたいのですが――少佐がトム・テンプラーの殺害現場に着いた時、不審な男が彼を見ていたという話をまともに信じるのはとても無理です。あまりにも不自然だ。殺人犯がそこでわざと自分の姿を見せ、自ら危険を招くようなことをするでしょうか？　そんな無用の危険をおかして、どんな得があるというんです？　マシュー・テンプラーの殺害現場で姿を見せたというなら、まだわかりますが。犯人はおそらく夜のうちに罠を仕掛けたのでしょう。しかし、事がうまく運んだか確かめるために、その場に残っていたとは思えません。翌日の新聞を読めば、成功したかどうか、すぐにわかります。違いますね――私の考えでは、モンタギュー少佐が不審な男を目撃したと主張していることは、彼への疑惑を強める要因のひとつです。だが、神父がそう判断されたのなら、私はこの件からはひとまず手を引くことにします。今度テンプラー少佐と会われる時に、神父からいくつか質問していただきましょう。その目的を悟られないようなやり方で」

フェリックスはうなずいた。

「慎重に考えてから、質問することにしよう。どのようなことを聞けばいいかは、わかっている。モンタギューの答えが手に入ったら、君が手隙のときに、それが真実だと裏付けてくれるだろう」

「それは部下がやります——そうできるものなら」

「できるにきまっている。私はまったく心配していない。殺人犯がどうして自分の姿を見せたのか、それはわからない。しかし、理由があったはずだ。姿を見せたのは確かだろう。モンタギューが嘘をついているはずがない。そろそろ、おやすみを言う時刻だ。私たちはお互いによく理解し合っているということだね。この話をスコットランド・ヤードに持っていく前に、私に聞かせてくれたのだから」

「そのとおりです。私は確信していました。相手が誰であろうと、あなたは正義が行われることだけを望まれるだろうと」

その時、病気の教会区民から緊急の知らせが入り、ミッドウィンターは、物思いに耽りながら立ち去った。

かたやフェリックスは、モンタギュー・テンプラーの心境の変化には別の説明があるのかもしれないと思案していた。病人の元へ急ぎながら、ミッドウィンターから聞いた話をじっくりと考えた。罪を犯した良心の呵責に苦しむ、犯罪者としてのモンタギューの像が、一瞬、頭の中をよぎることもあったかもしれない。しかし、その考えは、モンタギュー・テンプラーを知る人間にとっては、あまりにもばかげていた。一笑に付すべきものであり、ミッドウィンターの主張する状況証拠がどれほど確固たるものであっても、モンタギューの人柄と経歴を考えれば、いずれは打ち砕かれるものとフェリックスにはわかっていた。ミッドウィンターに話したように、モンタギューのことは子供の頃から知っており、ふたりの目標や理想はずいぶんかけ離れてはいたが、モンタギューが犯罪に関わることは決してないと知っていたのである。

だが、フェリックスは逮捕という事態を怖れていて、何があってもそれだけは阻止しようと決心していた。そんなことになれば、おそらくサー・オーガスティンの命は絶えてしまうだろう。ミッドウィンターがわずかな余裕を与えてくれる前に、彼はどのような犠牲を払ってでも、法のそうした無益な手続きには抗う決意を固めていた。フェリックスはペトロネルのことも考えた。モンタギューに質問するにしても、彼に疑念を持たれないよう、うまく聞き出さねばならない。ペトロネルに質問してもらったらどうだろう。彼女自身はもちろん、その質問の意図には気づかないはずだ。考えれば考えるほど、ミッドウィンターの巧妙さに対するフェリックスの感嘆の念は大きくなっていった。そして、ミッドウィンターが張り巡らした網が脆弱であるという確信も強まった。だが、懸念もあった。関わっている人々に、その仮説がどのような影響を及ぼすか判断できなかったからだ。仕事を決しておろそかにしないミッドウィンターは、裏づけとなる証拠を探そうとするだろう。彼の友情に訴えたところで、捜査を阻むことはできないのはわかっていた。それに、最後の手段であっても、友情にすがるような真似はしたくなかった。フェリックスに与えられた猶予期間のうちに、ミッドウィンターの仮説を一掃するしかない。フェリックスは、手始めに、いとこのペトロネルを誘い、修道会で会うことにした。

第七章　第三の事件

ペトロネルはフェリックスの誘いを喜び、よい知らせを携えてやって来た。フェリックスが、サー・オーガスティンから聞かされたモンタギューの憂鬱が心配だと話すと、ペトロネルのほうはもっと明るい話をした。

「モンタギューはよくなったわ――確かだと思うの」とペトロネルは言った。「モンタギューはもう憂鬱な顔はしていないわ。辞表を提出して、新しい生活に落ち着く準備をしているの。どういうことかわかるでしょう、フェリックス。私たちはずっと暗い気持ちでいることはできないわ。いつも思い出しているわけにはいかないのよ。おじい様のようなお年寄りでも、忘れている時には、前より少しは幸せそうに見えることもあるわ。お年寄りには、忘れることは、私たちより簡単なのかもしれない。でも、私たちだって同じね。私はモンティーといると幸せなの。彼をますます愛するようになっているから。彼が幸せだと感じてくれると、私はもっと幸せになるわ。でも、それは、私が大事な父や弟を忘れたということではないのよ。喪失感と恐怖がよみがえってきて、それに呑み込まれてしまうような気持ちになることもあるわ」

「わかるよ――誰よりもね」とフェリックスは答えた。「君のお母さんも同じように感じておられるのだろう。一昨日、昼食をご一緒したよ。お母さんが僕に会いたいと言われたので、喜んで出かけた」

「きっと、力づけてくれたのでしょうね。母はとても苦しんでいるわ。でも、私が知っている誰よりも、自分の気持ちを隠すのが上手なの。きっと第二の天性なのでしょうね」

「そういう人だ。テンプラー家の者にはない才能だ――自分の気持ちを隠すというのは。君が言うように、第二の天性かな。しかし、いつも意識しているわけではないだろう。モンティーのことは、とてもうれしいよ。彼を働かせるんだ。仕事から気を逸らさせないようにするといい。君も知ってのとおり、仕事は僕の万能薬だ。難しい問題を抱えている時には、とくに効き目がある」

ふたりはモンタギューについて話し合い、フェリックスは、質問する手間もかけずに、重要な情報を手に入れることができた。ペトロネルは、モンタギューのシェフィールド行きのことを話し、そこでは軍隊の古い友人であるフォード・トレイシー大佐夫妻の家に泊まったと説明した。フェリックスはそれを聞いてほっとしたが、それを押し隠し、ペトロネルの将来について訊ねた。ペトロネルはモンタギューを心から信頼しており、時が来れば、彼は賢明で誠実な指導者となり配偶者となってくれるだろうと語った。

「私は、どうやってもキングスクレセットの立派な奥様にはなれないでしょうね」とペトロネルは言った。「女主人の役を演ずる野心はないし、そんなものを持っていたとしても、それに必要な頭のよさも性格の強さも備えてはいないわ。モンタギューは、私が最善を尽くすと信頼してくれている。でも、私は自分の親族と一緒にいるのが一番いいのよ――みんなの世話をしたり楽しませたりするのが。社交界ではなくて。社交の才能がないのね。母から聞いているかもしれないけれど」

「モンティーに、それを理解してもらうことだ。君の役目は、毛を刈ったばかりの子羊に風が当たらないよう気を配ったり、多くの貧しい者たちを励ますことかもしれない。モンティーは弱い者には冷たいからね。今のところは彼も、自分や自分の階級を、毛を刈ったばかりの子羊と考えたい気分でいるようだが」

ペトロネルは弱々しくほほ笑んだ。

「もちろん、モンティーも時代と共に生きていかなくてはならないわ。おじい様でさえ、それを理解していらっしゃる。主人と使用人の昔ながらの関係は、過去の話なのよ――キングスクレセットにおいてさえも」

「そうだね、オーガスティン伯父さんはとてもよく理解している。このところ、伯父さんのことを身近で見る機会が多かった。すばらしい人格の持ち主だよ、ペトロネル。しかし、あの人は、これまでの人生で現実を深く理解する必要はなかった。富の力ではどうすることもできない愛と死だけは別だが。彼よりも若くて感じやすい僕たちの目には不思議な感じがするが、伯父さんは家族の恐ろしい死を受け入れ、耐えがたい悲しみから、ゆっくりと平穏な日常生活に戻っていこうとしている。伯父さんは全力を尽くして耐えた。しかし、目の前の悲しみがいかに大きなものであろうと、時の経過や習慣の力が癒さないものはない。僕たちは以前と同じことを続けていくし、かつて楽しんでいたものにまた興味を抱くようになる。伯父さんも同じだ――すでに少しずつそうなっている――まるで君のお父さんや弟が亡くなってなどいないかのように」

ペトロネルはすすり泣き、フェリックスは彼女の涙を止めようとはしなかった。しばらく沈黙が続いたあとで、彼女は口を開いた。

「おじい様があれほど夢中になれる対象を持っていらっしゃるので、救われるわ。その興味で、ご自分のことから気を逸らせることができるのよ。数日前の朝、ある旧友の方からお手紙がきたの。メナンドロスの至言はすべてプラトンの本に書いてある、という内容だったわ。おじい様は激怒されて、朝食の間、ずっと同じことを言っていたわ。『どんな学者にとっても周知の事実を否定するつもりか。メナンドロスが手本にしたのは、ホメロスとヘロドトスだけだ！　死者をこのように中傷するのは恥ずべきことだ。情けなくて、胸が痛くなる。こんな不謹慎なことをしてもいいと考えるような男を、五十年間も友人だと思ってきたなんて！』という調子だったわ」

「伯父さんの声が聞こえるようだ。気を悪くしてはいけないよ。時が過ぎて、伯父さんがささいなことに夢中になったりしてもね。それは伯父さんにとっていいことだし、だからといって事件のことを忘れてしまったわけではないんだ。忘れてしまえれば、楽なのかもしれない。でも、伯父さんは事件以来、ずいぶん老いてしまった。深い傷が残り、それが癒えることは決してないだろう」

「私がおじい様を批判してるなんて考えないで。モンティーや——自分自身に対してもそんなことはしないわ。世界は続いていくのよ。大きく変わっていくわ。私は自分をいちばん責めている。あれほど愛していた人たちが永遠に去ってしまったというのに、恋をしてるなんて、冷酷でひどいことに思えるの」

「それは違う」とフェリックスは言った。「死者への愛は、生きている者への愛と対立するものではない。死者への愛は、この世の苦悩や熱狂を超えた、高貴で浄化された愛だ。モンタギューと伯父さんはうまくやっているかい？」

「とても。おじい様は、ますますモンタギューを頼るようになっているわ。ある意味では、弟が相続人だった時より今のほうが、将来的には安定すると、おじい様は考えているようなの。トムが大人になった時、キングスクレセットの管理をどうするのか、その間に未来がどう展開していくのか、誰にもわからないでしょう。でも、モンティーは大人だし、考え方もおじい様が望んでいるものにかなり近いわ。農場管理人のテリーが言うには、モンタギューはおじい様より厳しいらしいの。テリーはそれを歓迎しているわ。モンタギューの下でキングスクレセットの立て直しが行われると思ってるの。でも、モンタギューはおそらくテリーや彼の息子さんを必要としないでしょう。テリーは気の毒に、そんなことは考えてもいないようね。息子さんも父親と同じ仕事をするための教育しか受けていないのに。でも、モンティーは、そのうちに軍隊の友人を農場管理人に据えるつもりでいるわ。あなたも知っているように、彼は戦争で戦った人間がまず職を与えられるべきだと考えているの。テリーの息子さんは年齢が若すぎて、戦争には行かなかったのよ」

「モンティーは旧い秩序に従った考え方をするからね」とフェリックスは認めた。「変化の息吹も、モンティーの考え方にはなんの影響も与えないようだ。しかし、いま計画されている貧しい者への正当な改善策は、受け入れたほうがいい。君は全力をあげてそれに協力すべきだ。異論を唱えたりせずに。法と宗教がそろって推し進めようとしていることに反対するのは、品位に欠ける行為だ」

「あなたがそう考えるのはわかるわ」

「だったら、君もそう考えるべきだ。君はモンティーに絶大な影響力を持っている。心がそうしろと促すなら、それを実行する機会を逃してはいけないよ、ペトロネル」

彼女は頭を振った。

「モンティーは私の愛情を大切にしてくれるし、それを誇りに思ってもいるわ。でも、私の知力はまったく重んじてはいない。当然だと思うけど」

「君の力はもっと大きいよ」と、フェリックスはペトロネルに自信を与えるように言った。「わが国の立派な兵士の多くがそうであるように、モンタギューは、永遠の真理を見失っているんだ。この世界が通り抜けている失意の泥沼のなかでね。君がいるところで、モンタギューに宗教を疑うような言葉を言わせてはいけないよ、ペトロネル」

彼女は黙っていた。

「僕が教えたことを、実行に移すよう君は努力しなくてはいけない」と、フェリックスは断固とした口調で続けた。「自分のささやかな叡智が人の役に立つとわかっているのに、それを胸の奥にしまっておくのは身勝手というものだ。この世における僕たちの限界とは、僕たちがうわべだけしか理解できないということだ――現実は僕たちの理性のはるか彼方にある。だが、僕たちの信仰を超えることはない。最近のモンタギューの考え方には、実利主義的な傾向があってがっかりさせられる。そんな考え方に屈しないよう、君が力を貸さなくてはいけない。僕たちには自分たちを救う手段がたくさんある。モンタギューは、戦争から戻って以来、自分の偉大な才能をわざと使わないようにしている。僕にはそれが悲しい。彼は、現実の本質を見たり感じたりしてきたと思っている。だが、感覚で捉えられるような物事は――心の悲しみも、肉体の苦痛も――すべて等しく現実ではないというのが、真理なのだ。僕たちの欲望や願望はすべて、ことごとく、まったく現実のものではない。ただひとつの現実は、僕たちのなかに非現実の背後に隠された永遠の真理を勝ち得る力が秘められているという、その確信だけだ。ペトロネル、心からの信仰と信頼という手本によって、君はモンタギューをこうした危険から遠ざけなければならない。それは、どんな教えより立派なことだ」

「そのお手本がどんなものかわかっているわ」とペトロネルは認めた。「私はとても良いお手本に従ってきたのですものね、フェリックス」

「彼らに良き手本を示す力があるということは、誰にも否定できないすばらしい特権だ。聖徒シャンペルノワーヌ神父のことを考えてみてくれ。彼には黄金の舌はないが、その心は黄金でできている。かぐわしい吊り香炉のようなもので、その心から発する甘い香気が、彼のそばで働く幸運に恵まれた人間すべての周辺に漂っているんだ」

ふたりは、フェリックスが仕事で呼ばれるまで話し合っていた。

「あなたと一緒にいられてよかったわ」と、別れ際に、ペトロネルは素直に言った。「おじい様は、来週あなたが来てくれると楽しみにしているわ。会議のために書いたものを、あなたに読んでもらいたいらしいの」

「できれば、行くつもりだ。シャンペルノワーヌ神父が帰って来るまでは、ここを離れるのは難しいが。サー・オーガスティンが会議のことを考えてくれていてよかった。ペトロネル、僕たちと教会が、互いに理解しあい尊敬しあう関係で結びつき交わることができるなら、どんなにいいか！僕は言葉にならないほど苛立つんだ。僕たちはローマに敬意を払っているのに、ローマは僕たちに敬意を払わず、そうする気もない。つい先週、あの古い冗談をまた聞かされた——苦々しい口調ではなく、ほとんどからかい半分だったが。『教皇派《ペイピスト》と猿主義者《エイピスト》がいる』と、ホリー・ソロー教会のマクブリッジ神父が言ったんだ。彼はいつもあからさまに言う。僕はあまりにも論理的で真理に拘泥しすぎるから、永久にいまの地位にいるしかない、とね」
「それを聞いたら、おじい様はきっとひどく悲しまれるわ」
「だったら、伯父さんには話さないでくれ」
「あなたのために祈るわ、フェリックス。あなたは私のために、あれほど多く祈ってくれたのだもの」

別れるとき、フェリックスはペトロネルの手を握りしめた。ふたりともこの穏やかな会話を記憶に残すことになった。次に話し合う機会が訪れるのは、ずっと先のことだったからだ。ペトロネルは、フェリックスの考えを過激とは思わなかったが、帰り道でフェリックスが語ったことを考え直してみた。モンタギューの友人たちのなかには、アングロ・カトリック教徒が占めている地位は、理性的に考えれば擁護しがたいとほのめかす者たちもいた。しかし、モンタギューはサー・オーガスティンのいる前では、そういう話は一切しないよう気をつけていた。それでもときには、金をばらまくような慈善に反対するフェリックスの考え方について、偏狭で頑固だと露骨に批判した。

実際、ふたりの青年は、次に顔を合わせたとき、フェリックスの領分である問題をめぐって、辛らつな応酬を交わすことになった。そしてモンタギューは、フェリックスの気高く純粋な感受性を、無遠慮に刺激してしまったのである。その出来事は、一方にとっては生きているかぎり忘れられないものとなった。意見の衝突からわずか三日後に、ひとりが現世からあの世へと旅立ってしまったからだ。

フェリックスは約束を守り、週末には伯父の家に戻った。時は穏やかに過ぎ、日曜日の夜、サー・オーガスティンはふたりの甥と一緒に図書室に座っていた。翌日、フェリックスとサー・オーガスティンはロンドンに発つ予定だった。その日モンタギューは、一日じゅう憂鬱な顔をしていた。神経をとがらせ、いらいらしている様子だった。領地のことで不平を言い、サー・オーガスティンにこれまでのやり方を変え、年配の使用人の何人かを、年金を与えて退職させるよう迫っていた。モンタギューはすでにその者たちには仕事をさせないようにしていた。

サー・オーガスティンはヴェネチアン・グラスから酒をすすりながら、葉巻をくゆらし、疲労をにじませ、思案するような目でモンタギューを見つめていた。

「君は私を疲れさせるよ、モンタギュー」と、サー・オーガスティンはようやく口を開いた。「君は辛らつに批判することで、自分に任された責任を果たそうとしているが、その批判には、私の年齢や人生観が考慮されていないな。『みなから金持ちと呼ばれ、誰からも幸福とは言われない』とメナンドロスは言っているが、そのような暗い結末を、私はなんとか避けようとしてきたのだ」

「伯父さんは怠惰には甘すぎるし、やる気がなくて礼儀をわきまえない連中の悪習には無関心すぎるのです。連中はこれまでずっとあなたの金で楽に暮らしてきたんですよ」

サー・オーガスティンはそれには答えず、ちょうど原稿を閉じようとしていたフェリックスに目を向けた。

「できはどうかな、フェリックス？」

「すばらしいですよ、オーガスティン伯父さん。見識と情熱に満ちあふれていて。そう、情熱です。若い人々に手本を示すのは伯父さんの特権なのです。会議は、この演説でじつに実りあるものになるでしょう」

「調子が強すぎはしないか？　教会にとっては難しい時代だからな」

「自分たちで難しくしているのだし、それに教会の指導者が臆病だからです。説教も、いまやローマ教会や合理主義への弁明にあけくれています」

「時代からの合図だよ」と、モンタギューが割って入った。「この世界はその場しのぎや様子見にはもううんざりしているんだ。遅かれ早かれ、理性が好機を捉えるにちがいない。聖職者でさえ、そのうちの何人かは、それを察知して、無茶なことを始めようとしている。戦場の前線で、最悪の事態が始まった頃、よく考えたものだ。理性を最優先にしていたら、世界はどうなっていただろうかとね」

フェリックスの顔が紅潮し、目が鋭く光った。しかし、なんとか自分を抑えていた。

「世界が今のような窮状に陥ったのは、宗教が合理主義をもてあそび、われわれのなかに考えを誤った羊飼いがいるからだ」とサー・オーガスティンは断言した。「会議で行う予定の演説でも言うつもりだが、モダニズムは敵だ——杯に入れられた毒なのだ」

「世界はもっと寛容になっていますよ」とモンタギューは言い返した。「頑迷な人間にはうんざりしているんです」

「まるで愚か者が口にするような言葉だ」と、フェリックスは静かに言った。「君には理解力というものがないのか？　ことを成し遂げるのは、その頑迷な人間や信仰によって奇跡を起こす人々なのだということが、わからないのか？」

「成し遂げるって、どんなことをだ？　僕だって君と同じように歴史を読むことはできる。開かれた心というものを教える歴史に、異議でもあるのか？」

「君のいう開かれた心とやらは、重要なことは考えない空虚な精神だ」と、フェリックスは真剣な口調で答えた。「明らかな危険や恐ろしい悪魔を目の前にして、偏ることなく、真の平衡感覚を保つことは、不可能だ。開かれた心とは、今日では、無益でうつろな精神のことで、それを公言する者は、畏れられもしないし、尊敬もされない」

「その点は、君の言うとおりかもしれない」と、モンタギューは答えた。「開かれた心は、キングスクレセットにいるずる賢い浪費家や略奪者にとっては、それほどいいものではないだろうからな」

「僕はモダニズムを憎む」とフェリックスは続けた。「それは懐疑主義の温床であり、それを促成栽培する温室だからだ。何千もの細胞を破壊する癌だ。不信心な聖職者が口にする神についての卑しい新解釈から、神の存在の否定までは、ほんの一歩しかない」

「そんなに頑固になるのはよせ」と、モンタギューは答えた。「思い上がるな。その〝不信心な聖職者〟は、風向きを把握していて、それに応じて自分たちの船の荷を軽くし、帆の数を減らしているだけだ」

「頑固になるなだって！　君こそ、不信心なのではないか？　もしそうなら、君はテンプラー家始まって以来の、最初の不信心者だ。かわいそうに！」と、怒りに我を忘れて、フェリックスは叫んだ。

「信仰の問題については、われわれは頑固になるべきだ」とサー・オーガスティンはきっぱりと言った。「われわれをこのような危機に導いたのは、誤った寛容さなのだ。フェリックスのような人間は、詭弁や逆説や形而上学を操るためにいるのではない。彼は、言葉を切り刻む者たちではなく、働く者たちに属している。君と同じように戦場に行ったフェリックスには、当然わかっているはずだ。エネルギーは温存すべきで、つまらぬことに費やしてはならないとな。世界の未来を造るのは言葉ではなく、行為だ。そして行為とは、確信と不変の原理に基づいてなされるものだ」

「現代の知識が古い迷信を少しずつ打ちこわし、働くにせよ語るにせよ、種子は育ち、新たな価値が受け入れられていくのですよ、伯父さん」とモンタギューは言い返した。その主張に、フェリックスはまた憤慨した。

議論は激しさを増し、とうとうサー・オーガスティンが立ち上がって、ふたりに黙るよう命じた。

「もうこの辺にしておこう」とサー・オーガスティンは言った。「実りのない思考は、無駄だ。君の考えは不毛だよ、モンタギュー。君の精神には戦争の苦い味がしみ込んでいる。君はさしあたり作物のできない土地のようなものだ。君をそんな不毛の地にしてしまったものがなんであるか、私は十二分にわかっている。目を覚ませ、モンタギュー。これまでを思い起こし、メナンドロスの優れた言葉を憶えておくのだ。『成す事が正しいときには、希望を盾として掲げよ。さすれば、神は正直な勇気を助けてくれる』。さあ、握手して、寝るとしよう」

ふたりは即座に従い、フェリックスがまず謝意を示した。

「すまなかった。しかし、僕には聞き捨てにしてはおけないことがあるんだ。黙ってもいられない、冷静でもいられないようなことが」

「ばかだったよ」とモンタギューも応じた。「こんな粗暴な考えを口にするなんて、きっと、伯父さんの言うような希望を見失っていたからだろう。正直に言って、いつもの自分ではないんだ。僕を今のような責任のある地位につかせた、あの恐ろしい犯罪のせいで、希望が持てなくなっていた。考えてもみてくれ。伯父さんもフェリックスも、僕の立場をわかっていないようだ。それが、遠からずフェリックスの立場になるかもしれないということも。僕たちの後ろに迫っている、悪意に満ちた恐ろしいもの――それがもはや存在しないなどと、どうして思えるんだ？　僕たちを追いつめて命を奪おうとしている未知の人間、あるいは集団がいて、法と秩序の力もまったく役に立たず、彼らの正体をつかむことさえできない。それは最初からわかっていた。その敵は、僕たちにはわからない理由で、最終的な目的を達成しようとしている。その目的がまったくわからないから、僕たちは、羊の群れのように、自分たちを守ることもできずに、屠殺場に向かっているのだ。次は僕だ。わかっている。臆病からでも、死が怖いからでもない。怯えているわけではない。しかし、体が麻痺したようになって、手探りしながら、不思議に思うんだ。天におられる神はなぜ、つねに宗教や名誉やその他の何もかもを擁護してきた由緒正しい一族を、冷酷な攻撃にさらし、抹殺されるがままにするのか。神の摂理が行うゲームは、スポーツマンが理解しているようなものではない。だから、理性なら何かを教えてくれるのではないかと考えてしまったのだ。こんな状況を救ってくれるのは、理性だけだろうと。戦争でも同じだった。かっとなって集中攻撃をするんだ。敵がどこに潜んでいるのかもわからないのに」

「ペトロネルの話では、君を悩ませていた憂鬱は消えたはずだろう」と、フェリックスは言った。

「彼女と一緒のときはね。ペトロネルは僕を元気づけ、明るい気分にしてくれる。それに、離れていると心配でたまらない。見知らぬ悪党たちが、今度はペトロネルを殺そうと、時をうかがっているかもしれないからね」

「これまで、そんなことは起きなかった。彼らは目的を果たし、これで攻撃は終ったということではないだろうか」と、フェリックスは言った。だが、モンタギューは違うと言い切った。

「ペトロネルが襲われていないという事実は、それとは正反対のことを示している。それについては神に感謝するが、危険はペトロネルから僕に移ったということだ。この復讐、あるいは報復、何でもいいが、その対象がマシューだけだったとしたら、息子の命と同様にその娘も容赦はしなかっただろう。しかし、僕の考えでは、その復讐の相手は、キングスクレセットの相続人なのだ。そして、ペトロネルは相続人ではない。その考えは間違ってはいないと思う。だから、次に狙われるのは僕だと思う。ペトロネルに結婚を申し込んだりしなければよかったと考え始めているんだ」

サー・オーガスティンは、モンタギューの言葉にひどく動揺し、一瞬、いつも変わらぬ冷静さがぐらついた。

「どうして、若い者を攻撃し、年寄りには手を出さないのだ？　なんという残酷な、まるで悪魔そのものではないか！」と、サー・オーガスティンは叫んだ。

「われわれは神の御手のなかにあります」と、フェリックスは言った。「モンタギューが何よりもまずそう考えてくれるよう、祈ります。彼らには肉体を滅すことはできても、魂を滅すことはできないのです。そういう者たちを怖れたりしないように。いまだにわれわれの頭上にのしかかっているこの危機が、モンタギューの信仰をぐらつかせることができるとしたら、それは人間ではなく、悪魔そのものの仕業だと考えるしかありません。しかし、私はそのようなことは考えません。誰でも、遅かれ早かれ、信仰を試されるときがきます。誰でもわかっていることです。そして、モンティー、君の審判はこんな恐ろしい形になってしまった。その誘惑をはねつけて、なにものにもとらわれずに考え、それを克服したあかつきには、肉体的な危険は——そんなものがあるとしたら——君を用心深い人間にはしても、弱い人間にはしないだろう。やがて正義と公正が立証される。やがてこの残酷な行為の真実と目的がわかるときがくる」

しかし、モンタギューは頭を振った。

「これは、たぶん狂人の仕業だ」と、サー・オーガスティンは思い切って言った。「こんなことをできるのは、そうに決まっている」

ほどなくして、彼らは別れた。フェリックスは夜の間ずっとひざまずいて祈り、モンタギューは自分の態度を恥じていた。叱られた小学生のように、一家の長の前で泣き言を並べたのだ。モンタギューは、もう二度と、自分の品位や人格を落とすような真似はしないと心に決めた。朝食のときには、モンタギューは昨夜とは打って変わって、いつもの自信と余裕を取り戻していた。彼はいさぎよく心を改めた。サー・オーガスティンにはキングスクレセットの昔ながらのやり方や習慣を強く批判しすぎたことを謝罪し、自分の新しい仕事にはもっと思いやりを持って臨むと約束した。そして伯父と従兄弟が駅へ向かう自動車に同乗し、フェリックスにも後悔の気持ちを伝えた。

「昨夜、僕が口にしたたわごとを、深刻に受け取らないでくれ。僕はまっとうなキリスト教徒だ。その伝統を壊すつもりはない」

「そんなことをしたら、ペトロネルの心も壊れてしまうだろう」と、フェリックスは答え、ふたりはよき友人として別れた。

次の日には、重要な意味をもつかもしれない面談が予定されていた。バートラム・ミッドウィンターが修道会で夕食を共にすると約束していたのだ。しかし、ロンドンへ戻る一時間前に、その面談に関するフェリックスの懸念は消えていた。ミッドウィンターが、フェリックスを悩ませていた問題は片付いたと、電報で知らせてきたのだ。その電報は、キングスクレセットを発つ前の朝食のときに届いたが、フェリックスは自分ひとりの胸におさめておいた。サー・オーガスティンもモンタギューも、その厄介な問題については何も知らなかったからだ。モンタギュー・テンプラーと友人のアーネスト・ウィルバーフォースの疑惑は晴れた――とにかく、ジョン・グラットンの死に関するかぎりは。

翌日の夕方に顔を合わせたとき、ミッドウィンターはさらに詳しく説明した。いまでは黒髭の男に代役はいないと確信しており、モンタギューへの疑惑も完全に消えたというのだ。

「少佐は、驚くべき偶然の連鎖に巻き込まれてしまったのです」質素な食事が終り、ふたりだけで椅子に座ると、ミッドウィンターはそう言った。「状況証拠がこれほど密に連鎖している事件は、初めての経験です。しかし、少佐の性格を知っているあなたが言っておられたように、あの考えは不可能でした。ウィルバーフォース氏を個人的に調べた結果、彼についても同様に、疑いは消えました。ウィルバーフォースは、気のいい、悪事とは無縁の男ですよ。モンタギュー少佐のことを英雄だと思っています」

「君がもっとよくモンタギューを知っていたら、そもそも彼を疑ったりしなかっただろう。彼には、宗教より名誉のほうが勝る場合もあるんだ」

フェリックスはモンタギューと交わした会話のことを、ミッドウィンターに話した。互いの意見の相違には、ほとんど触れなかったが、モンタギューが抱いている恐れと予感のことは、詳しく伝えた。

「他の人間なら、それもごく自然なことかもしれない」と、フェリックスは言った。「しかし、モンティーの場合は、まったく性格に反することだ。他の人間なら、良心の呵責が心にあって、そんな形で出てきたと解釈できるかもしれない。君の仮説がまだ有効だとしたらね。だが、ありがたいことに、そんな考えはもう捨てていい。重要な点は、これは君にも役立ちそうなことだが、どうやらモンタギューは、この事件はまだ終っていないと確信しているらしい、ということだ。この恐ろしい攻撃はマシュー・テンプラーやその息子だけに向けられたものではないと、モンタギューは固く信じているようだ。暗殺集団のようなものを考えているらしい。彼らはわれわれの誰にも個人的恨みなど持っていない。だが、一度やり始めたら、そのまま全員を殺害するまでやめないだろうというんだ。ネジを巻かれ、私の一族に対して攻撃を開始し、目的を達するまで決して止まらない、機械装置のようなものだと。しかし、本当に、見知らぬ人間たちが、私の家族を全滅させようとしているのだとしたら、彼らを見つけ、その危機を回避するには、狙われた側の力や工夫など役に立たないのではないだろうか？　さまざまな進歩をなしとげ近代的な犯罪捜査方法が確立した二十世紀において、なんの罪もない家族全員が、このように次々と狙い撃ちされ、殺人犯はその度にまんまと逃げおおせる、そんなことが可能なのだろうか？　犯人たちが巧妙すぎて、跡を追うことも捕まえることもできないのなら、別の方面から調査しても、無駄ではないか？　この恐ろしい事件の動機も目的も明らかにはできないかもしれない。理由はあるにちがいない。たぶん誰かが個人的な利益を得ようとしているのだ。われわれには敵もいなければ、悪意をもたれる原因もない。それは証明された。そうでないとすると、モンタギューの場合には、決闘の結果だと考えられる。しかし、死んだ友人もしくは兄弟の復讐のためにやって来た男が、従兄弟のマシューの存在を知らなかったとは思えないし、それ以上に、ジョン・グラットンの殺害に関わったはずはない」

ミッドウィンターは深い興味を示しながら、フェリックスの言葉に聞き入った。彼の声には、怒りを含んだ抗議の響きがあり、それはミッドウィンターも同じ気持ちだった。

「あなたがそうおっしゃるのはもっともです」と、ミッドウィンターは言った。「見知らぬ敵に対するその気持ちが、私に向けられたとしても、あなたを責めるつもりはありません。私も、彼らを見つけようと努力してはいるのです。が、その努力もまったく実を結んではいないし、それは認めなくてはなりません。今のところ、何が起きたのか見当もつかないという状態で、それは三ヶ月前と同じです。もう一度、事件の発端に戻り、忌まわしい黒髭の男が姿を現したすべての事件を結びつける鎖の環を洗い直してみたいと思います。ご存知のように、きわめて心もとないものですが、ひとつだけ共通点があります。サー・オーガスティン・テンプラーの遺言書です。亡くなった方たちのお名前は、すべて遺言書にあったのですね？」

「その点は確かだ。それに、伯父はまちがいなく、孫娘のことも忘れてはいなかっただろう」

「ご家族で存命なのは、ミセス・マシュー・テンプラーとテンプラー少佐、それにあなたです」

フェリックスはうなずいた。

「そういうことになる。もちろん、マシューと彼の息子が亡くなったあとで、新しい遺言書が作られた。しかし、問題にすべきなのは、古い遺言書だと思う——キングスクレセットに侵入した男が読んでいた遺言書だ。その内容について私にわかっているのは、すでに君が知っていることだけだ。しかし、そこから何か得るものがあるのなら、サー・オーガスティンはきっと君に見せてくれるだろう。それが破棄されていなければだが。いずれにしても、サー・オーガスティンなら、黒髭の男が読んだであろう内容やその効力について、正確に話すことができるはずだ。その男が遺言書を読んでどこまで把握したか、それはわからない。男が逃げたあと、床に落ちていた遺言書が発見された」

「殴られた耳は、まだ痛みますか？」

「いくらかね。だが、少しずつよくなっている。耳科医のブリッドストウ先生によると、鼓膜は破れていないので、後遺症の心配はまったくないそうだ」

ミッドウィンターは葉巻の火を点けなおし、遺言書に話を戻した。「とりあえずその遺言書の内容をすべて知りたいですね。サー・オーガスティンは、大きな財産と大きな寛容さをあわせ持っておられます。いつか大金を手に入れる受益者が他にもいるかもしれません。そのような人物がいるなら、彼らを調べることで何か出てくるかもしれない。しかし、そのような人物がいるとしたら、相続人ではなく、サー・オーガスティン本人を襲ったでしょう。もうひとつ考えられるのは、領地を処分する権利をめぐるものです。テンプラー少佐の言ったことが正しくて、実際にあなたのご家族をひとり残らず抹殺しようと企んでいる悪党の一団がいるとしたら、あなたとテンプラー少佐とサー・オーガスティンがすべて亡くなった場合、キングスクレセットはどうなるのでしょうか？遠縁の親族がいるはずです。誰かが相続することになります。それは、どんな人々ですか？そういう人物や、彼らについての情報を何か知りませんか？　そういう人物が存在しないとしたら、さまざまな清算がすんだあとの財産は、国王に帰属することになるのでしょうか？」

それらの質問に対する答えが口にされることはなかった。フェリックスが知るかぎりのことを説明しようとした時、それを中断するようなことが起きたのだ。

「私が知るかぎり、相続人はいない」とフェリックスが答えたちょうどその時、修道会の使いの者が電報を持って入ってきた。時刻は十時だった。

電報は短かった。

『テンプラー少佐、死す。ファスネット』

「ファスネットは、キングスクレセットの執事だ」と、電報をミッドウィンターに手渡しながら、フェリックスは説明した。

ミッドウィンターは電報を読み、サー・オーガスティンのことを考えた。

「伯父様は?」

「ロンドンにいる。明日、キングスクレセットへ帰る予定だ」

「ファスネットは、サー・オーガスティンにも電報を打ったでしょうか?」

「いや——ファスネットは、きっと電報を打ってはいないと思う。彼は、このことを私に任せたのだ。ミス・テンプラーのことも、私に任せるつもりだろう」

「時間が貴重です。まだ最終列車に間に合うでしょうか?」

しかし、フェリックスは立ったまま呆然としていた。

「なんてことだ、彼は正しかった——かわいそうに、モンタギュー!」

「まだわかりません。ここに時刻表はありますか? しっかりしてください、フェリックス神父。車を使ってでも、今夜のうちにどうしてもキングスクレセットへ行かなければなりません」

「サー・オーガスティン——ペトロネル——」とフェリックスは言った。「ふたりのことを——これは明日の新聞に載るのだろうか? ふたりには、朝まで知らせずにおくことはできないだろうか?」

「今はまだ何もわかりません。とにかく、向こうへ行かないことには」

フェリックスの顔に間違えようもない、ある感情が浮かんでいた。恐怖だった。少しの間、フェリックスはいちばん辛い思いをするであろう人々のことを忘れ、自分のことしか考えていないように見えた。顔は蒼白になっていた。目に見えない使者がすでに彼の側にいるかのように、肩越しに振り返った。

「次は私の番だ!」フェリックスはそう言って、蒼白な顔でミッドウィンターを見つめた。その言葉を聞いて、ミッドウィンターは胸を衝かれた。フェリックスの顔に恐怖が浮かぶのを見たのは、初めてだった。フェリックス・テンプラーが戦争中、数え切れないほどの危険に身をさらし、きわめて勇敢にふるまったことは知っていた。だが、ミッドウィンターが口を開く前に、フェリックスの表情は変わった。つかの間の恐怖の発作は過ぎ去った。自分にまとわりつく虫か爬虫類のように、フェリックスはそれを振り払った。顔には血色が戻ってきた。

「許してくれ。バートラム——これは悪魔の誘い——恐怖だよ。だが、もう消えてしまった」

フェリックスは机の上で時刻表を探したが、見つからず、電報を届けに来て、まだそこにいた男に目を向けた。

「時刻表を持ってきてくれ。それから、電報配達人に返事は出さないと伝えてくれ」とフェリックスは言った。男が急いで出て行くと、ミッドウィンターのほうに振り返って言った。

「何でも指示してくれ。君の言うとおりにする」

しかし、今度はミッドウィンターが迷っていた。

「あなたは生きている。テンプラー少佐は亡くなった」ミッドウィンターはゆっくりと言った。

「私は少佐を救うことができなかった。しかし、あなたは守ります。人の力で守ることができるものなら。結局、テンプラー少佐が正しかったということです。もう絶対に、あなたの側からは離れませんよ！」

「それなら一緒に行こう。サー・オーガスティンには明日の朝いちばんに電報を打つ。伯父がロンドンに留まってくれたら、そのほうがいいと思う。だが、そうはしないだろう」

最終列車には十分に間に合った。しかしキングスクレセットではなく、五マイル離れた中間駅までの列車だった。そこから先は、地元で車を手配すれば問題はなかった。

ミッドウィンターは長いこと迷っていたが、結局、その行き方が最良の方法だと判断した。ファスネットの短い電報から、事前になんらかの策を練るのは不可能だった。詳しいことは何ひとつわからなかったのだ。

第八章　ワイアー・ヘアード・テリア

深夜十二時を過ぎてまもなく、フェリックスとミッドウィンターは、無事にキングスクレセットへ到着した。一階には明かりが点き、十二人の男たちが待ち受けていた。地元の警察官、内科医のフォーブズ医師、猟場番頭のウォートン、猟場番のローレンス・フーク、などが顔をそろえていた。ファスネットも、フェリックス・テンプラーとミッドウィンターに詳しく事情を説明するため、そこで待っていた。

制服姿で、白髪混じりの髭を生やし、疲れきった様子のマーチャント警部が、まず口を開いた。「来てくださると思っていました」と、彼はミッドウィンターに話しかけた。「神父があなたのところに立ち寄って、可能であればきっと一緒においでになると考えていました」

「サー・オーガスティンやミス・ペトロネルには連絡したのか？」と、フェリックスはファスネットに訊ねたが、執事は首を横に振った。

「いいえ、フェリックス様。私はそうしようと思ったのですが、フォーブズ先生が反対されたので。事情を配慮されて、先生はまずあなたにご連絡すべきだと申されました」

「このことは、明日の新聞に載るのかな？」

「それは考えられません」とマーチャントは説明した。「事件が発覚したのは、夜の八時半ごろです。私がこの男たちとフォーブズ先生を呼んだのは、おふたりに、すべてを順序立てて、混乱することなく、聞いていただくためです。それぞれが、この事件の重要な部分をお話しします。いちばん肝心な部分は、残念ながら、お亡くなりになった気の毒な紳士にしか話せないことですが」

「モンタギューはここにいるのか？」と、フェリックスがこわばった声で訊ねた。

「はい、神父。ここにおられます。今のところは銃器室に」

そう答えてから、マーチャントは猟場番のローレンス・フークに合図した。

「さあ、話してくれ」とマーチャントは言った。

フークは骨ばった赤毛の男で、戦争で戦功勲章をもらっていた。膝の負傷のため、右足が不自由だった。

「きのう」とフークは話し始めた。「上の方からゴーラー・ボトムへ降りてきました。時刻は夕方の六時ごろです。突然、道の右側に男の上半身が見えました。その男は、カーテンと呼ばれている崖の近くにある岩場から下をのぞき込んでいました。私は静かに歩いていたのですが、男は驚いたようでした。私を見たとたんに、ウサギみたいに走り出して、すぐに森の茂みのなかに見えなくなりました。私はこの足なので、それほど早くは動けません。その男の顔は雑木林や灌木の間からちらっと見ただけですが、太りぎみで、浅黒い肌の男でした。頭には黒の帽子をかぶり、大きな色眼鏡を掛けていて、顎には船乗りのような濃い黒髭を生やしていました。警察の公報に、そんな男のことが出ていたのを知っていたので、銃口を上げて、男が走り込んだ荒地に向かって二回、撃ちました。それから追いかけましたが、姿はまったく見えませんでした。もし弾が当たっていたとしても、捕まえることはできなかったでしょう。そこは上から落ちてきた大きな岩がごろごろしているような場所で、狙いが正確に当たったとは思えませんでした。私が銃を撃ったとき、男は少なくとも三十ヤードは離れていたはずです。二十五ヤード以上は一度も近づけませんでしたから。私が男を驚かせ、それから男が飛び降りた場所は、荷馬道と呼ばれている小道です。しかし、男がどこへ行ったかはわかりません。一瞬のうちに、カーテンの下に消えてしまい、私は三十分かそこら探し回りました。それから、急に、大事な時間を無駄にしていると気づきました。それで、できるだけ急いでお屋敷に行って、テンプラー少佐に面会を求めました。

少佐はお留守でしたが、三十分くらいで戻ってこられ、私の話を聞いてくださいました。少佐が帰ってこられた時にウィスキーを運んできたファスネットさんも、そこで一緒に聞いていました。ファスネットさんは、すぐサー・オーガスティンに電報を打ち、マーチャント警部にも電話するよう頼んでおられました。しかし、少佐はどちらもしませんでした。少佐は私に男たちを全員集め、夜の間、カーテンを——上から下まで——包囲させるよう指示されました。少佐は、私の撃った弾が男に当たり、それで負傷した男は翌日まで動きがとれないだろうと、確信されているようでした。ファスネットさんは強く反対したのですが、少佐もリボルバーを持って現場に出かけ、私を連れて、暗くなるまでその不審な男を探しました。それから、とうとうあきらめて、猟場番頭のウォートンさんにお屋敷まで来るよう伝えろと言われたので、そうしました」

マーチャント警部はうなずいた。

「そこまででいいよ、フーク。今度は君だ、ウォートン」

「私がお話しできることは、ほんの少ししかありません」と年長の男は話し出した。「私は十時ちょっと過ぎに、テンプラー少佐のところへ行きました。少佐はお食事中でした。興奮しておられましたが、すでにある計画をお持ちだったのです。男たちをすべて夜間の監視につけ、夜が明けたら交代要員を送りこむつもりだとおっしゃいました。少佐は、男が森の、いわば塹壕のようなところに隠れていて、朝になれば捕まえられるにちがいないと考えておいででした。私はご家族の悲惨な事件を知っていたので、危険なことはなさらないようお願いしたのですが、余計なお世話だと言われました。見張りはカーテンと森を包囲するように配置されましたが、男たちは持ち場を動かないよう指示されました。少佐は、これは自分と不審な男との決闘だと言われ、勝つのはご自分だと確信されていたのです。私は礼儀をわきまえたうえで反論しました。殺人犯が身をひそめていて、一方の少佐は歩き回っていたら、とても互角の勝負にはならないし、銃を抜く前にやられてしまうと申し上げたのです。少佐は、捕虜になる前に最前線で戦った経験も少しはあるし、自分の部屋のように知り尽くしている森で、その男が自分に勝てるはずがない、と言われました。

私は命令に従うしかありませんでした。少佐がご自分で男を捕らえようなどと考えるのは、自ら災難を招くようなものだと思いましたが、どうか殺人犯がすでに逃げてしまっているようにと、願うしかありませんでした。私たちは、ゴーラー・ボトムとカーテンを厳重に包囲していましたから、そのあとではやつは逃げ出せなかったと思います。私たちはかなり狭い間隔で並んでいました。しかし、その前なら、男が逃げる時間はたっぷりあったと思います。もちろん、負傷して横になって隠れてでもいれば別ですが。しかし、血痕は見当たらなかったし、フークの銃弾が当たったという痕跡はなにもありませんでした。フークの猟銃から発射された弾は、四方に飛び散っていました。

ある岩の表面に当たっていたのは確かめました。

私は言われたとおり、男たちにずっと監視させ、持ち場を離れないよう指示しました。夜の間ずっと見張り続けていましたから、ウサギ一匹でも気づかれずにすり抜けることはできなかったと思います。翌朝、私は監視についていた男たちを交代して休ませました。テンプラー少佐は夜明けに出かけると、その日はほとんど外にいました。少佐はボトムを抜けて、カーテンを上から下まで見回っていました。きっと用心されていたと思います。しかし、少佐は気づかれていなかったでしょうが、私は少佐を見失わないよう気をつけて、午前中はあまり離れないようにしていました。それから、正午を過ぎると、ありがたいことに少佐はお屋敷に戻られ、それで私も自分の家があるノース・ロッジに向かうことができました。その頃には疲れきっていました」

「その辺でいいだろう、ウォートン」と、マーチャント警部が言った。「今のところは、それで十分だ。テンプラー少佐が食事をとりに帰宅した時のことは、ファスネットが話してくれる」

「食事のあとで、君はカーテンには戻らなかったのか、ウォートン?」と、フェリックスが訊ねた。

「はい、神父様」とウォートンは答えた。「本当にそうすればよかったと思っています。でも、私はテンプラー少佐が朝の六時からそこにいたのを知っていましたから、もう戻られないだろうと思い込んでいました。常識的には、男がそこにいるとは考えられませんでした。葉っぱを一枚残らずひっくり返すようにして、丹念に探しましたから」

ファスネットが話を引き継いだ。

「モンタギュー様は、お帰りになった時ひどく落胆されていて、運が悪いとおっしゃっていました。しかし、食欲はおありで、シャンパンを半パイント飲まれたあとは、明るく元気になられました。

そしていつもよりも私にご自分の考えを話してくださいました。もっとも、他に話したくても、キングスクレセットには私しか聞く者がいなかったのですが。モンタギュー様は、テンプラー家の不幸な出来事について、サー・オーガスティンから伺った以上のことをお話しになりました。狂人か悪魔が、テンプラー家の人々を追っているのだと申されました。しかし、それもようやく終りが見えてきた、もう一度、森に行ってみよう、今度こそ決着をつけられると思うと、おっしゃいました。

私は、これ以上深追いせず、監視の男たちを呼び戻したほうがいいと申し上げました。カーテンの片側と、上流の湖のそば、そして森の上の方まで、領地の境界に沿って巨大な輪を描くように、五十人の男たちが配置されていたのです。しかし、モンタギュー様は、彼らは夕暮れまで持ち場にいることになっているとおっしゃり、二時か少し前に、またお出かけになりました。ただ、その前に、電文をお書きになり、私にそれを出すよう指示されました。モンタギュー様はまるで狩りに出かけられるようなご様子でした。神経を張りつめ、何が起きても準備は万端だという感じで。本当に、モンタギュー様に勝てる者はいないような気がしました。目はらんらんとして、自信たっぷりなご様子だったのです。生きているモンタギュー様を見たのは、それが最後でした」

「電報にはなんと書かれていたのか話してくれ、ファスネットさん」

「それは、スコットランド・ヤードに宛てたものでした、警部。テンプラー家の人々を殺害した犯人を追跡中で、できるだけ早く警察犬を連れてきてほしいと、書かれていました」

「次は君だ、ウィリアム・ソーン」とマーチャント警部は言った。背が曲がり、気難しい顔をした中年の男が話し始めた。ソーンは浅黒い肌の無愛想な男で、肩に大きな瘤があるために、頭が前に突き出していた。しかし、力があり健康そうだった。普段は、キングスクレセットの自作農場で馬の飼育係をしていた。

「ウォートンさんが夜間の見張りを、朝になって交代させたとき」と、ソーンは語り出した。「あたしは交代要員の一人で、カーテンの北側でサミュエル・ウェバーとアダム・ベルの間に立っていました。あたしとベルの間は七十ヤードくらいで、あたしとウェバーの間も同じくらいの距離でした。そして指示されたとおり、ゆっくりと歩哨のように、前後に移動していました。あたり一帯が、そんな具合に監視されてたんです。ウォートンさんは、茂みや下生えの木が多いところでは、見張りの間隔を狭くして、夜の間ずっと、その態勢を続けました。でも、あたしたちが見張っていた場所は――境界の壁になっている森が、ムアに接して途切れる手前のところで――遠くまで見晴らしがよく、ヤマイタチが通り抜けようとしても、見落としはしなかったと思います。

あたしたちは前や後ろに動きながら見張りを続け、女や子供が食べ物を持ってきてくれました。それから、二時半を過ぎたころ、あたしはウェバーのほうへ行きました。いつまで見張るのか訊ねてみようと思ったんです。そのとき銃声が一発、聞こえました。かなり遠くて、ゴーラー・ボトムのあたりから聞こえたようでした。あたしは猟銃だと思いましたが、ウェバーは、あいつは戦争に行って銃声の違いがわかるんですが、あれはリボルバーだと言いました。聞こえたのは一度だけです。それから、みんなに声をかけると、その銃声を聞いた者が大勢いて、音がした方向へ走って行くところでした。それで、ウェバーとベルとあたしも、そっちの方へ行きました。その間もずっと、周りには注意していました。犬の遠吠えが聞こえました。しかし、荷馬道に――ゴーラーから登ってくる道ですが――その道に着くまではなにも見えませんでした。もう十人くらいの男たちが集まっていました。連中は、斜面の途中に、景色を眺めるために据えられた腰掛けを囲むように立っていました。そして、その腰掛けのそばの地面に、テンプラー少佐が横たわっていました。誰も、少佐に触れようとはしませんでした。どう見ても、亡くなっているのは間違いなかったし、ご遺体を動かす前に、まず警察に知らせなければと考えたからです。それから、あたしがいちばん年長だったので、みんなはあたしの方を見て、次にどうするか聞きました。

あたしはまず、少佐が亡くなっているか調べました。それは確かでした。頭の後ろを撃たれていて、即死だったことは間違いなかったのです。それで、キングスクレセットにご家族の方が誰もいらっしゃらないのは知っていましたから、若いやつをふたり走らせました——ひとりは警察へ、ひとりはフォーブズ先生のところへ——それから、あたしは年長の男数人とご遺体のそばに残り、他の連中にはあたり一帯を捜索して、手がかりになりそうな物を何でもいいから探し出せと命じました。あたしたちは、マーチャント警部とふたりの巡査が来るまでご遺体のそばにいました。それから一時間半ほどして、テリーさんがフークと一緒に到着し、そのあと二時間かもう少し経ってから、フォーブズ先生がいらっしゃいました」

「ありがとう、ソーン。よくわかったよ。では、次は先生にお願いします」

「私はテンプラー少佐の遺体を動かす前にひととおり調べた」と、医者は語り始めた。「どうやら背後から撃たれたらしい。銃弾は延髄の真上、脊椎の上端あたりから入り、大脳まで達していた。貫通した傷はないから、検視審問の前に弾丸を取り出すつもりだ。至近距離から撃たれている。テンプラー少佐は腰掛けに座って、おそらくうとうとしていたのだろう。いずれにしても、油断していて、自分を守ることができなかったのだと思う」

マーチャント警部が口をはさんだ。

「少佐のリボルバーは腰掛けの上にありました。私が来るまで、誰も触っていません。将校が使うような軍用のリボルバーで、弾倉にはすべて弾がこめられていました」
「われわれは急ごしらえの担架を作り、少佐の遺体を、ゴーラー・ボトムを通って湖まで下ろした」とフォーブズ医師は続けた。「それから、誰かがキングスクレセットの自作農場から荷車を持ってきて、少佐を屋敷まで運んだ。私は当然ながら、準備ができているものと思っていた。だが、現場は混乱していて、屋敷には誰も事件のことを知らせていなかった。私がファスネットに会ってそれを伝えたとき、彼はウォートンに少佐がまだ帰ってこないことを切り出そうとしているところだった。

それからファスネットは、どうすればよいかと、私に相談した。もう夜の九時になろうとしていた。警察と私が呼ばれるまでに、森でかなり時間をとっていたし、私が現場に着くのも遅れた。知らせが届いたときは外出中で、ゴーラー・ボトムへ出発したのは六時近かったのだ。

ファスネットは、フェリックス神父だけでなく、サー・オーガスティンとミス・テンプラーにもすぐに電報を打ちたいと言った。だが、私は賢明なやり方ではないと、彼を説得した。かなり辛い試練になるにちがいないし、この事態はフェリックス神父にしか受け止められないだろうと思ったからだ」

フォーブズ医師は話を続けた。

「それで、私たちはレッド・ライオン修道会にいる君に電報を打った。連絡するのは、ぎりぎりの時間で間に合った」

「これまでの経過はこんなところです、警部」と、マーチャント警部が締めくくった。「これからどうしますか?」

「警察犬は来たのか?」と、ミッドウィンターは訊ねた。

「明日の朝いちばんに来ることになっています」

ミッドウィンターはうなずいた。

「警察犬を連れて行く前に、昼間の光の下でその場所をよく調べたい」と、ミッドウィンターは言った。「だが、もう警察犬の出番はないだろう。森にはいろいろな匂いが充満しているし、警察犬に殺人犯の匂いを嗅がせる物もまったくないのだからな」

「警察犬も役に立つかもしれない。とにかく、試すだけでもやってもらいたい」と、フェリックスは言った。

「ご心配なく、神父。警察犬は来ますから」と、マーチャント警部はうけあった。「しかし、ミッドウィンター警部がおっしゃるように、今となっては、森にはあまりに多くの臭跡が残っています。正しい匂いを少しでも嗅がせることができれば、警察犬はそれを嗅ぎ分けて、多くの場合、すばらしい成果をあげることができます。ですが、今回は残念ながら、最初から警察犬に嗅がせる物がありません」

ミッドウィンターが口をはさんだ。

「昨日の夜、目撃された男は、今日の午後もまだそこにいたのだろう。監視の輪が五百ヤード以上も途切れなく続いていたのだから。男は少佐を至近距離から撃ち、その銃声が聞こえてから、男たちが駆けつけた。彼らは四方から近づいて行ったのか?」

ウォートンが答えた。

「そうです。最初に少佐のところへ行ったふたりの男は、銃声を聞いてから三分以内には到着しています。彼らは生い茂った下生えを通り抜けなければならず、それがなければ、もっと早く着いていたでしょう。しかし、反対側の森のなかにいた男たちは、猟場道に沿って広がっていました。彼らはずっと遠くにいたし、ゴーラーの麓で湖の側にいた連中もそうです。半マイルくらい離れていた者もいました」

「それで、不審な人物を見かけた者はひとりもいないんだな？」

「ひとりもいません」

「監視は解かれてしまったのか？」

「ひとり残らず。銃声が聞こえたとき、私たちはばらばらになってしまい、その後は元の場所には戻りませんでした。フォーブズ先生を呼びに行ったウェバーが、ノース・ロッジに立ち寄って、私に知らせてくれたんです。私がそこに着いた時には、男たちは全員その場に集められていました」

「それなら、男は隠れていたにちがいない」とミッドウィンターは断言した。「君たちのなかには、犯人に接近した者もいたはずだ。そして、監視の輪が崩れたとたんに、やつは逃げ出した。きっと、どこかにオートバイでも隠しておいたのだろう」

男たちは解散し、疲れた足取りでそれぞれの家に向かった。マーチャント警部は、翌朝の七時ごろにゴーラー・ボトムでミッドウィンターと待ち合わせることにした。男たち全員が家にたどり着いたころ、屋敷は静まりかえり、フェリックスとミッドウィンターは死者のもとへ向かっていた。

モンタギュー・テンプラーは、銃器室の架台テーブルに横たわっていた。フェリックスとミッドウィンターは軽い肘掛け椅子を二脚、中へ運び込んだ。フェリックスがその夜はモンタギューの遺体の側にいることに決めたので、ミッドウィンターも一緒にいることにしたのだ。

ミッドウィンターとしては、フェリックスに階上の自分の部屋に行ってほしかった。そのほうが、より安全だと思えたからだ。しかし、フェリックスはそうしなかった。ふたりは死者のかたわらで夜を過ごした。フェリックスは従兄弟の遺体の側にひざまずき、ミッドウィンターと、二十年間サー・オーガスティンに仕えてきた従僕のウェストコットは、それを見守っていた。ミッドウィンターはウェストコットがいることで安心し、食事をとったあと眠ることにした。夜が明けるまで、一度も目覚めることはなかった。

翌朝の六時に、ミッドウィンターはファスネットが運んできた熱いコーヒーを飲み、フェリックスと一緒に食事をした。彼が森には同行しないと承諾したので、ミッドウィンターはほっとした。

「私に手助けできることはないし、行っても邪魔になるだけだろう」とフェリックスは言った。「君は行ってくれ。私をずっと守っているわけにもいかないだろう。そうしたいと思っているのは、わかっているが。私はモンタギューの遺体が礼拝堂に運ばれるのを見送る。フォーブズ先生がいらしたら、必要なことをしてくださるだろう。私は礼拝堂まで行き来するだけにするよ——約束する。それが終ったら、家族に連絡しなければならない」

「どのように伝えるおつもりですか？」とミッドウィンターは訊ねた。

「ミス・テンプラーには本当のことを手紙で伝えるつもりだ。できるだけ穏やかに知らせて、母親と一緒にこちらに来てくれるよう頼むことにする。モンタギューの死に顔は損なわれてはいない。静謐で美しい——典型的なテンプラー家の顔だ。ペトロネルは、彼女が望むなら、明日モンタギューに会うことができる。サー・オーガスティンについては、動揺させないようにしたい。今日は英国教会連合のとても重要な会議で演説し、今夜の夕食に間に合うように帰宅することになっている。この件は夕刊には載らないだろう。ロンドンでは、まだ知られていないからね。スコットランド・ヤード以外には。だから、伯父に最初に知らせるのは、私の役目になる」

「でしたら、今夜は私も駅までお供します。それまでは、ずっと屋敷にいると約束してください、フェリックス神父」

　ミッドウィンターは、ウォートンとフークに森まで案内され、こうした場所に隠れている男をつかまえるのがどれほど難しいか、すぐに理解した。前のときと同じ無力感にまた襲われた。事件の謎は深まるばかりだった。というのも、モンタギュー・テンプラーが死んだ場所のあたりは、ずっと見晴らしがよく、被害者が意識を失ってでもいないかぎり、どんな敵でも、姿を見られずに二十ヤード以上近づくのは不可能だったからだ。しかもテンプラー少佐は、その傷口からわかるように、至近距離から撃たれている。少佐は、男を探し回って疲れきり、森に戻ってうとうとしていたのだろうか？　自分の命が危険にさらされているときに、そのような致命的な油断をする人間はいない。ファスネットが、昼食のときにモンタギューはシャンパンを飲んだと言っていた。だが、酒に睡眠薬でも仕込まれていないかぎり、酔いは軽く、一時的なはずだ。

　ミッドウィンターは一時間ほど現場を調べ、丘の上にある丸木造りの腰掛けの周りから、徐々に捜査範囲を広げていった。腰掛けの側で、南に向いて立つと、左手にはなだらかに起伏する鬱蒼とした森が広がり、下にはゴーラー・ボトムとその向こうにある湖が見渡せる。右手には、樹木や灌木、落下した岩の堆積が見え、その上方に、カーテンの風化した頂と壁面がそそり立っている。ミッドウィンターは、不審な男はその方向に逃げたのだろうと判断した。荒れた大地に、断崖の壁のところまで広がっている大小の岩や羊歯、ブルーベリー、灌木などの間には、人目につかない割れ目や窪みがいくらでもあり、殺人犯は夜になって逃げ出せるまで、楽に隠れていることができただろう。

七時に、マーチャント警部が、スコットランド・ヤードから送られてきた二匹の警察犬と、その調教師を連れてやって来た。しかし、犬たちは、やる気は十分だったが、最初からまごついていた。あちらこちらとやみくもに走り回り、彼らを正しい方向に導くきっかけがないかぎり、役に立たないのは明らかだった。調教師は、なにか殺人犯の匂いのする物があれば、警察犬がその匂いを追跡することは可能だと言った。だが、悲劇的な事件が起きてから、その現場ではおよそ五十人の男たちが動き回っていた。

けれども、やがて警察犬はきわめて有能であることを証明することになる。まったく予想できない偶然のおかげであった。きわめて珍しい経緯で、犬たちに嗅がせる匂いが手に入ったのだ。テンプラー家の悲劇について、警察が最初に手に入れた決定的な手がかりは、人間の匂いではなく、別の犬の匂いだった。

現場周辺での捜査は続き、サー・オーガスティンの相続人を射殺した男が隠れそうな場所は、ひとつ残らず調べられた。そこへ、ファスネットが布を掛けたバスケットを持って、屋敷からやって来た。彼は、周囲を憂いに満ちた目で興味深そうに眺めた。キングスクレセットの森を歩くのは久しぶりだったのである。ファスネットは、ゴーラー・ボトムを下り、二つの湖の間に新しく作られた橋を渡って、モンタギュー・テンプラーが死んでいた腰掛けに座ると、そこへ来た理由を説明した。

「フェリックス様は、皆様に屋敷で昼食を召し上がっていただきたいと申しております」とファスネットは言った。「ただ、これまで成果が出ていなければ、警察犬を使ってぜひとも試してもらいたいことがあると申されています」

「成果はなにもない。警察犬が役に立たないだろうということは、最初からわかっていた」とマーチャント警部は答え、自分も腰を下ろせるのを喜びながら、しばしの休息を取った。

「もうくたくただよ」とマーチャントは続けた。「半径百ヤードかそれ以上の土地を、隅から隅まで調べ尽くした。キングスクレセットから向こうも調べなくてはならない。警察犬が、他所やロンドンで成果をあげたように、この事件でもなにか教えてくれることを期待しているんだがね」

ファスネットは首を振った。

「警察犬では無理ですよ」とファスネットは答えた。「皆様が追っているのは人間ではありません。私には正体がわかっています。テンプラー家のご家族を苦しめるために放たれた悪魔なのです。ヨブを試すために悪魔が放たれたのと同じです。でも、これでやつの仕事も終りですよ。サタンも聖者に対しては無力ですからね。サー・オーガスティンや、ましてフェリックス神父に手出しできる悪魔などおりません」

ミッドウィンターがやって来て、ファスネットが来た理由を訊ねた。

「この子犬ですよ」とファスネットは答えた。「それと、フェリックス様からの言づてです。自分は警部が戻られるまで屋敷を離れられないが、このかわいそうな子犬のことは自分が考えついたことだ、そうお伝えするようにと。一時間前に、本当に不思議なことが起きたのです。テンプラー少佐のワイアー・ヘアード・テリアが、どこからかは誰にもわかりませんが、三本足でお屋敷に帰ってまいったのでございますよ。この犬のことは、昨日はすっかり忘れておりました。みな慌てふためいておりましたのでね。しかし、フェリックス様はこの犬は昨日の午後も少佐と一緒に出かけて、災難に巻き込まれ——殺人犯と出会っているに違いないとお考えです。なぜなら、犬はひどく殴られておりまして、右の肩甲骨が折れているのでございますよ。この犬が殺人犯を追いかけたとしたら、その男は振り返って犬の頭を殴りつけるか、何かそのようなことをしたのかもしれません。はっきりしているのは、この犬がずっと少佐と一緒だったということです。だから、少佐が撃たれるのを見て、逃げる男を追いかけたのは間違いありません。男は犬を黙らせ、蹴飛ばして、殺してしまったと思い込んだのでしょう。昨日はあれだけの男たちがいたのに、誰ひとりこの犬に気づかなかったのですからね。ありません。男は犬を、穴かなにか人目につかない場所に放り込んだにちがいしかし、犬は死んではいなかったし、これからもそんなことにはならないと思いますよ。危険がなくなると、この犬は足を引きずってお屋敷に向かったのでしょう。でも、どこから、どの道を通ったのかということは、もちろんわかりません。チャム——この犬の名前ですが——は命に関わるようなところは殴られていませんでした。フェリックス様と私が折れた肩の手当てをして体をきれいにしてやると、腹いっぱい飲んだり食べたりしました。それで、私がチャムをキングスクレセットの村にいる獣医のシムズ先生のところへ連れて行く前に、今はその途中なのですが、このテリアの匂いが警察犬の役に立つかどうか、警察の方々に訊ねてほしいと、フェリックス様は申されております。フェリックス様のお考えでは、チャムの匂いはまだこの辺に残っているかもしれないから、警察犬にチャムの匂いを嗅がせれば、その跡をつけられるのではないかということです。むろん、これはひとつの思いつきで、フェリックス様は、それができるかどうかはわからないと言われました」

警察犬の調教師は、頭を振った。

「無理じゃないかな」と彼は言った。「そんなことは、今まで一度もやったことがないし、警察犬が、別の犬の臭跡を追いかけたという話も、聞いたことがない」

「しかし、試すことはできるだろう」とミッドウィンターは言った。「それを試したうえで、森から引き上げればいい。警察犬はなにも教えてくれないかもしれない。だが、われわれが追っている男が、そのテリアの肩を折り、警察犬がその犬の匂いを追うことができれば、男が逃げた方向が少しはわかるかもしれない」

彼らは、小さなワイアー・ヘアード・テリアが、バスケットのなかで犬用の毛布にくるまれて気持ちよさそうに寝ているのを眺めた。動かないかぎり、痛みはなさそうだった。しかし、チャムは空気の匂いを嗅ぐと、頭を上げて吠えた。五分ほどで、警察犬が連れてこられ、テリアの匂いを嗅いだ。それから、調教師が、モンタギュー・テンプラーが死んでいた腰掛けに犬を連れて行くと、意外にもうれしいことに、警察犬はテリアの匂いを嗅ぎ分け、すぐにそれをたどり始めた。ミッドウィンターと男たちは、警察犬を追いかけた。ファスネットだけは、優しく語りかけながら、子犬をバスケットに入れ、慎重な足取りで丘を登って、森から上にある村へと歩いていった。

警察犬は、不可思議な動物的本能に導かれて、多くの匂いのなかからただ一つの匂いだけを嗅ぎ分け、何時間も前の臭跡を追いかけていた。ときどき迷いながらも彼らは前進した。二匹の犬はカーテンの下で左に曲がり、でこぼこした地面と地表をおおう植物を踏み越えて、崖のふもとまで行った。犬の姿は羊歯や岩の間で見えなくなることもあったが、前に跳ぶように走るときには、大きな茶色の背中が現れた。警察犬はやっと足を止め、藪やブラックベリーの小枝、生い茂った蔦《つた》や草に厚くおおわれた地面を、吠えながら走り回った。ミッドウィンターがその場所に着くころには、犬たちはそこから離れていた。しかし、ミッドウィンターはそこで、羊歯に埋もれた二つの岩の間にある狭い割れ目を発見した。危うくそこへ足をすべらしそうになったのである。その割れ目をまっすぐ下へ降りると暗い穴があり、どうやら穴熊の巣のようだった。穴の口の右側にある石の表面には、血が落ちていた。藪の下を調べると、その向こうにある石や草の上にも血が落ちていた。その血痕はカーテンの下から続いており、警察犬はそれを追ってきたのだ。マーチャント警部は、ミッドウィンターと一緒に、その血痕が途切れるまでたどって行った。しかし、調教師はすでにキングスクレセットの森を離れ、警察犬を追って、ヒースが茂る荒れ地に向かっていた。彼らはムアまで進み、やがてある小川のところで足を止めた。その川はヒースにおおわれた斜面から下の湖へと流れていた。そこでしばらく、犬たちは臭跡を見失った。小川の反対側で、再び匂いを嗅ぎ分け、それは前より強い匂いだったようだ。犬たちは速度を上げて、はるか下にある谷と牧草地をめがけて走り出した。

ミッドウィンターとマーチャント警部は岩の間にある穴のところへ戻り、それが自然にできたトンネルの入り口であることを突き止めた。トンネルは堆積した石灰岩の間を下へと伸びていたが、自然岩を貫いているのではなく、無数の大きな石の下を斜めに下へ向かっているのだった。石は互いに支えあい、運動家の男なら進むことができる通路ができていた。ミッドウィンターが降りていくと、入り口は狭くなっていて、道をふさぐ巨大な岩をすり抜けねばならなかった。しかし、その下には、四つん這いになれば進める道があった。だが、そこから先は、ミッドウィンターも進むことができなかった。前を照らす明かりがなくては、暗すぎて無理だ。しかし、そこに不審な男の隠れ場があるのはほぼ確実だった。ミッドウィンターが調べたかぎりでは、男がひとりいられるくらいの広さはあった。奥はさらに広くなっていて、十人を超える人数でも隠れることができるかもしれない。しかし、明かりがなくては、それ以上の捜索は不可能だった。ミッドウィンターは上に戻り、見たことをマーチャントに伝えて、これからの計画を説明した。

「この中には手がかりが山とあるはずだ」と、ミッドウィンターは興奮して早口になりながら言った。「たぶん、こんな具合だったのだろう。テンプラー少佐を殺した男は、発砲するとすぐ、ここまで一直線にやって来た。そしてテリアが男を追いかけた。私が思うには、男が百五十ヤードくらい進んだところで、その犬は、主人を攻撃した男だと知り、突進したのだろう。賢い犬ならやりそうなことだ。犬にはたいしたことはできないが、しつこく付きまとって、その男を悩ませた。そして、ここで、男が下にもぐり込むと、犬もあとから入ろうとした。それで、男は振り返って、犬を殴打した。銃は使わなかった。二度目の銃声を、誰かに聞かれたくなかったからだ。監視の輪が身近に迫っているのを知っていたのだろう。やつはその辺りを走り回る足音を聞いたかもしれない。男がここに着くころには、監視の男たちもすぐ近くまで来ていたはずだ。犬は命とりになりかねない。それで、男は犬を激しく殴りつけた――おそらくリボルバーの台尻でも使ったのだろう。犬は倒れ、しばらく意識を失った。男は殺したと思ったにちがいない。それを確かめる時間はなかっただろう。その時には、ソーンと男たちがすぐ近くまで来ていた。だが、犬は殴られて気絶しただけだった。たぶん、監視の男たちが来たときには、ここの羊歯の陰にいて、気づかれなかったのだろう。やがて夜になり辺りが静かになると、犬は三本足で立ち上がり、屋敷に向かった。おそらく、非常にゆっくりとした足取りで、ときどき立ち止まっては肩の傷をなめていたのだろうな。その間、男は隠れ場に身をひそめていた。これから、その場所を突き止めなくてはならない。男は、暗くなり、危険がなくなってから逃げ出したのだろう。だが、断言はできない。やつはまだそこにいるかもしれない。いろいろなことが考えられる。男は食料を用意していて、そこにじっとしていれば安全だと考えているのかもしれない。とにかく、私はここで待つことにする。それで頼みたいんだが、屋敷に行って、懐中電灯とリボルバーを持ってきてくれ。少佐のリボルバーで十分だ。それから、私がトンネルに入る」

しかし、マーチャント警部は、その方針には同意できなかった。

「下に降りるのは当然でしょうが、ひとりでそんなことをするのは無茶です」とマーチャントは言った。

「ほかに方法はない」とミッドウィンターは答えた。「一度に行けるのはひとりだけだ。この仕事は、たとえ相手がイングランド国王であっても、譲るわけにはいかない」

「まあ、国王陛下はそんなことをお望みにはならないと思いますがね。しかし、警部にしても、武器も持たずにここに残るわけにはいきませんよ。ひとりになるのは危険すぎます」

「ここに危険はない——あってくれればとは思うがね。もし、やつが隠れ場にいたとしても、今はまだ出てこないだろう——それは間違いない。もしやつが愚かにも——」

「やつには銃があり、警部にはないんですよ」

「やつが銃を向ける相手はいないさ。やつが上がって来ても、私は絶対に見つかるようなまねはしない」

だが、ミッドウィンターがひとりでいたのは、せいぜい十分程度だった。モンタギュー・テンプラーが死んだ腰掛けまで戻る途中で、マーチャント警部はローレンス・フークと出くわし、彼がミッドウィンターと一緒に監視にあたることになったのだ。彼らは穴の狭い入り口を興味深々で調べ、フークはかなり前からその穴のことを知っていたと言った。ずっと穴熊の巣だと思い込んでいて、人間が入れるほど大きいとは考えたこともなかったのだ。

第九章　荷馬道

一時間後、マーチャント警部は、ふたりの巡査とフェリックス・テンプラーを伴って戻ってきた。フェリックスには農場管理人と猟場番頭のウォートンが付き添っていた。フェリックスはミッドウィンターに、状況が変わったので、彼との約束を守らなくとも許されるだろうと釈明した。護衛も十分についている。それに、殺人犯がまだ中にいるとしたら、その男を特定するのに自分が力になれるだろう。

「家族のなかで、その男を見たのは、もう私だけになってしまった」とフェリックスは説明した。

「もちろん、千に一つの望みもないだろうが、男はまだそこにいるかもしれない」

「だからこそ、私は本当にあなたに屋敷にいて欲しかったのですよ、フェリックス神父」とミッドウィンターは答えた。「ここに来ていただいても、事態が難しくなり、私の責任が重くなるだけです。この隠れ場が捜査の役に立つかどうか、今はまだなんとも言えません。しかし、私は役に立つと思っています。とにかく、お願いですから、護衛の者たちと一緒に外にいてください」

「そうするよ――事態がもっとはっきりするまではね。今、危険にさらされているのは、私の命ではなく、君の命だ」

「そうであってほしいですね」とミッドウィンターは大まじめに答えた。「もしそういう危険があるとしたら、それは私があなたの安全を勝ちとる幸運に恵まれるということです。しかし、今のところは、そうは考えていません。われわれが追っているような男、あるいは男たちは、それほど簡単に隙を見せはしないものです。そういう連中は、自分たちが使う隠れ場には、少なくとも二ヶ所の出口を用意します。ここがどのような場所なのかはっきりさせなくてはなりません。痕跡を残さずに調べることができれば、いずれ役立つこともあるかもしれない。私は一度、犯人の隠れ場をそいつを捕まえるための罠に変えたことがあります。また、同じことがやれるかもしれません」

ミッドウィンターは懐中電灯とリボルバーを手にして、降りていった。マーチャント警部の部下で、年齢の若い方の巡査が、同様の装備をして、ミッドウィンターのあとに続いた。ふたりは慎重に歩を進め、大きな岩のところで、ミッドウィンターが懐中電灯をあちらこちらに向けて、前に進める空間があるかどうか確認した。その下を通ると、道は徐々に楽になっていった。天井が高くなり、暗闇ではあったが、空気はきれいだった。足元と両側はすべて岩で、手がかりは見つからなかった。あちこちに、暗所で大きく成長した羊歯が、岩の割れ目からだらりと垂れ下がっていた。時おり上から、かすかな青い陽光がもれてくる。トンネルは次第に大きくなり、ミッドウィンターと巡査が並んで歩ける場所もあった。自然にできた岩の窪みがあり、そこには野生動物の痕跡より重要なものがあった。綿密に調べても足跡は見つからなかったが、ふたりの足元の石には、明らかにひづめや皮より固いものを履いた足ですり減らされた跡が残っていたのだ。闇はますます濃くなり、ミッドウィンターと巡査は一歩進むごとに、懐中電灯で足元を確かめた。道の両側には、あちこちに岩が割れてできた窪みがあり、ひとつひとつ中を調べ、なにもないことを確認してから前に進んだ。道はゆるやかな下り勾配になり、ミッドウィンターと巡査がトンネルに入ってから、一時間ほど経っていた。だが、歩く速度がまちまちなので、どれくらいの距離を歩いたかはわからなかった。その時、ミッドウィンターがついに発見した。道のいちばん低い場所と思われるところで、狭い通路の端に腰を掛けられるような岩があった。そこに懐中電灯を向けると、きわめて重要な品々が浮かび上がったのだ。その岩棚に置かれた重いリボルバーが、鋼の上でちらちらと輝く光電管のように、ミッドウィンターに向かって光を放っていた。その横に、新聞紙にくるまれた五、六個の物体があった。最初に見たとき、ミッドウィンターは弾薬筒だと思ったが、紙巻きタバコだった。足元は石の道で足跡は一つもなかったが、一インチほどの長さの焼け焦げた細い紙片がいくつか落ちていた。それに、タバコの吸殻が二、三本。ミッドウィンターはリボルバーには触らずに、懐中電灯を当てて詳しく調べた。それはドイツ製だった。

慎重に捜査したが、姿を消した男の手がかりは何も見つからなかった。見つけた品々をそのままにして、ふたりは前進した。トンネルに入ってから一時間になるが、ミッドウィンターにはまだ、そのトンネルがどういうものなのか見当がつかなかった。道はまた上り勾配になり、丘の上に向かっているのがわかった。十分後、上から円形の光が降りそそぎ、近づいていくと、頭上の岩に小さなぎざぎざの割れ目があるのがわかった。そこから、時どき空がかいま見えた。巡査は、その岩の煙突を上れるものなら上ってみようとした。しかし、ミッドウィンターはそれを止め、もう少し奥まで進み、地下道がどこで終っているか確かめることにした。道は、ゆるやかな上り勾配で四分の一マイルほど続いていた。そのまま歩いていくと、突然、行き止まりになった。岩の壁があって、それ以上は進めなかった。この地下道は、入り口からここまでずっと、石灰岩の大きな板石や丸石で前方をふさがれたり、狭められたりしていた。だが、ここでは大量の岩に阻まれて、いきなり道が途切れていた。唐突に消えてしまったのだ。光がかすかに射し込んではいるが、ミッドウィンターと巡査が到達した地点から先へは、ウサギより大きな生き物は行けないことがわかった。

ふたりはそこで向きを変え、入り口へ戻り始めた。頭上にあいた穴の下でしばし足を止めると、空の断片が見えた。

「あれが出口でないとすると、ここには一つもないということになる」とミッドウィンターは言った。「ここを上るのは不可能に思えるが、見かけほど難しくはないのかもしれない。あとで試してみよう。今は戻って、フェリックス神父か猟場番頭が、この場所について何か知っているかどうか聞いてみたい」

ミッドウィンターと巡査がトンネルに下りてからおよそ一時間、戻るのにも一時間くらいかかった。帰りは来るときより早く歩けたが、途中で同じように気を配り、隅々や窪みをすべて調べていったのである。新たな発見はなく、懐中電灯の光も弱くなりだしたころ、ふたりは地上にたどり着いた。

フェリックス・テンプラーはうれしそうに友人を出迎え、ミッドウィンターが見つけた物に大きな興味を示した。フェリックスは、自分もトンネルに下りてみたいと言った。だが、懐中電灯は切れていて、屋敷で充電する必要があった。充電するために懐中電灯を屋敷へ持っていかせ、それが戻ってくるまでの間に、ミッドウィンターが地下道の様子を話し、今後の計画を指示することになった。

「残された物に手をつけるつもりはありません」とミッドウィンターは説明した。「だが、この場所には監視をつけておきます。トンネルの天井に開いていた穴をよじ登ることができ、そこから人間が出入りできるとわかったら、殺人犯はこの場所に潜んでいたと考えていいでしょう。トンネルがどこにつながっているか、まだわかっていませんが、ここからかなり遠くなのはまちがいありません。そこが実際に使えるとわかったら、トンネルの両端に監視をつけ、双方の監視人がすばやく連絡し合えるような方法を手配します。大事なのは、この場所を乱さないようにしておくことです。そうすれば、その男、あるいは男たちが戻ってきても、われわれがこの場所を見つけたことを悟られずにすむ。フェリックス神父、お願いしているように、あなたがキングスクレセットに留まってくれれば、連中はおそらく再びここへ戻ってくるでしょう。しかし、この隠れ場が知られてしまったことには気づかないはずです。あなたがキングスクレセットにいたら、敵は戻ってくるでしょう。狙う相手がどこにいて何をしているかを知る確実な手段を連中が持っていたことを、われわれは突きとめました。しかし、いまやその手段は諸刃の剣です。なぜならわれわれもまたそれを利用することができるからです。必要なのは、犯人たちの先手を打つことです。これまでは、相手の思うがままでした。しかし、このトンネルの存在がわかったからには、かなり早い時期に決着をつけることができると思います」

「君の指示に従うよ、バートラム」とフェリックスは答えた。「犯人たちはきわめて狡猾で先を見とおす力を持っていて、われわれの考えた罠に、そんなに簡単には引っかからないかもしれない。しかし、できるだけのことはやってみよう、私の命を無用な危険にさらすこと以外はね」

「危険は絶対に避けます」とミッドウィンターは答えた。「そんなことには決してなりません。今のところ隠れ場には誰もいないし、この事件のほとぼりが冷めるまで、敵は戻ってはこないでしょう。連中と言いましたが、われわれが相手にしているのは実際にはひとりではないかと思います。おそらく、その人物が他の役も演じているのでしょう。しかし、この一連の恐ろしい事件はひとりの男の仕業で、隠れ場から見つかった証拠によれば、やはりドイツ人のようです。あとは、あなたとマーチャント警部にトンネルに入って見ていただくことにしましょう。バセット巡査は、われわれと一緒にもう一度トンネルに降り、猟場番たちには、われわれが戻るまで、ここに残ってもらいます。だが、もっと離れた場所にいてもらわなくてはならない。すでに草を踏みつけてしまったし、注意深く見れば、この場所に人が出入りしたことはわかってしまいますからね」

ミッドウィンターは警察犬について訊ねた。犬たちは、テリアの臭跡を追ってキングスクレセットまで戻り、次の指示を待っているという答えだった。

「では、警察犬は返すことにしよう。任務は十分に果たしてくれた」とミッドウィンターは言った。再充電された懐中電灯が戻ってくると、二度目の探索が始まり、五分もたたないうちに、フェリックスがトンネルの謎を解き明かすことになった。

彼は足を止めて、自分の考えを説明した。

「ひとつの謎が解けた」とフェリックスは言った。「従兄弟が殺害されたことで、長年の謎が解明された。サー・オーガスティンやその父親と親交のあった好古家たちは、ゴーラー・ボトムから上へ行く一本の荷馬道のことを、よく話していたものだ。しかし、彼らにも、その道が突然に消えてしまった理由はわからなかった。それが今、わかった。その荷馬道はまっすぐに延びて領地を越え、一マイルほど先にあるキングスクレセット・ヒースまで達していたと考えられていた。だが、実際にはこうだったのだ。チューダー朝時代、荷馬道は森を抜けて左に曲がり、われわれが考えていたより、荒地《ヒース》のかなり下の方へ向かっていた。石を敷き詰めた道を荷馬は一列になって進んだのだろう。ヘンリー八世がカトリック教徒の修道院を収奪し、エリザベス女王がスペインの無敵艦隊を撃退した頃の話だ。それから、大きな地すべりが起きた。その結果、現在カーテンと呼ばれている断崖ができた。荷馬道は、まず、道の両側にあった壁と共に数百ヤードほど下に崩れ落ち、次に、断崖ができたときに落下した大量の岩に埋もれて、完全に見えなくなってしまったのだ」

その発見に、フェリックスは、ミッドウィンターたちよりずっと強い興味を示した。彼は足を止め、道に敷かれた石を調べたい様子だった。突然岩に埋もれ、いわば未来の調査のために防腐処理を施されていた荷馬道が、古代の埋もれた文明のように隅々まで調査されれば、考古学研究に多大な貢献をもたらすのではないかと考えているようだった。しかし、ミッドウィンターは、フェリックスを当面の問題に引き戻し、入り組んだ道を進んでいった。いくつもの岩の下をくぐったり、よじ登ったりしながら、道の脇にある平たい岩のところまでたどり着いた。そして、その上に置かれた品々を、もう一度、詳しく調べた。

フェリックスは、ミッドウィンターが知らない物について説明することができた。片方の端が焼け焦げた固い紙の断片は、外国製のマッチだった。

「マッチはすべて一体になって、厚紙のケースに入っている」とフェリックスは説明した。「必要なときに、一本引きちぎって擦ればいいんだ」

次にフェリックスは、六本の紙巻きタバコをくるんでいた新聞の切れ端を調べた。それはドイツで発行されたものだったが、それだけでは、新聞の名前を特定することはできなかった。

「これは日刊紙だと思う」とフェリックスは言った。「だが、確かではない。本の一頁の断片かもしれない」

フェリックスはそれを読んでみたが、文章の両端が切れているので、翻訳することはできなかった。

ミッドウィンターは、その紙片を重要とは考えていなかった。

「さしあたり、ここにある物はすべて、ドイツの物ということだ」とミッドウィンターは言った。「すべて、見つけたときのままにしておかなくてはいけない。何ひとつ動かさないように」

マーチャントは紙巻きタバコを見つめていた。

「これもドイツ製ですね」と彼は言った。「フィルターが上等のコルク製で、紙に金文字でドイツ語の商品名が押されています。高価な品で、まず庶民が手にするようなものではないですね」

ミッドウィンターはリボルバーを調べたが、手は触れなかった。

「これに指紋が残っていたら、一週間で持ち主がわかります。そいつがイギリスかドイツで罪を犯していた場合ですが」とミッドウィンターは言った。「ぜひ指紋を採ってみたいですね。だが、私の感じでは、男が戻ってきたら――」

フェリックスが急にさえぎった。

「バートラム、男が戻ってきたら、ここで何を見つけようと、どうでもいいのではないだろうか？　男が戻ってきて、君の作戦がうまくいったら、それでやつは終りだ。ここにある品物をわれわれが持っていったとしよう。その男は、私がキングスクレセットにいることをどこかで聞きつけて、ここに戻ってくる。その時には、君がこの場所を固めているわけだ。隠れ場を発見され、リボルバーがなくなっていることを男が知ったとしても、どうすることもできない。餓死したくなければ、男は外に出なくてはならない。われわれは中に踏みこまなくても、出てきたところを捕まえればいい。重要なのは、私がキングスクレセットにいることを、犯人に知らせることだ。それを知れば、男はすぐに戻ってくる。そういうことだ。穴の外に男を警戒させるものがなにもなければ、中でどれほど驚こうが、まったく問題はないはずだ」

マーチャント警部は、フェリックスの考えに感嘆し、ミッドウィンターは、意見の相違には憤然としたかもしれないが、友人の言葉を冷静に受け止めた。今では、フェリックス・テンプラーがもっとも危険な立場に置かれている。他でもないその当人だからこそ、思いついたことかもしれない。

ミッドウィンターは即座に同意した。

「お話の要点はわかりました、神父。いい考えだし、まったく異論はありません。われわれが入り口と出口をいったん押さえてしまえば、やつが中に入っても問題はありません。しかし、やつが中に入るのを許す特別な理由があるわけではないのです。外で捕まえてもいい。だが、男が下にあるリボルバーを当てにして、武器を持たずにトンネルに下りていき、それがなくなっていると気づいてからなら、捕まえるのはもっと楽になります。あらゆる点を考慮して、そのほうがいいと思います。先に進みましょう。ここから出て行く前に、あなたとマーチャント警部にはすべてを見ておいてほしいのです」

彼らは、自然の力が荷馬道から作り上げたトンネルを、再び慎重な足取りで進み始めた。行き止まりまで来て、頭上に空がのぞける自然の煙突のほかには開口部がないことを確認し、その場に立ち尽くした。彼らの上に、細く途切れがちな陽光が降りそそいだ。光は柔らかく、頭上に見える雲は夕日であかね色に染まっていた。

「これから、この場所を登ることができるかどうか、確かめてみます」とミッドウィンターは言った。「もちろん、男は縄ばしごを使ったでしょう。そのほうがずっと楽ですからね。そうだとしたら、縄ばしごは地上のどこかに隠されているはずです。しかし、ここではバセットに試してもらいます。この辺はすべて固い岩なので、バセットが成功しても、失敗しても、それとわかるような跡は残らないでしょう」

運動選手のような体つきの若い巡査は、さっそく仕事に取りかかった。しかし、よじ登るのはきわめて難しいことがわかった。バセットは二回失敗し、どすんと落下した。その煙突を人工的な補助道具を使わずに登れるのは、並外れた体力の持ち主だけと思われた。しかし、三回目の試みで、バセットは危うく落ちそうになりながらも、頭上に突き出した石に跳びつき、それからは、下にいる者に降り注ぐ陽光をさえぎって軽々と地上まで登っていった。たちまち、大きな笑い声が聞こえてきた。

「なんてこった。自分がどこにいるかわかりますか?」と、巡査は下に向かって叫んだ。

「それを知りたいんだ」と、ミッドウィンターは答えた。

「森からかなり離れた、キングスクレセット・ヒースのはずれですよ!」

「どれくらい遠いんだ?」と、フェリックスは訊ねた。

「森から二百ヤードは離れていると思います、テンプラーさん。石の境界壁が、ずっと後ろのほうにありますから。この穴は通り抜けることができます。ヒースの原っぱで、石や羊歯や灌木に覆われた小塚の縁に開いているんです。この塚は、この辺で使われていた石灰窯の残骸でしょう。すぐそばを何度も通り過ぎたとしても、気づかないかもしれません。太陽の光が十分に届かないのは、羊歯が塚を厚く覆っていて、それが風で揺れるせいです。五ヤードほど先に、ナナカマドの木が一本あります」

「われわれが行くまで、そこにいてくれ」と、ミッドウィンターは指示した。「それから、その辺を調べるんだ。犯人が縄ばしごで上り下りしたのは、ほぼ間違いないだろう。すぐ近くに隠されていて、それを見つけられるかもしれない。だが、その場所を乱したり、羊歯を折ったりはするなよ」

三人の男たちは入り口に向かった。フェリックスが腕時計を見た。「一時間後に、フォーブズ先生と会うことになっている」と、フェリックスは言った。「車で、サー・オーガスティンを駅まで迎えに行くんだ。私が先生に一緒に行ってくれるようお願いした。今回の事件は、伯父に大きなショックを与えるにちがいないからね。バートラム、君は仕事が終ったら、屋敷に来てくれ」

「見張りはすぐに配置しなくてはなりません」と、ミッドウィンターが言うと、マーチャント警部が口をはさんだ。「それは、私が引き受けます。見張りには、私も加わることになりますから」

「それなら万全だ」とフェリックスは言った。「理由はいくつかある。このことを知っているのは、私たち三人と、バセット巡査、テリー氏とふたりの猟場番だけだ。かえってそれは好都合だ。彼らには口外しないよう固く言いふくめて、見張りのことも秘密にできれば、うまくいくかもしれない。だが、そんなことはおそらく無理だろうな」

入り口に戻ると、フェリックスはテリーと共に立ち去った。ミッドウィンター、マーチャント警部、猟場番たちはカーテンの上に向かい、境界の森がキングスクレセット・ヒースに達するところまで行った。荒地は沈みゆく太陽の光で薔薇色に染まり、初秋の黄金色に彩られて、地平線まで広がっていた。

　黒い服を着たバセット巡査の姿が、生い茂る灌木のはるか向こうにくっきりと浮かび上がっていた。一行は、羊の通る道から、バセットの方へ下りていった。巡査は、縄ばしごを発見してはいなかったが、それらしき物が使われた跡は見つけていた。ナナカマドの根元がすりむけており、厚い外皮に残された切れ込みが茶色になっていた。その痕跡は目立つものではなく、少し調べただけでは見つからなかっただろう。

「だが、重要なのは物証——つまり縄ばしごなんだ」と、マーチャントは言った。「そこからいろいろなことがわかるかもしれない」

「きっと近くに隠されている。それほど念入りではないだろう。捜索されるとは思っていないはずだからな」と、ミッドウィンターは答えた。

　当面の仕事を終え、若い警官を、ナナカマドの木からは見えないが、その木を見ることはできる地点で監視につけると、ミッドウィンターとマーチャントはいったん帰ることにした。

「二時間か三時間で交代させる」と、別れる前にマーチャントは、バセットに言った。「だが、暗くなるまではここにいてくれ。姿を見られないようにしろ。口の軽い連中から、ここに警官がいたなどと聞かされたくないからな。今夜は、入り口と出口の両方に見張りをつけ、トンプスンを交代によこす。あとで私も来る。どこからも姿を見られないように気をつけるんだ。サー・オーガステインが乗ってくる列車に、やつも乗っているかもしれない。断定はできないが。明日になったら、もっと厳密な監視体制をとる。入り口と出口の間に、一人か二人配置して、昼も夜も、双方で連絡を取り合えるようにしよう」

それからミッドウィンターはキングスクレセットに向かい、マーチャントは警察署に戻った。

翌朝、ミッドウィンターは最終点検のため、もう一度トンネルに行った。そのあとロンドンに帰るつもりだった。しかし、その前に、サー・オーガスティンとフェリックスに言っておかねばならないことがたくさんあった。

だが、その日は気がかりなことがもうひとつ生じていた。サー・オーガスティンは、事件の衝撃に打ちのめされたようだった。モンタギュー・テンプラーの死は、辛い仕事を任されたフェリックスとフォーブズ医師によって最大限の配慮と同情を込めて、サー・オーガスティンに伝えられた。フェリックス自身、ある特別な理由で深く嘆き悲しんでおり、その痛ましい姿を見て、サー・オーガスティンはいくらか気をしっかりと保つことができた。

「私とモンタギューの最後の会話は、激しい言葉の応酬でそこなわれてしまいました」と、フェリックスは言った。「神のお導きで、別れる前に友人どうしに戻れたのは、伯父さんにも見ていただきました。そうでなかったら、私は残された生涯を悔やみながら生きることになったでしょう。モンタギューに粗暴で辛辣な態度で接してしまったのですから。それは相手の心を勝ち得るやり方ではありません」

「モンタギューはよきキリスト教徒であり、よき人間だった」と、サー・オーガスティンは断言した。

サー・オーガスティンは、テンプラー少佐の死に関する詳しい説明を聞いた。詳細がわかれば悲しみを和らげるのに少しは役立つかもしれないと考え、フェリックスは事件全体の経緯を語り、ミッドウィンターも自分の考えや期待について事細かに話した。しかし、ミッドウィンターの関心は、過去より未来にあった。サー・オーガスティンの心にも徐々にきざしていた大きな懸念を、ミッドウィンターも抱いていたからだ。サー・オーガスティンは事態を把握すると、苦悩に満ちた心で、これから恐れねばならないことを考え始めた。

フェリックスは、伯父や友人が自分のことを心配しないようにと気を使った。だが、そうした努力は無駄だった。バートラム・ミッドウィンターは友人を危険にさらしたままにしておくつもりはなかった。フェリックスは、彼にとっては大切な人物だった。いまやすべてが終り、犯人たちは目的を果たしたと確信できない以上、楽観的な予想をするわけにはいかなかった。ようやく、ある結論に達したのは、フェリックスが、心労のあまり疲れきったサー・オーガスティンとミッドウィンターに、睡眠をとり、懸念をしばし忘れるよう頼み込んだあとのことだった。夕食がすみ、時間が経つにつれて、サー・オーガスティンはとりとめのない言葉を口にするようになっていた。人生の不確かさとか、富や貧困によって大事な問題が左右されると考えることの虚しさ、といったことについて。その時、サー・オーガスティンは自分が口にしていることの重要性をわかっていないようだった。

「人間に定められた寿命を超えた齢になって、私を襲った運命を考えてみてくれ」とサー・オーガスティンは言った。「私には莫大な財産があり、献身的な友人、忠実な使用人がいる——男も女も、私を愛し、私が満足するよう心から気を配ってくれる。それなのに、今の私はどうだ？　恐ろしい困惑と混乱と苦悩のさなかにいて、見知らぬ敵から何度も悲しい思いをさせられている。私が何ひとつ悪いことをしていない相手からだ。私の幸福は、結局のところ苦しみをもたらしただけだ。聖霊の導きが人生の神秘を生き抜くよう助けてくださると信じるのに、今では雄々しい信仰の力を借りねばならないほどだ」

「聖霊の導きを疑うような言葉を、二度と口になさらぬようにしてください、オーガスティン伯父さん」と、フェリックスは断固とした口調で言った。そして、なんとか老人を力づけようとした。「伯父さんのすばらしい引用の習慣を楽しみにしているのです」と、フェリックスは心をこめて言った。「今は、私が知っているなかで、もっとも賢明な作家の言葉を引用しましょう。人間の悪行や残酷さや狡猾さを見て心が萎えたとき、私はその貴重な言葉を思い起こします。ヘンリー・ネヴィンスンの著作の言葉で、ずいぶん前に暗記しました。いつも頭のなかに残っていましたが、不幸が重なる今はこれまでになく思い出されます。『人間の忌まわしい行為に、私は驚いたりはしない』と、ネヴィンスンは言っています。『そのような行為は、かくのごとき起源、かくのごとく受け継がれてきた本能を有する生き物には当然のことだ。驚かされるのは、優しさや寛大さ、思想や人間に対する献身に触れたときだ。そこからもたらされるのは個人的な利益どころか、むしろ損失なのだが。そしてそうした啓示の高みで、誰もが分かちあう大いなる笑いや皮肉の喜び、男女の愛、美しいものへの愛情、精神的あるいは身体的な冒険から生まれる友情を感じることができた』。そのような精神的な冒険は、どれほどすばらしいものでしょう！　愛や友情をそうした水準まで高めることを、人はどれほど望んでいることか——その高みでこそ、愛や友情も、より気高く神々しいものになるのです！」

「希望を抱かせる光景で、正しい考え方だ。キリスト教徒なら誰しもそう感じるだろう」と、サー・オーガスティンは答えた。「犯罪は必ず起きるのだから、高潔な知恵でそれを受け入れるべきなのだろう。だが、今回の悲劇は誰もが経験したことのないものだ。人間というより、悪魔の一団が、私のぐらつきかけた屋敷を攻撃していると考えたくなる。フェリックス、君は、自分に迫っている暗い影に怯えてはいないのかもしれない。だが、私はそれが恐ろしいし、君の友人も同じなのだ」

「そうです。だからこそ、私はフェリックス神父から離れられないのです、サー・オーガスティン。神父のこれからの行動が、細かな点まではっきりと決まるまでは」と、ミッドウィンターは答えた。

「私のこれからの行動は、きわめて単純だ」と、フェリックスは答えた。「そうする力があるかぎり、自分の仕事を続けていく。身体的な恐怖は感じている。それを否定するつもりはない。この魂がすぐにも召されるかもしれない、しかも事前に少しの警告もなく、という状況に直面すれば、私のような者でさえ、体が抵抗し、多少は心が沈む。伯父が言うように、この事件は、忌まわしく前例がないものだ。人間の姿をしていて、人間の知性をかいくぐり、考え抜いたあらゆる手段を打ち破る悪魔のような力と対決するのは恐ろしい。しかし、私の信仰は、怯える心に平静になるよう命じる。もし私が死ぬことになっても、それには理由がある。私にはわからなくとも神はご存知だ。家族の大切な命を次々に奪っていった者が、私の命も奪うことが許されているのなら、そのときは創造主の御心のままに、私もまた死ぬ。神が御自身の目的のために、外国から来たこの男、あるいは男たちを使って、私たちの一族を滅そうとしているのだから。そうなるかもしれない――たぶんそうなるのだろう。だが――」

「そうはなりません」と、ミッドウィンターは叫んだ。「神は自らを助ける者を助けられるのです、フェリックス神父。あなたはご自分を助けなくてはならない。われわれは、今日多くの手を打ってきました。これで手をゆるめたら、私は面目を失い、恥じ入るしかない。これからお話しするいくつかのことに、ぜひ耳を傾けていただきたいのです。それによって、状況やこれから打つ手は、きわめて込み入ったものになります。私は最初の計画は、もう捨てています。テンプラー少佐を殺害した犯人が昔の荷馬道に隠れていたこと、その前夜に、猟場番のフークが例の黒髭の男を目撃したことはすでにわかっています。しかし、私にはまだ解き明かせない忌まわしい難問があります。それが解けないために、私は、最良の策と思えることを、神父にお願いすることができないのです。

テンプラー少佐は至近距離から頭の後ろを撃たれていました。きわめて近い距離で、敵はテンプラー少佐から五フィートと離れていない場所にいたかもしれない。この事実は、真剣に考えなければなりません。その考えが正しいとしたら、テンプラー少佐を殺害したのは黒髭の男ではなく、何者かに命令された別の人物の犯行ということになるからです」

「別の人物だって、バートラム？」

「そうです。テンプラー少佐が意識を失っていたか、居眠りでもしていないかぎり、黒髭の男を自分に近づけさせたはずはないのです。実際のところ、見知らぬ人物ではなかったにちがいありません。男を捕らえるための罠の一部として、森に入ることはおやめいただくよう神父にお願いしたのはそういう理由からだったのです。テンプラー少佐は、同じような罠を仕掛けて、ご自分でそれにはまってしまった。トム・テンプラーが溺れたあとで目撃した黒髭の男が、昨日、少佐のところへ現れたとしたら、五フィートどころか、二十五フィート以内にも近づけなかったでしょう。少佐は、男を見たらすぐリボルバーを使っただろうし、少なくとも撃ちあいにはなったはずです。そういう状況で亡くなったのなら、傷口は頭か体の前にあり、後ろにはないでしょう。したがって、少佐を殺害した男は、ゴーラー・ボトムにいてもおかしくない人物、今のような状況では当然そこに、あるいはこの周辺にいるだろうと思われるような人物、少佐に疑念や驚きをまったく感じさせずに、すぐそばまで近づける人物、ということになります。少佐は死んだとき、リボルバーを手にしてはいなかった。事実、銃は傍らの腰掛けの上に置かれていたのです」

フェリックスは目をみひらき、顔色はさっと青ざめた。

「なんだって、バートラム、どういうことだ？」とフェリックスは訊ねた。

「私がずっと感じていたことが本当だったということです。敵は身近にいる人物だと。ご家族の動向がよくわかり、それを犯人に教えている人物が、あなた方の身近にいるにちがいないと、いつも恐れていました。しかし――」

「いや――違う――われわれの陣地に裏切り者がいるなど、私にはとうてい信じられないよ、ミッドウィンター」と、サー・オーガスティンが口をはさんだ。「そんなことは、問題にもならない」

「それに証拠もない」とフェリックスが言った。

「そうとは言えません。多くの事実が証拠です。そうでないとしたら、あの朝、橋を最初に通るのがトム・テンプラーだということを、犯人はどうやって知り、夜の間に橋が壊れるような細工をしたのでしょう？　マシュー大佐がダート川にいることを、どうやって知ったのか？　おととい テンプラー少佐が森へ行くことをどうやって知ったのか？　少佐はそこで殺されたのです。フェリックス神父がここに留まっていたら、犯人はすぐにそのことを知るでしょう。それが、私の最初の計画でした――犯人をあの隠れ場に呼び戻して、捕まえることが。しかし、それはできません。失敗するだけでなく、神父を敵の手に渡しかねないからです。友人として神父に近づいてくるであろう敵にです。犯人はもう、あのトンネルの秘密がばれたことを知っているかもしれない。誰も信用できません」

「今の言葉は、キングスクレセットの猟場番や山番たち全員を非難するのと同じだ」と、サー・オーガスティンは言った。

「わかっています。私は誰かを告発しているわけではありません——屋敷の中の人物にしろ、外の人物にしろ。ただ、ここにいる誰かが——作男か、庭師、馬丁、山番、猟場番のひとりが、この事件に関わっている可能性が高いと言っているだけです。誰かを告発するつもりはありませんが、テンプラー少佐を殺害した男は、敵として少佐の前に現れたわけではなかった、それどころか見知らぬ人間でさえなかったことを、私は確信しているのです。従って、フェリックス神父はここから離れたほうが安全なのです。公には、サー・オーガスティンと一緒にいることにして、実際には、誰にも知られずに、神父をロンドンに連れていかなければなりません。大事なのは、キングスクレセットの人々を欺くことです。問題は、その方法です」

フェリックスは頭を振った。

「どうしてだ、バートラム」とフェリックスは言った。「そんなことを聞くと、呼吸している空気まで毒されてしまいそうだ！　誰かが私を陥れようとしていると、子供の頃からほとんど一緒に暮らしてきたキングスクレセットの人々の中に、私を殺そうと企んでいる人間がいると、そう言うのか。いや、バートラム、私はそんなことは信じない。その人たちが私を殺したいなら、これまでにも数え切れないほどチャンスがあったはずだろう？」

「そんな考えは捨ててくれ、ミッドウィンター君」とサー・オーガスティンは力をこめて言った。

「君は、考えすぎて常識を失っている。捜査も警戒も怠らず、フェリックスを救うために役立つことは何でも提言してほしいが、屋敷の中に――年寄りでも若い者でも――フェリックスに奉仕する目的以外に、彼に手を出す人物がいるなどとは考えないでくれ。われわれが関心を持つべきなのは、フェリックスだけだ。『もっともらしいことは、常に真実より信じ込まれやすい』と、メナンドロスは言っている。真相はまだ見えてこないが、君が恐れていることは、納得できないし、信じる気にもなれない。君の疑念に同調することはできない。そんな考えは捨ててくれ。私の気がかりはフェリックスだ。彼はこのように目立つ人物だから、狙われやすい。君は仕事がら、変装の技術には詳しいだろう。フェリックスの場合には、彼が変装することに同意したら、危険はかなり少なくなるのではないだろうか?」

ミッドウィンターは立ち上がった。身も心も疲れきっていた。

「それは考慮に価するお考えです、サー・オーガスティン」と、ミッドウィンターは静かに答えた。「私としては、今お話ししたことを、真剣に考えていただくようお願いするだけです。私の言葉を、意味がないものと退けないでください。今は、どんな人物も信用できません。長年にわたって忠実だった使用人が、不意に誘惑にかられたり刺激を受けたりして裏切り者となってしまう例を、私は知っています。ここには誘惑も刺激もないとおっしゃるでしょう。しかし、金は、それを欲している人間には、常に大きな誘惑であり、動機となることを忘れないでください。お許しいただいて、私はもう寝ることにします。明日の検視審問のあとで、重要な問題をすべて検討しなおしましょう。神父、寝室のドアには鍵を掛けてください」

ミッドウィンターがふたりにおやすみを言うと、フェリックスは優しくその肩を叩いた。

「心配はいらないよ、バートラム」と、フェリックスは言った。「この事件は、君の堅実な才能によって、遅かれ早かれ解決されると、私は確信している。それはよくわかっているつもりだ。実際、私のことはすべて君に任せているし、これからもそのつもりだ。君を信頼しているし、君の言葉を軽視したりもしない。言われたとおりに行動するし、君が望むならこっそりとロンドンに戻ることにするよ」

「ありがとうございます」とミッドウィンターは答えた。彼が去ってからも、サー・オーガスティンとフェリックスはしばらく一緒に座っていた。ミッドウィンターの考えは、独創的だが役には立たないということで、ふたりの意見は一致した。地元にいる五十人ほどの人物を思い浮かべ、その誰にも疑わしい点は見当たらなかった。それから、フェリックスはサー・オーガスティンに寝室に行くよう強く勧め、ベルを鳴らして従僕のウェストコットを呼んだ。二人は固く握手し、サー・オーガスティンは甥におやすみと挨拶した。

「神が守ってくださるだろう、フェリックス」とサー・オーガスティンは言った。「メナンドロスの言葉にあるように、われわれは屈服しないし、怯みもしない。『貴族に生まれた者は、その身分の故ではない運命の打撃にも、貴族として耐えねばならない』のだから」

第十章　第四の事件

サー・オーガスティンとフェリックスは、しばらくの間、彼らよりも大きな悲しみに打ちのめされている者の面倒をみることで、自分たちの悲しみをいくらか忘れることができた。ペトロネルと彼女の母親は、事件の知らせを受け、翌日の午後にはキングスクレセットにやって来た。検視審問が開かれ、評決が下された。モンタギュー・テンプラーの婚約者は、彼と再び言葉を交わすことはかなわず、棺の側にひざまずいていた。フェリックスはもてる力を尽くして彼女に語りかけ、慰めた。ペトロネルは涙にくれながら黙って試練に耐えた。みんな逝ってしまった——父親も弟も恋人も。いとこが残されているだけだった。同じように愛してはいたが、その気持ちはフェリックス本人よりその性格のほうに向けられていた。ペトロネルの希望も未来の計画も打ち砕かれたとき、幸いにも力強い支えとなってくれたのは、フェリックスだった。

すべてが消え去り、宗教だけが残った。ペトロネルは、鳩が箱舟を目指すように、人生の嵐の中で唯一の避難所に向かっているように見えた。フェリックスは賢明にも、ペトロネルの関心を至高の存在に向けさせた。自分のことや現在の試練、新たな針路を選ぶ誘惑などについて語りながら、ペトロネルを導いた。時間と機会は十分にあった。フェリックスは静かな口調で、自分の現在の立場について諄々と語り、最後に、その立場が可能にした計画をただちに実行に移すつもりだと打ち明けた。それはかつてペトロネルとふたりで語り合ったときに考えた進路に沿った計画だった。フェリックスは自分の意向を語り、それに対するペトロネルの意見を求めた。礼拝堂で最後の時を過ごしているモンタギュー・テンプラーの閉じられた棺の側で、フェリックスとペトロネルは重要な問題について意見を交わした。その話題は厳粛で意義深く、ふたりが共に愛した死者の前で、自らの考えを粛々と述べることは、少しも不穏当なことではなかった。死の威厳も、ふたりが小声で交わす議論にこめられている永遠の命の威厳より大きくはなかった。

フェリックスとペトロネルはおびただしい花輪に囲まれて座っていた。友情と同情のしるしとして贈られた花は、たとえ一本でも必ず供えられていた。棺の頭部と足下に置かれた巨大なろうそくが、礼拝堂の壁に光を投げかける頃、宵闇が訪れ、フェリックスとペトロネルは重大な結論に達していた。だが、それは、ひとり残されたサー・オーガスティンのために、もう少しの間、秘密にされることになった。

死者を苦しめる恐れはなかった。フェリックスは、成し遂げようとしている計画の価値を知っていた。だが、生きている者のことを考えると、老いた心に与える苦悩が痛ましかった。サー・オーガスティンは、すでに耐え切れないほど辛い思いをしていた。

「すばらしいことに」とフェリックスは言った。「東洋の神秘主義者たちは幾度となく、永遠の真理をかいま見ることを許され、救世主イエス・キリストが現れるまでは、西洋世界を否定していた。ある意味で彼らは、ベールの向こうをぼんやりと見通していた、キリスト以前のキリスト教徒なのだ。『汝の心に刻まれた文字を読め。汝が欲するすべてがわかるであろう』。そうなんだよ、ペトロネル。『その日、神は粘土をこねて創造し、恩寵によって、汝の心に信仰を刻み付けた』。その文字を読むことさえできれば、信仰は誰の心にも刻み付けられている。君にとっては、信仰の確認は残酷で辛い形で訪れた。君は困難な道をたどることになった――克己と喪失の道だ。君の人生を楽しく幸福なものにしてくれた人々がすべて去っていくのを目撃し、今や君はひとりきりになってしまった――神の子孫とそのしもべを除けば。君が神ではなく、他の人間の花嫁となることは、神の御意志ではなかったのだ」

「そういうことだわ、フェリックス。古い人生は終ってしまった。これから、新しい人生が始まろうとしているのね。私の幸福は別の形をとらなければならないの。自分自身を神に捧げようとしているのだから」

「それが、人間が到達しうるただひとつの純粋な幸福であり自由なのだ」とフェリックスは断言した。「すべてを捨て去ることが」

「幸福はいらないわ。私には決して手に入らないものなのよ。安らかに暮らしていくことはできるかもしれない。修道会に入るのだし、何年か祈りと忍耐の日々を過ごせば、穏やかに生きられるようになると思うわ。でも、幸福について話すのはやめましょう」

「時が過ぎるのに任せよう。君が神に身を捧げるのは正しいことだし、僕も生来そうした生き方に向いている。だが、君は主に心を預けて新たな人生を始めなければいけない――服従し、疑いを抱くことなく、すべてを捧げるんだ。そうすれば眠っていても目覚めていても、夢を見ずにすむし、『意識にわずらわされることもない』。このささやかな約束にこめられた意味だけを考えるんだ!

僕たちにあらゆる気苦労をもたらす意識は、僕たちが神の御胸に身を預ければ、力を失い、僕たちを悩ませたり、さらに苦しめたり、荒れ狂う人生に別の大波を起こすことはできなくなる」

「人生はそれほど簡単ではないわ」とペトロネルは言った。「あなたのような強い信仰の持ち主には、この人生は非現実的なものかもしれない。でも、もっと弱い者にとっては十分に現実なのよ。私たちはその人生が終ってしまうことを、なによりも怖れているわ。悲惨な経験をし、大切なものをすべて失って、はじめてあきらめることができるの。ある意味では、修道会に入り、世間から引きこもることは、人生を終らせてしまうことなのかもしれないわ」

「そんなふうに考えてはいけない。それは、変化に対する怖れで、死に対する恐怖ではない。ロンドンの信徒たちのなかに、長い懲役刑を受けた囚人がいる。彼らは、刑期を終えるのが怖いと言っていた。自由に対して恐怖を感じていたのだ。鉄格子に守られた牢獄から、外で待ち受けている自由な生活に変わることを怖れていた。ペトロネル、君は死に向かっているのではなく、永遠の命が待つ穏やかで神聖な道へ歩み出そうとしている。死そのものは、僕たちが眠るときに身を任せる無意識と同じで、恐ろしいものではない。死は、僕たちの愛するモンタギューにとってさえ、不幸ではないのだ。彼の存在という鎖のひとつの輪、永遠の命へと向かう路線の乗換駅にすぎない。そこで、モンタギューの魂は、劣ったものから偉大なものへと変わっていく。死は生と同様、現実のものではなく、ほとんどの人々にとって怖れるに足りないものなのだ。生は僕には辛いものだ――いやます苦痛、気持ちをくじく失敗、斎戒、日々の苦闘が続くだけだ」

「あなたは私を力づけてくれるわ」とペトロネルは言った。「私にもまた見えるようになるでしょう――わかっているわ。振り返って見て、この人生はそれほど重要なものではないとわかると、そういうことが見えてくるのでしょうね。人生は、旅のひとこま、絶え間なく残酷な別離が続く場所でしかないのね。それから最後の安らぎの場所に着き、そこでようやく別離は終るんだわ。今はそれがわかる――あなたがわかるようにしてくれたのよ。でも、私たちの教義で、そんなことができるのかしら、フェリックス？　ふたりでローマのことを語り合ったわね。愛しいモンタギューを失っても、私は生きていかなくてはならない――ああ、フェリックス、ローマに呼ばれているの。私を手招きしているのよ。声が聞こえるような気がするわ。でも、おじい様のことを考えてしまう。ずいぶん苦しまれて、どんな気持ちでいらっしゃるかよくわかるの。私には――あなたには、おじい様にこれを耐えてくれと、頼むことができるの？」

「これはきわめて重大な問題なんだ、ペトロネル。神聖なここだけの話として、僕も君とまったく同じ立場に置かれている。ある意味では、分岐点にいるんだ。恐ろしい葛藤がある――その闘いのせいで、僕は眠ることもできず、あらゆる職務や機能が停止した状態にある。そのうえ、いつ命を奪われるかわからないのだから、行動するつもりなら、すばやく行動しなければならない。僕たちが愛していた故人の側で、僕たちが自分の魂の問題を語り合っているのを聞いたら、身勝手で思いやりのない行為と考える人もいるかもしれない。自分たちのことで悩むより、故人の魂のために祈るべきだと言われるかもしれない。だが、僕たちはモンタギューの魂は父なる神の元にあることを知っている。モンタギューは善良で、勇敢な、尊厳に満ちた、公正な人物だった。僕は彼のために心配してはいない。モンタギューは、聖なることがらについてあまり考えず、心を配ることもしなかったけれどね。彼は新たな命の中でよりよく知り、この世より清らかな学び舎で現実へと導かれるだろう。だから、僕たちは自分のことを考えてもいいんだ。君は立派にやれるだろうし、修道会に入ることは賢明なことだと、僕は心から思っている。年齢を重ねるうちに、よく理解できるようになったが、この世にはただひとつの教会しかないのだ。宗派の分立や分派は、人間の弱さのしるしでしかない。そういうものは、人間の虚栄、頑固さ、不従順、軟弱な信仰や強い驕りから生まれるのだ。やがて、過去のがらくたと一緒に消え去ってしまうだろう。変わることのない寛容な太陽にかかる雲と同じように」

「でも、あなたにとっては、事態はもっと難しいわ——そうでしょう」とペトロネルは言った。

「おじい様は、私の場合は、そのうち許してくださるでしょう。私が苦しんでいるのをご存知だし、平穏を与えるのを惜しんだりはなさらないわ。私が安らぎを見いだせるのは、そこしかないのだから。でも、あなたの場合は、テンプラー家の血筋を引く最後の人で、事情が違うわ。おじい様は、昨日、私に言っていたわ。あなたにはとても敬意を持っているし、堅固な信念を心から賞賛しているる。でも、個人より一族のほうがもっと大切なのだと。テンプラー家の人間がいない世界を考えるのは、おじい様には想像もできないほど辛いことなのよ。そういう恐ろしい脅威の前では、他のことはすべてどうでもよくなってしまう。死の影に怯えていても、おじい様は未来のことを考えずにはいられないの。これからはとても大変よ、フェリックス。おじい様は母に、ご自分の考えをはっきりと言ったそうよ。モンタギューの死によって、あなたの人生はすっかり変わってしまうだろうと。あなたの運命はこれまで隠されていたけれど、今は明らかになった。テンプラー一族の未来はあなたに託されていると断言されたわ。おじい様は、あなたがやがては、キングスクレセットとそれに関わる多くの仕事を尊重して、結婚し、家族とその伝統を絶やさないようにすることを、自分の義務と考えるようになると、心から信じていらっしゃるのよ。母は冷静な人だから、おじい様に指摘したそうよ。あなたはずいぶん前から、結婚はせず、天職に人生を捧げる覚悟をしているはずだと。おじい様は、こんな状況で事情がすっかり変わったのだと言われた。『フェリックスの第一の義務は、彼の貴重な命を脅かしている危険から自分の命を守りぬくことだ。そして第二の義務は、偉大で高貴なテンプラー家のために、その命を伝えていくことだ』と。おじい様は心から、そう思っているのよ。もちろん、ご自分の立場から考えていらっしゃるだけだわ。でも、おじい様に話したらどうなるかということは、言っておきたいの。あなたがローマ教会へ入るつもりでいること、それもできるだけ早く、なぜなら、神がそんなことをお許しになるはずはないけれど、自分の命が残り短いかもしれないからだと伝えたら、おじい様にさらにひどい苦しみを与えることになるわ。おじい様に残されているのは、もうあなたしかいないのだから」

「苦しみというのなら、われわれの今の運命がそうだ」とフェリックスは答えた。「サー・オーガスティンは、きわめて辛い試練を受けただけでなく、まれにみる忍耐と気丈さで、それに立ち向った。伯父の信仰は本物のようだが、その背後では、奇妙で愚かしい一族の誇りにとらわれている。僕には理解も共感もできないが、それが、今回の悲劇に対して、サー・オーガスティンの心を支えているのは確かだろう。だが、その最後の望みは、とうてい叶わぬものだ。しばらくは、そっとしておこう。伯父はもう十分に苦しんだ。僕たちは待つことにしよう、ペトロネル。モンタギューの死と埋葬が過去のことになるまで。ある種の状況では、一週間でさえ、長い期間になる。迷うよ、なぜなら、僕自身の命が――」

フェリックスは口を閉じ、考え込んだ。

「僕は、すぐ行動したほうがいいのかもしれない。そうすれば、自分の魂の安全は守れるような気がする。やるべきことがすんだら、その時にサー・オーガスティンに話せばいい。しかし、それが可能かどうか、確信はないんだ。ローマはおそらく、アングロ・カトリック派の信徒には、見習い期間や加入礼や浄化儀礼を求めるだろう。精神の純粋さを高め、古い殻を完全に捨てさせるために。そういうことをすべて考慮しなければならない。現在の状況や、僕を取り巻く危険を考えて、特免が与えられる可能性もあるかもしれない。いずれにせよ、サー・オーガスティンには、しばらく話さなくていい。この話は、もうこれくらいにしよう。自分たちのことは忘れて、今は、モンタギューのことだけを考えよう。君の悲しみを僕が感じていないなどと、一瞬でも考えないでくれ。心の底から、君と同じ悲しみを感じている」

ふたりは一緒に祈りを捧げた。一時間後、ペトロネルが心身ともに疲れきって礼拝堂を出るとき、フェリックスはまだひざまずいていた。ペトロネルはじゃまをしないよう静かに立ち去った。

モンタギュー・テンプラーは、つい最近亡くなった人々のかたわらに埋葬され、ヘレンとペトロネルは自宅に帰った。フェリックスはすっかり引きこもり、彼自身は気づかなかったが夜間警護のもと、一週間キングスクレセットに滞在したあと、個人的な用事でロンドンに戻らねばならないと言った。これはミッドウィンターとの約束を果たすことでもあった。フェリックスは屋内でも警戒を怠らず、外出するときには必ず誰かと一緒だった。たとえ短い散歩でも、ある時は農場管理人のテリー、ある時はウォートン、あるいは猟場番の誰かが一緒についてきた。サー・オーガスティンは、甥を自分の希望に従わせたいと苦慮しながらも、危険は去ったと確信するようになっていた。隠された荷馬道の監視も昼夜を問わず続けられていた。しかし、これまでのところ、収穫は何もなかった。

サー・オーガスティンは一度か二度、彼の頭を占めているもっとも重要な問題に触れたい様子を見せた。だが、フェリックスはそのつど、伯父の関心をなんとかその問題から逸らせることに成功した。フェリックスはついにレッド・ライオン修道会での精神的な相談相手であり指導者でもあるシャンペルノワーヌ神父に手紙を書いた。彼と会い、自身の照会作業を続けることが必要だった。

ミッドウィンターがいなくては動けなかったが、彼の指示で、フェリックスは公共の交通機関を避け、キングスクレセットの自動車でロンドンに戻ることになった。車の窓際にふたり、そして武器を持ったウォートンが同乗した。その旅が終ると、フェリックスは、伯父の希望にしたがって、無事に到着したと電報を打った。フェリックスは再び自らの仕事場に戻り、友人や同僚に囲まれて、一種の高揚感を味わっていた。だが、彼の意思は、修道会の指導者を除けば、まだ誰にも知られてはいなかった。

その翌日、ハロルド・シャンペルノワーヌ師は、フェリックスの決心を聞いても、それほど驚いてはいないと語った。

「歴史にはいつでも、繰り返し同じことが起きるものだ、テンプラー」と彼は言った。「君は、私がこれまで見てきたように、すでに多くの者がたどった道を選んでいるだけだ。勤勉で善良な少数の聖職者だけでなく、われわれの群れにいる多くの者が、次々に羊の檻を破り、他の羊飼いを求めて出て行った。自分の気持ちに正直になり、知性を損なわぬようにしよう。われわれアングロ・カトリックの司祭は、自分たちの教えが数千人もの男女をローマ教会へ送ったことを承知している。そしてわれわれの仲間の多くが、信者たちに導かれるようにして、世界に広がる旗幟のあとを追い、その下に入ることを選んできたことも。君がそうすることに異論はない。君の場合は、いつかそうなるだろうと思っていたよ。君の伯父上の希望や願望は、残念ながら、そのような尺度から見れば、ささやかなものでしかない。今となっては、それを考慮するのは不可能だろう」

ふたりは長いこと語り合ってから、別れた。それから一時間半もたたないうちに、シャンペルノワーヌ神父は、レッド・ライオン・スクエアの北の角で再びフェリックスと出会った。フェリックスは街の少年と談笑していたが、神父が近づいていくと、少年は硬貨を受け取って小走りに去っていった。フェリックスは神父を待っていた。

「あの少年は、マイク・キャシディーの孫です。キャシディーは、私がルーク・ストリートにいた頃のどうしようもない旧友のひとりです」とフェリックスは説明した。「キャシディーの健康状態は、かなり悪いようです。彼は私がロンドンに戻ったことを知っていて、会いに来てほしいと頼まれました」

「ここでも、キングスクレセットと同じように、十分に用心しなくてはいけない」と、シャンペルノワーヌ神父は答えた。「恐ろしい事件が起きてから、私たちは君のことをずっと心配してきた。君が私にとってどのような存在か、わかっていてくれると思う。君がいなくなったら私がどう感じるか、口にしたことはないが。いなくなるといっても、ローマ教会へ移るということで、死を意味しているわけではない。君には、この世を去る前にやるべきことが、まだたくさん残されている」

「そう願っています、神父」

「ミッドウィンターが、数日前に私を訪ねてきた」。フェリックスと一緒に歩きながら、シャンペルノワーヌ神父は続けた。

「彼は今夜、私に会いに来ることになっています」

「この恐ろしい事件で、ミッドウィンターはすっかり落ち込んでいる。彼は老けてしまったよ。ミッドウィンターがあんなにやつれた様子をしているのは、見たことがない」

「では、何も言わなかったのですね?」

「重要なことは何も。だが、私よりも、君にはもっといろいろと話すだろう。辛い思いをしている君と気の毒な娘さんのことを、私はいつも考えている。どうしてこのような事件が起きるのか、人間には理解できないことだ。しかし、この世は闇に満ちていて、その闇に光が射すのは、来世でしかない。そこで、われわれの正義の感覚とは相容れないさまざまなことの真の意味がわかるだろう。ときどき思うのだがね、フェリックス、この世で流される涙は、天ではいぶかしげな笑いを誘うだけかもしれない。幼い子供が、滑稽に思えるような悲しみや恐怖を感じていると、大人はそれを見て面白がったりしないよう一生懸命になるだろう。それと同じことだ」

その日の夜、バートラム・ミッドウィンターがやって来た。フェリックスは、シャンペルノワーヌ神父の言うとおりだと思った。ミッドウィンターは、成果の上がらぬ仕事のために、憔悴し疲れきっているようだった。

「もう、へとへとです」とミッドウィンターは言った。「私だけじゃありません。この事件には、十二人の刑事を投入しています——ヤードの精鋭が十二人。われわれが見落としたものがあるとは思えませんし、あらゆる可能性をあたってみました。それなのに、何ひとつ浮かんでこないのです。荷馬道やそこにあった手がかりは、発見されなかったも同然です。テンプラー少佐の殺人事件の解明には、まったくつながらなかった訳ですからね。そこから推論できることはありましたが、それも捜査範囲を広げただけのことです。必要なのは、細々とした無意味な証拠ではなく、事実を絞り込むことなんです」

「辛抱強くやるしかないよ、バートラム。それで、現状はどうなんだ？」

「まったく進展なし、です。われわれが隠れ場を発見したことは、地元の誰かを通して間違いなく犯人に伝わっています。隠れ場を見つけてから、そこに近づいた人間はひとりもいません。キングスクレセットのような小さな村では、真実は隠しきれるものではありません。監視人たちがきっとどこかで話しているはずです。しかし、監視はもう付けていません。あなたはすでにキングスクレセットにはいないのですから。隠れ場が見つかったことは、おそらくすぐに犯人の知るところとなっていたはずです。そのためか、あるいは男が意図的に隠れ場を捨てたのか、いずれにしてもキングスクレセットでのやつの仕事は終ったのでしょう。そうだとしたら、リボルバーを置いていくはずはないようにも思えますが、他に適当な場所を見つけられなかったので、あそこに放置していったとも考えられます」

「そうだとしたら、伯父の希望は可能性が出てきたことなるね、バートラム？」

「どんな希望ですか、神父？」

「この事件は、もう終ったということだ」

「一瞬でも、そんなことは考えないでください」と、ミッドウィンターは懸念をにじませた声で答えた。「油断してはだめです。これまでと同じように、できるかぎり用心してください。もう安全だと楽観するのは早すぎます。犯人は、そう思わせようとしているだけかもしれない。ここでもじっと様子をうかがい、あなたがキングスクレセットに戻るまで、時機を待っているだけかもしれないのです」

「それで君の結論はどうなんだ？」

「われわれはまだ一連の事件の責めを負うべき具体的な人物を見つけておりません。あれほど綿密で広範な捜査をしたのですから、大きな黒い眼鏡を掛けた黒髭の男が目撃されていたとしたら、その情報がどこからも出てこないというのは、現実的にはあり得ないことなのです。キングスクレセットでモンタギュー・テンプラーと猟場番に目撃されたのを除くと、ダート川近くの宿に泊まったときから、男を見た者は誰もいません。キングスクレセットの駅でも、近隣のどんな場所でも、そのような男は記憶されていません。私の考えでは、男は小型オートバイを使ったのでしょう。あなたや私、あるいは彼を探している誰かと、すれ違ったかもしれない。賭けてもいいですが、男は変装していたのです。黒髭も眼鏡も、おそらく黒い帽子や黒のニッカーボッカー、黒の靴下も、すべて偽装だったのです。私も、サー・オーガスティンと同じように、神父も変装してくれたらと思う時があります。いつも法衣で生活しておられる――じつに分かりやすい目印です」

「ロンドンなら安全だと思う。だが、法衣は僧服より意味があるんだよ、バートラム。私の仕事に大きな力を与えてくれる。たとえ、現在の個人的な危険を強めるとしても。それは信じてくれ」

「まさか、犯人たちが法衣に敬意を払うと考えているわけではないでしょうね？」

「それはわからないだろう。フランスで犯罪者に会ったことがあるが、大物の悪人はいつでも司祭には一目置いていた」

「それは迷信のせいで、尊敬からではありません。司祭によからぬことをしたら、その報いを受けると怖れているだけです。その連中は、あなたのことより自分の身の安全を考えていたんですよ。だが、われわれが相手にしている連中は、そんな弱さは持っていません」

「犯人は複数だと考えているのか?」

「今は、そうだと思っています。そうでないとしたら、身を潜めている男が、相手の行動をすべて把握したり、犯行計画を次々に練ったりするのは、無理ではありませんか?」

「リボルバーやタバコはどうだった?」

「リボルバーからは指紋は出ませんでした。それを使った男は素人ではありません。きっと手袋をはめていたのでしょう。タバコは、ドイツのベルリンにある有名な会社の製品でした。非常に高価な品です」

「そういうことは役には立たないのか?」

「すでにわかっていることを裏付けるだけです。犯人たちのリーダーはドイツ人だということです。新聞の切れ端は、ドイツの日刊紙――ドイツ日報というユンカー(ドイツ東部の地主貴族)が読む新聞で、八日か九日前のものでした。私はあそこに置かれていたのは偽の証拠ではないかと疑っています。あのようなタバコを吸う男は、銀か金のケースを持っているものです。古い新聞紙に包んだりはしません」

「だが、リボルバーは本物だったのだろう? モンタギューがそれで撃たれたのは間違いないんだろう?」

「おそらく。しかし、断言はできません。フォーブズ先生が取り出した銃弾は、そのリボルバーの口径と同じでしたし、弾倉もひとつ空になっていました。確かなことはそれだけです」

「荷馬道の監視は終ったと言っていたね?」

「そうです」

「あの謎がとうとう解けたと思うと、不思議な気がするよ、バートラム。チューダー朝の古道が消えてしまったことは、何十年もの間、専門家を悩ませてきた。その秘密がわかってみれば、今度はどうしてそれを見落としていたのかと不思議に思うだろう。あの道はこれからも、好古家を楽しませ、少なくとも三十年くらいは、忌まわしい事件への興味をかきたて続けることだろう」

「警戒心をゆるめてはいけませんよ。一瞬たりとも危険のことを忘れないでください。警察はいまも必死に捜査しています。それはおわかりでしょう。しかし、お願いですから、ここでもキングスクレセットと同じように、用心してください」

「大丈夫だよ。今では、身体的な恐怖は感じなくなった。信仰に支えられた意志の力で克服した。怖れる余地を残した信仰は弱いものだ。それに精神的な面についても、シャンペルノワーヌ神父から力づけてもらった。君も知ってのとおり、あの方は形而上学者でもあって、私の考えを立証してくださったのだ。つまり、死というものは、あらゆる事柄のなかでもっとも非現実的なものだということをね。意識と死は正反対のものではないか？　だとしたら、私たちが意識しているかぎり、死は近づけない。死に対して武装していると言ってもいい。いっぽう、意識がなくなったら、恐怖やその他の感情は近づけない。つまり、死は、すでに死んでいる者たちに訪れるだけなのだ。子供を怯えさせるお化けのようなものだ――時間と永遠の間にあるひとつの輪にすぎず、私たちが目隠しして渡らねばならない橋にすぎない――それだけのことだ」

「そうかもしれません」と、ミッドウィンターは答えた。「しかし、神の思し召しがあれば、あなたがその橋を渡ることはないでしょう」

「まだ、渡りたくはない。人生はとても興味深いものだし、その可能性は、最高の人間にも最低の人間にも、同じように大きい。だが、私の場合、生きることは、他人を苦しめることでもある。私はいま、肉体的な生や死より、はるかに重大な問題に直面しているんだ」

フェリックスはついに、ローマ教会へ入るという自分の決断を告げ、ミッドウィンターは深く心を動かされた。

「あなたがそうなさるのなら、私もそうします」と、ミッドウィンターは淡々と言った。

一時間後ふたりは別れ、ミッドウィンターが行ってしまうと、フェリックスも外出した。ルーク・ストリートに住む、年老いた寝たきりの教会区民、マイク・キャシディーに会うつもりだった。そのアイルランド人の老人は、窃盗罪で長い懲役刑を受け、人生を無駄にしてきた。しかし、今は穏やかに死を迎えつつあり、フェリックスのことを、自分の魂を救ってくれたありがたい人物と考えていた。

そして、深夜にはまだ少し時間がある頃、ルーク・ストリートに入って五十ヤードほどのところにある路地から、一発の銃声が響いた。その音がしたのは細い路地で、そこを通ると、レッド・ライオン修道会宿舎からルーク・ストリートへは最短距離で行くことができた。この二か所を行き来する人々は、誰でもブラインド・アレーと呼ばれているその小道を通った。歩行者専用の道で、実際には、呼び名のような袋小路《ブラインド・アレー》ではなく、二本の大きな道路を結ぶその抜け道は、端から端まで三十ヤードほどあった。両側には家の壁が立ち並び、ただ一つの電灯は、その道に架けられたアーチの中央に点いていた。道に面した窓はなく、十二個の裏口があるだけだった。

その道で、銃声がこだまし、音が聞こえた。それから警笛が次々に鳴り響き、小道の両端から警官たちが一斉になだれ込んだ。一見しただけでは、誰もいないようだった。しかし、弱い明かりが倒れた男を照らし出し、警官たちは神父の体を抱き起こした。調べてみると、フェリックス・テンプラーはまだ生きていた。致命傷は見当たらなかった。フェリックスは恐怖とショックから気を失っており、左腕の肘から上にひどい傷を負っていた。銃弾は、彼の心臓を狙い、至近距離から発射されていたが、幸いにも、フェリックスがとっさに体をかわしたため、心臓からは逸れていた。だが、左腕は体からほとんど引きちぎれそうになっていた。

救急車と医者が来る間に、警官たちは手がかりを求めて通路を捜索した。しかし、襲撃者の痕跡はひとつもなく、意識のないフェリックスから情報を得ることもできなかった。巡査たちはフェリックスのことをよく知っており、個人的な怒りにかられて必死に捜査をした。バートラム・ミッドウィンターがホルボーンのすぐ近くに住んでいることもわかっていたが、彼はフェリックスの修道会宿舎を出てから、まだ自宅に帰り着いてはいなかった。

ミッドウィンターがブラインド・アレーに到着したのは、重傷を負ったフェリックスが聖バーソロミュー病院へと運び出されたあとだった。

ミッドウィンターは警官と話し、歩道に残された血痕を調べた。フェリックスは病院に運ばれたときには意識がなかったが、致命的な傷ではないという話だった。そこで修道会宿舎に事件のことを伝えると、ミッドウィンターは、夜勤の外科医から現在の状況を詳しく聞くため病院へ駆けつけた。名前を告げると、すぐにひとりの青年医師がやって来た。

「患者はレッド・ライオン修道会のテンプラー神父です」と、医師は説明した。「意識は戻りました。しかし、ひどいショックを受けています。何が起きたか、筋の通った話ができるかどうかはわかりませんね。もうしばらくは安静が必要です」

「命の危険はないんですね？」

「考えられるかぎりでは、ありません。あのような銃創と骨折のあとでは、断定はできませんが。テンプラー神父の心臓は弱っています。しかし、睡眠をとれば、意識もはっきりしてくるでしょう」

「傷はひどいのですか？」

「重傷です。腕がほとんどちぎれかかっています。その腕を救えるかどうか、微妙なところですね。明日の朝一番に、主任外科医が神父を診察します」

「神父は、自分の身に起きたことで何か言っていませんでしたか？」

「ええ、少しばかりですが。まず、自分は死ぬのかどうか知りたがっておられましたね。体のどこを撃たれたのか、わからなかったようです。しかし、銃で負傷すると全身が麻痺して、しばらくは傷を負った部位がわからないことがよくあります。私は神父に、命に別状はなく、危険はないと伝えました。それを聞いて、神父は力づけられたようです。見知らぬ人間が自分に近づくことがないようにしてくれと頼まれたので、絶対にしないと約束しました。それから神父は、ミッドウィンターさん、あなたのことを訊ねられたので、明日には会いに来られるだろうと答えておきました。それを聞いて、神父は安心されたようです。あなたと別れたばかりだとおっしゃっていましたよ。それからは、とりとめのないことを話しているうちに睡眠薬が効いてきて、眠られました。ただ、神父は病人のところへ会いに行く途中だったようですね。それと、ときどき、〝髭の男〟がどうとか、口にされていました」

「神父とは一時間前に別れたばかりでした。また出かけようとしていたなんて、考えもしなかった。

知っていたら、止めましたよ。だが、神父は何もおっしゃらなかった」

ミッドウィンターが話している間に、シャンペルノワーヌ神父が到着し、外科医が神父に挨拶した。

「フェリックス神父は大丈夫です、シャンペルノワーヌ神父」と外科医は言った。「ちょうど眠られたところです。今のところ危険はありません――実際に、命の危険はまったくないと言っていいでしょう。しかし、ひどいショックを受けておられます。明日の朝、面会時間が来たら、皆さんがおいでになると、神父に伝えておきましょう」

「私はそれより早く、神父に会わなければならない」とミッドウィンターは言った。「明日の朝八時半ごろ、ここに来ます。先生のご判断で、神父が二分以上話せるような状態だったら、私が会うことにします。フェリックス神父にしか答えられないことがいくつかあり、それをどうしても知りたいのです」

シャンペルノワーヌ神父とミッドウィンターは、一緒に病院を出た。フェリックスに命の危険はないと知らされ、ふたりともほっとしていた。シャンペルノワーヌ神父はすぐに修道会宿舎に戻り、ミッドウィンターはブラインド・アレーにいる六人の警察官と合流した。慎重に捜査した結果、鹿の角か鼈甲《べっこう》の縁が付いた大きな眼鏡が見つかった。その眼鏡はばらばらになり、レンズは大勢の人間に踏み潰されて粉々になっていた。だが、ミッドウィンターは、その眼鏡はこれまでの事件で報告されている黒髭の男のものだと考えた。彼はさらに綿密な捜査を命じたが、路地からは他の手がかりはまったく見つからなかった。

銃声を聞いた人々が路地の両端から駆けつけて来る前に、銃撃した男が薄暗いブラインド・アレーから向こうの明るい大通りまで逃げる時間は、ほとんどなかった。ミッドウィンターは、路地の両側にそれぞれ六戸ずつある裏口に注目した。家屋の煉瓦壁に開いた戸口には、すべて内側から鍵が掛けられ、不審な男が身を隠せる裏庭のような場所もなかった。ミッドウィンターは家の正面を調べた。一方の通りにはうらぶれた店が並び、もう一方にはみすぼらしいフラットがあった。

ミッドウィンターは、フェリックスが黒髭の男のことを口にしたという事実を警官たちに伝え、二人の不審人物が逮捕された。最初の男は深夜を少し過ぎた頃に、二番目の男は翌朝だった。ひとりはユダヤ人で、もう一人はポーランド人だったが、すぐに事件とは無関係だとわかった。ポーランド人は船から降りたばかりで、ユダヤ人は、ブラインド・アレーの裏にあるフラットに住んでおり、よく知られた立派な市民だった。襲撃現場からは、さらなる証拠は一つも見つからなかった。

第十一章　キングスクレセットへの訪問

ミッドウィンターの関心は、襲撃の夜、フェリックス・テンプラーを呼び出した元窃盗犯の老人に向かっていた。その老人の経歴は、疑われてもしかたのないようなものだったが、キャシディー氏を訪問したミッドウィンターは、彼がフェリックスを襲撃するような企てに加担した可能性はないと確信した。キャシディーは神父を心の底から崇拝していた。フェリックスはといえば、話せることはごくわずかしかなかった。

ミッドウィンターが病室を訪ねると、フェリックスは、「シャンペルノワーヌ神父が私に追いつく直前のことだ」と、事件の状況を話し始めた。「レッド・ライオン・スクエアの角でシャンペルノワーヌ神父と言葉を交わす前に、私は見知らぬ少年に声をかけられた。その少年は丁寧な言葉づかいで、マイク・キャシディーは自分の祖父だと言った。キャシディーは、私がロンドンに戻ったのを聞きつけて、一度会いに来てほしいと頼んできたのだ。その少年を見るのは初めてだった。私は少年問題には大きな関心を持っているので、この教区の少年たちはほとんど知っている。私はその少年に、どうして今まで一度も顔を合わせなかったのかと訊ねた。すると彼は、自分はキャシディーと一緒に暮らしているのではなく、私も顔見知りの彼の兄のネディーが休暇で教会少年隊と出かけている間、しばらく祖父の面倒を見に来ているのだと答えた。その話を疑う理由も思い当たらなかった。もっとも、ネディーから弟の話を聞いたことはなかったんだが。それで、私は会いに行くと言い、キャシディーが明け方の三時前に寝ることはないと知っていたので、夜の十一時ごろに行くと約束した。そういえば、少年は私がそこへ何時ごろ行くか、知りたがっていた」

「事実はこうです。シャンペルノワーヌ神父は、あなたがルーク・ストリートへ呼び出されたことはご存知でした。あなたからその話を聞いていたからです。キャシディー老人の孫息子はひとりだけで、彼が教会少年隊と一緒に出かけて留守なのは本当です。しかし、キャシディーは少年をあなたに会いに行かせたりはしなかったし、その少年のこともまったく知りません。あなたがロンドンに戻られたことも知らなかったのです。では、ブラインド・アレーに着いたとき、何が起こったのか、話してください、神父」

「あの道の中ほどまで行き、電灯のある場所を通り過ぎたとき、誰かが――その男はどこかの戸口に体を押し付けていたか、あるいはその戸口から出てきたのかもしれないが――私の前に立って、リボルバーを突きつけてきた。黒い眼鏡を掛けた黒髭のがっしりした――例の男とそっくりだった。それで、私が跳びかかっていくと、男は銃を撃った。しかし、急な動きで体が右のほうに逸れたにちがいない。男の狙いは外れた。跳びかかった直後に言いようもない激痛を感じ、倒れたことは憶えている。男はきっと私の心臓を撃ち抜いたと思い、反対方向に走ったか、出てきた戸口に戻ったのだろう。そのあと、警官が路地に駆け込んできた。それからのことは何も憶えていない。男が本当に私の心臓を撃っていたら、私はその場で死んでいただろう。地面で額を打つ前に、意識を失っていたのだと思う。しかし、銃弾は腕に当たっただけなのに、どうしてそんな風に意識を失ったのか不思議だ。予想もしていなかった時に、突然その男を見たことが、心に影響を与えたのかもしれない。身体的な恐怖感で麻痺状態になったと認めるのはいやなものだが、否定はできない。恐怖のために人事不省になることもあるらしい。病院の先生にそう言われた。先生は、ショックのために、私の心臓は一時的に完全に停止しただろうと考えている」

「また外出されるつもりだと、私に話してくださっていたら、絶対に一緒に行きましたよ、神父」

「それはわかっていた、バートラム。もし私が話したら、君は大騒ぎして、なんとか私を行かせまいとしただろう」

「男がどの戸口にいたか、あるいはどの戸口から出てきたか、憶えていますか?」

「憶えている。電灯を通り過ぎた左側の最初の戸口だ。私はホルボーンへ向かっていた」

ミッドウィンターは首を振った。

「その家には、若い未亡人と三人の子供が、年老いた男性——未亡人の伯父です——と一緒に住んでいます。彼らは無関係です。私が聞きこみに行きました。神父のことを知っていて、聖フェイス教会へ通っています。ロバートスン一家ですよ」

フェリックスはほほ笑んだ。

「あの家族なら、私の敵をかくまうことは絶対にないだろう」とフェリックスは言った。

「そういうことです」とミッドウィンターは言った。「これは、どういうことなんでしょう」

「私に言えるのは、私の運命は定まり、一刻も早く信仰告白をしなければならないということだけだ。もう一度、襲撃される前に」

「これはつまり、敵があなたのことをじつに詳しく知っているということですよ。ここでの神父の仕事や知り合いまでも。この罠を仕掛けた連中は、あなたがキャシディーと親しくしていて、彼が頼めば必ず会いに行くと知っていたにちがいありません。やつらは、その少年にどういう嘘をつくか教え込み、あなたがよく行く場所で見張らせていたのでしょう。今のような危険な状況でも、あなたは少年の言葉を真に受けることを知っていたのです。万が一にも、その呼び出しをこれまでの事件と結びつけて考えることはないとやつらは確信していました。観察したのか、教えられたのか、やつらは、あなたがキャシディーの家に行く時どの道を通るか知っていて、逃げようのない場所まで行くのを待っていたのです。それが、あなたを呼び出す人物として、キャシディーを選んだ理由なのです。命を落とさなかったのは、本当に奇跡ですよ、もし奇跡というものがあるとしたらですが。恐怖で即座に意識を失ったことが、命を救ったんです。ほんのわずかでも、その場に立っていたり、体を動かそうとしていたら、男はもう一度、発砲したでしょう」

「男はどうやって逃げたのだろう？」とフェリックスは訊ねた。「あの恐ろしい銃声は、大通りでも聞こえたはずだろう？」

「そうです。しかし、男がどの戸口も使わなかったのは確かなようですから、こんな具合だったのだと思います。男は息をひそめて、誰かがやって来るまで、路地の南側の出口で待っていた。警官が駆けつけると、男は彼らと一緒に、あなたが倒れている場所に向かった。男を不審に思うのは、この事件を詳しく知っている人間だけです。たとえ、男がまだ変装したままだったとしても、疑われはしなかったでしょう。しかし、誰かがブラインド・アレーに入ってくる前に、変装用の髭はたぶんポケットにしまい込んでいたことでしょう。そして眼鏡も、安全な場所に出てそれを捨てられるまで、ポケットに隠していたのだと思います。眼鏡はその路地のホルボーン側の端で見つかりました」

「それから何かわかったのか？」

「何もわかりませんでした。壊れた縁は鼈甲で、ほとんど黒に近い色でした。濃い青のレンズは、粉々に割れていて、どんな眼鏡商が調べても、そこから情報は得られませんでした。私はロンドンにあるすべての眼鏡店に捜査員を配置しました。今日、眼鏡を買う人物は、ひとり残らず調べることになっています。しかし、その線から結果は出ないでしょう。眼鏡は変装の一部だったとしか思えません」

フェリックスは考え込んだ。

「どうして、そう考えるんだ？　私がこの事件でいちばん不思議に思うのは、殺人犯がいつも同じ姿で現れることだ。それはつまり、その男がわざわざ変装などしていない、ということではないだろうか？　キングスクレセットでも、ダービシャーでも、デヴォンでも——きまって黒髭に大きな眼鏡だ。そのために、この恐ろしい殺人事件に関わっている者はみな、それぱかりを考え、待ち受けている。私を襲って殺すために、その男はどうして、そんなに目立つ格好をしたんだ？　それが変装だとしたら、度を越しているとしか言えない。見知らぬ男がアレーで私の側を通るか、突然どこかの戸口から出てきたとしたら、そのまま私に近づいて、『今晩は』と挨拶し、モンタギューを殺したときと同じように、私の頭を撃てばすむ。それなのに、世にも不吉な姿をしたその男、私がいちばん恐れ避けたい人間は、いきなり私の前に現れ、その結果、狙いを外した。私がぎょっとして、男が発砲した瞬間に前に飛び出したからだ。私はショックで気を失って倒れ、それで男は目的を果たしたと思った。もし君も同じように考えるなら、この特異な変装をした男は、今回だけは、ゲームに負けたことになる。どれほど頭が切れ、腕がいい殺し屋にも、弱みはあると言うじゃないか。君の考えが正しくて、一つの変装に執着することが――それが変装だとしたらだが――犯人の弱点なのかもしれない。迷信深い人間で、その変装が幸運をもたらすと考えているのかもしれない。だが、私としては、そんなことは信じられない。犯人は実際にそういう風貌の男で、自分の安全をまったく考慮せずに行動しているのだと思う。そういう大胆さがかえって彼の身を守ることになり、今も彼を捕らえようと捜索している大勢の警官たちを出し抜くことになっているのではないだろうか」

ミッドウィンターは頭を振った。

「そのような特徴を持った男がイングランドにいて、今まで捕まらずにいられるとは、まず考えられません。テンプラー家の事件は広く知れ渡っています。その犯人に少しでも似ている男が何百人も、警官の職務質問を受けているはずです」

ふたりの間に沈黙が広がり、しばらくしてミッドウィンターは、フェリックスの体の具合を訊ねた。

「腕が順調に回復することを祈っています、フェリックス神父」とミッドウィンターは言った。だが、フェリックスは笑みを浮かべて、頭を振った。

「君に辛い思いをさせるにちがいないから、言わなかった」とフェリックスは答えた。「今日の昼に、私は忠実な左腕を切らねばならない。よくない症状が出てきて、それ以上悪くなる前に急いで手術をすることになった。私の腕はもう死んでいる。嘆かないでくれ、バートラム。手術自体はたいしたものではない。私は他の人々の力にはなれないし、自分自身も人を頼ることになるだろうが、全能の神に対しては役立てると思う。もう司祭ではいられないが。われわれの身に何が起きようと、それが死でなければ、創造主のお役に立てる力が減ずることはない。そう思えるのは、じつにすばらしいことだ」

ちょうどフェリックスが話しているときに、看護婦たちが病室に入ってきた。これほどの試練にさらされながらも、利己的なことはまったく考えないフェリックスに感嘆しながら、ミッドウィンターは立ち去った。

その日の夕方、ミッドウィンターはまた病院に行き、フェリックスの手術が順調に終り、体力も回復に向かっていると聞かされた。だが、元の健康状態に戻るには、かなりの時間がかかるとのことだった。

一週間後、ペトロネルがやって来て、フェリックスと一緒に一時間ほど過ごした。彼は元気になり、着実に回復していた。

「病院の人々は、僕にとても満足している」と、フェリックスはペトロネルに語った。「僕は、患者としては優秀なんだよ、ペトロネル。だが、今回の災難のことは気にしないでほしい。君とサー・オーガスティンのことを聞かせてくれ。サー・オーガスティンは、天気がよければ、来週会いに来てくれるそうだ。君が伯父と一緒にいてくれてうれしいよ」

「おじい様に泣きつかれて、そうすることにしたの」とペトロネルは答えた。「今では、私にとってキングスクレセットがどんな場所かわかるでしょう。大切な亡霊たちがいる場所。その亡霊たちの世界に、かつては、私がこの世で手に入れられるはずだった幸福のすべてがあったの。私は——

そこを離れて、残された人生を穏やかに過ごせる場所に行きたいと、どれほど望んでいることか。でも、まずおじい様のことを考えなくてはならないわ。おじい様は衰えてしまった。それでも、あなたのことを考えると少しは元気になるの。まだ、あなたの将来に最後の望みをかけているのよ。いまでも、テンプラー一族に対する義務は、他のどんな義務をも超越すると信じていらっしゃるの。『フェリックスがまた元気になって、問題に取り組む気になったら、きっと答えを出してくれるはずだ』と、夕べおじい様はおっしゃっていたわ。おじい様があなたに執着している痛々しい様子を見ていると、自分の悲しみを忘れそうになるわ。本当のことを聞いたら、おじい様の夢はすべて砕け散るとわかっているとなおさら」

　フェリックスはため息をついた。

「僕が、結婚して家族を養うような男に見えるかい？　片腕を奪われて——不自由な体になってしまったことがわからないのだろうか？　オーガスティン伯父さんも、この姿を見れば理解してくださるだろう。僕の最終的な意思は、もう決まっている。必要な手続きを進めていて、ある教会に入ることになっている。しかし、そこで司祭になることはできない。体の不自由な者は、その職には就けないことになっているからだ。次は、君の番だよ、ペトロネル。だが、今はまだ何も言わないほうがいい。僕の気持ちは、そのうち伯父に話すつもりだ。できるだけ穏やかにね」

「この世界の中で、おじい様が関心を持てることは、今はそれだけなのよ。あなたが片腕をなくしたことで、おじい様はとても苦しんでいらしたわ。でも、そのことさえも、別の観点から見て、希望を強めているの。片腕のないことを障害と考えるどころか、あなたには、身の回りの世話をしたり、失った手の代わりをしてくれる女性がこれまでにも増して必要になったと、おじい様はおっしやっていたわ」

「伯父さんのような善良で誠実な人に、このような不幸が降りかかるなんて、大きな謎だな」

「すべてが謎だわ。この春から、人生は苦しみに満ちた謎でしかない。絶え間ない苦痛のほかに、人生の現実などあるのかしら？」

「君は自分のことは心配しなくていい、ペトロネル。自己憐憫にふけるのはやめよう。老子の言う、始まりも終りもない内在的な全知の現実を忘れないでくれ。重要な現実はそれだけだ。無であり、なおかつ、すべてなのだ。しかし、神に近づき、自分から遠ざかること、それもまた、神秘主義の偉大な真理だ。君は自分を完全に忘れなくてはならない。神をたしかに見出すことができるのは、それからだ」

「ひどい苦しみのさなかでは、自分を忘れるのは難しいでしょう」と、ペトロネルは言った。フェリックスは、それが本当であることを認めた。

「そのとおりだ。苦痛で震えているときに、体や精神を制御するのは難しい。それはわかっている」

「私たちは、ただの人間だわ、フェリックス。私は、なぜと問いかけずにはいられないの」

「それは、他の多くの質問と同じように、してはいけない質問だ。それには正当な理由がある。知らなければならない答えなら、質問しなくても知ることができるだろう。われわれには手の届かない答えなら、質問しても無駄ということになる。君にも読んでもらった、シャビスターリーの『秘密の薔薇園』を覚えているだろう？　彼は、全能の神を完全に理解していた。その理解は後の啓示によってさらに深くなったが、彼よりも的確に感じたり、書いたりした者はほかにはいない。シャビスターリーはなんと言っているか。『神の慈悲を考えよ、しかし、神の本質は考えるな。なぜなら、神の御業は神の本質から発するのであり、神の本質が神の御業から発するのではないからだ』。僕は、この言葉にとても力づけられる。無上の慈悲、不死の魂という恵みを考えると、神が宿る至高なる瞬間や奇跡を考えると、この命がさほど重要とは思えなくなる。時が僕たちに施してくれるものはすべて、永遠の力や可能性と比べれば、ほとんど考慮する価値がない」

「この苦しみが軽くなれば、私もそうした考え方に力づけられると思うわ」とペトロネルは言った。

「今はもっと重要な問題があるの。おじい様を置いて、私はキングスクレセットから出て行くべきなのかしら？　おじい様は、私にずっと一緒に暮らしてほしいと思っているの。本気でそう望んでいらして、来年になれば、私には他に家はなくなるのだと言われたわ。母は、あなたも知っているでしょうけど、慣習で許されるようになったら、再婚するつもりなの。だから私は、修道院に入って教会と運命を共にするか、おじい様がご存命の間はキングスクレセットで暮らすか、どちらかを選ばなければならないわ」

フェリックスは関心を示した。

「それは問題だが、急いで結論を出す必要はないだろう。僕も、大きな問題に直面している。そこからは、オーガスティン伯父さんが望んでいるような答えは決して出てこない。キングスクレセットの未来は大きな難問だ。それについてもっとも悲観的に考えれば、サー・オーガスティンが抱いている希望、あるいは僕に託そうとしている希望は、決して叶わないだろう」

「あなたは、どんなことを考えているの？」

「まだ、何も考えていない。キングスクレセットで暮らして、生計を立てている人々が大勢いる。

今も言ったように、問題はあまりにも大きくて、僕より賢明な人たちの協力や助言がなければ、解決できないかもしれない。そのことを考えるだけでも疲れてしまう。だが、サー・オーガスティンの希望については、いつも大切に思ってきた。しかし、伯父さんは僕より長生きするかもしれないし、そうなることを願っている。ときどき、試練が終り、この世から早く逃れることを願っている自分に気づくことがある」

ペトロネルはフェリックスの手を取って、握りしめた。

「そんなことを考えるなんて、いつものあなたではなくなっているのよ」とペトロネルは言った。「キングスクレセットのためにあなたは命を救われた——私はそう確信しているわ」

「君の言うとおりだと思えるといいんだが」とフェリックスは答えた。「でも、そうは思えない。片腕と一緒に、僕の脳の一部も消えてしまった——今はそんな気がする」

「気持ちを強く持って、まず体を治すのよ。こうした難しい問題にぶつかるのは、まだ数年先かもしれないわ。でも、おじい様とは話し合わなければならないでしょうね」

ペトロネルは何かを思い出して笑った。

「夕べ、おじい様は図書室で、〝ナイトキャップ〟と呼んでいるタバコを吸いながら、ウィスキー・アンド・ソーダを側に置いてメナンドロスを読んでいたの。そして突然、顔を上げてこうおっしゃったわ。『まったく、そのとおりだ——みごとに真実をついている。聞いてくれ、ペトロネル』と。それからある文章を読んでくれたの。あるお芝居の登場人物のせりふよ。『夫と妻の組み合わせほど、心地よいものはない』。おじい様はとても嬉しそうだったわ。私は思い切って言ってみたの。離婚裁判所のにぎわいぶりから見ると、若い世代は、結婚をそれほど〝心地よいもの〟と考えてはいないのだろうと。それを聞いて、おじい様は不機嫌になって、私はそんなことを言わなければよかったと悔やんだわ。おじい様はすぐにこう反論したの。『離婚があまりにも簡単で、若い者たちが新しい経験をあまりにも熱心に求めるから、そんな恐ろしい話を聞くことになるのだ』とね。『キリスト教の信仰が、世の中を動かすことになる若い世代の心にも強い影響力を持っていたら、おまえや私がわかっているように、離婚などあり得ないということがわかるだろう。教会は――』という具合に続いたわ」

「本当にそのとおりだ、ペトロネル」

「ミッドウィンターさんは、何も見つけてはいないのね？」

「何ひとつね」

「とても優秀な刑事さんたちが、何ひとつ解決できないなんて、道理に合わないような気がするわ」

「道理はまったく当てにならないガイドだよ、ちょっとした問題についてさえね」

ふたりはフェリックスの食事が来るまで話しこんだ。それから、ペトロネルは祖父と母への伝言を託されて病室を出た。

「一週間かそれくらいすれば、ベッドの上に起き上がることができると思う」とフェリックスは言った。「そうすれば、伯父さんや君のお母さんにも会いに来てもらえる。お母さんに花のお礼と、万事順調だと伝えてくれ」

ペトロネルはフェリックスに勇気づけられ、希望を抱いて帰っていった。その夜、彼女からフェリックスの様子を聞いたサー・オーガスティンは、満足そうだった。彼は自分の夢にしがみつき、その重大な問題を、手紙でも書いて、フェリックスにそれとなく伝えておいたほうがいいかどうか、ペトロネルに相談した。しかし、ペトロネルはそれには反対した。

「まだ時が熟してはいませんわ、おじい様」と彼女は言った。「フェリックスの身にどんな恐ろしいことが起きたか、私たちにはわからないのですから。精神的に参っていて、とても以前のフェリックスとは言えません。声も変わってしまい、目には怯えの色が浮かんでいます。おじい様がフェリックスを何度か訪ねて、お話しするまで、私も待つべきでした。フェリックスは、おじい様のお考えを変えるようなことを、いろいろと話すかもしれません」

ペトロネルの言葉は、親切心からではあったが、サー・オーガスティンを落胆させた。老人の充血した目に悲しみと懸念が広がるのを見て、ペトロネルは心を痛めた。彼らの未来には、最後の大きな試練が待ち受けていた。たび重なる悲痛な出来事で衰えていたテンプラー家の当主は、これから先も残されたささやかな希望の炎が消え去るのを見なくてはならず、優しいペトロネルを悲しませるのであった。

しかし、それでもサー・オーガスティンは、ペトロネルの助言を心に留めていた。彼女の言ったことを考えると、最初は苛立ちを感じたが、しだいに、その賢明な助言を受け入れる気持ちになった。病院の個室にいるフェリックスに、ようやく面会できるようになったとき、サー・オーガスティンは自分の希望については何も言わずにいようと、密かに決心しているようだった。だが、別れ際に、その決心はぐらついてしまった。

老人はこの面会によってひどく動揺し、フェリックスは彼の心を静めようと、できるだけ明るく話そうとした。やがて、話題は将来のことへ移っていった。

「神は最良のことをご存知だ。それが、私たちが生きていれば必ず直面する不可解な問題のすべてに当てはまる唯一の答えなのだ」とサー・オーガスティンは言った。「その答えを信じることができなかったら、どうやって正気を保ったままこの人生に立ち向かえるだろう？」

「それは信仰箇条のひとつです」とフェリックスは断言した。

「メナンドロスのある言葉を、とても悲しいと思うことがある」と、サー・オーガスティンは答えた。「真の友人らしきものをひとりでも得られれば、並外れた幸運だと自慢してもいい、とメナンドロスは言っている。真の友を得ることは、最高の人間と同様、最低の人間にとっても、心ひそかに待ち望んでいることなのだ。ほんの一年前までは、わずかひとりの友など、私にはじつにささやかな望みに思えた。だが今では、老人が望むものとしては、ひとりでも十分すぎると思っている。私の友人たちはみんな逝ってしまった。おまえとペトロネルが残っているだけだ。しかし、私はおまえの大きな愛情を与えられたことを、毎日神に感謝しているのだよ、フェリックス。おまえはいつも私を理解してくれた――おそらく息子のマシューよりも深く。おまえは、直観的に、私の老いた目に映る人生をあるがままに見ることができた。だから、他の誰にもできないほどの理解を示すことができたのだ」

「そう言っていただいて、とても誇らしい気持ちです。私は伯父さんから威厳と忍耐について多くのことを学びました。重い十字架をひるむことなく担い、一言の不平ももらさずその痛みに耐えていらしたことも知っています。そのようなことは、目に見えるものではなく、神から授けられた伯父さんの並外れた勇気も、人に認められたり、褒め称えられたりするようなものではありませんが」

「自分が選んだ人々に囲まれて、私の人生は甘美なものだった」と、サー・オーガスティンは認めた。「金持ちは、もし彼に分別というものがあればだが、自分のまわりに賢人を集めるすばらしい特権を有している。賢人がそのような誘いを潔しとしなければ、自ら教えを乞いに出向いていくこともできるだろう。私は、自分のそういう有利な立場を活用しなかった。ささやかな頭脳を、使うべきときに使おうとしなかった。しかし、自分の家族は、私にとってつねに大きな意味を持っている。おまえの場合は事情が違う。だが、おまえにも認めてほしいのだ、こういうきわめて人間的な関心事のなかでも――」

サー・オーガスティンは、避けようと決めていた微妙な問題に触れていることに気づき、一瞬、言葉を切った。しかし、もう遅すぎた。彼が抱いている最後の望みが、口からあふれ出てしまった。

「――より身近で、より愛しく、より個人的な集団を守ることの大切さをな」

フェリックスは沈黙を守り、老人は言い過ぎてしまったのではないかと恐れた。しかし、フェリックスは伯父の最後の言葉を聞き逃したようだった。口を開いたとき、フェリックスの答えはその前の言葉に向けられていた。

「そうですね、たしかに富裕階級の善意のある人々に特有の人間的な関心事というものはあるでしょう。しかし、裕福な人々にはあまりにも時間がない。富は貴重な時間を食いつぶしてしまうのですよ、オーガスティン伯父さん」

「それは、富のある家に生まれ、そのための教育を受けた私のような階級の者より、新興の富裕層に当てはまることだ。『主人は一家の奴隷にすぎない』とメナンドロスも言っている。誠実な人間は、その奴隷の身分を受け入れるものだ――その時が来たら、おまえもそうするように。だが、慣れることが大事だ。おまえは新たな価値観に親しみ、巨万の富の所有者として物事を考えることを学ばなければならない。人間愛の問題に熱中して、情熱を傾けるべき別の問題を忘れてはならない。それはつまりおまえの家族に対する義務と、一族に対する責務のことだ」

「それにどんな意味があるのか、それをまず教えていただかなくてはなりませんね、伯父さん」

「おまえが私のところへ来たら、教えよう。キングスクレセットに来たら、冬の間はずっと滞在してもらうよ、フェリックス。あそこでは、隠れることも、逃げることも必要ない。キングスクレセットよりロンドンのほうが危険だ――私はそう確信している。キングスクレセットなら、一族の跡継ぎとして守られることになる。おまえには、ぜひともそうしてもらわなければならないのだ」

「それほど恐ろしい修行は想像できません」と、フェリックスはきっぱりと言った。「私は、護衛されて、仲間の時間を空費するような人間ではありません。それに、なんのための護衛ですか？私が生きることを神が望まれているなら、目に見えない守護天使たちが私を守ってくれるでしょう。私が死ぬ運命なら、権天使も能天使も、それを妨げることはできません」

「神は自ら助ける者をお助けになるのだ、フェリックス。いつ、私のところに戻ってくるのだ？大事な質問はそれだけだ。キングスクレセットに来たら、私のやり方と考えに従ってもらう。われわれの一族は、フェリックス――人類ではなくテンプラー家の一族は――ひとつの義務なのだ。おまえが誠実に取り組まねばならぬ義務だ。私は、おまえが話した――階級に関する――現世的問題に耳を傾けた。今度は、私の考えに耳を傾けてもらわなければならない」

ふたりはその後はあまり言葉を交わさず、サー・オーガスティンは帰っていった。

それから六週間の間に起こった錯綜した出来事は、明確に説明する必要がある。

その期間の末頃には、フェリックスも健康を取り戻し、キングスクレセットに帰るだけの体力がついていた。その間に、ローマ教会へ入る準備も整っていたが、一通の手紙が届かなかったために、改宗者はいくつかの事実を知らずにいた。その手紙を読んでいたら、すべての用意が整うまでは、ロンドンを離れるわけにはいかなかっただろう。紛失した知らせは、キングスクレセットのフェリックスの元へすぐに伝えられた。というのは、彼が受け取らなかった質問の返事を求める手紙がきたからだ。折り返し便でその問題を解決すると、フェリックスは直ちにロンドンへ戻らねばならなかった。そういったわけで、重要な用事のために帰るまで、キングスクレセットには三日ほど滞在しただけだった。フェリックスは出て行けることになってほっとしていた。サー・オーガスティンが自説を説き始め、頑固で執拗な訴えに絶えず悩まされていたからだ。一度か二度、議論を途中で打ち切ったこともあった。だが、フェリックスは、サー・オーガスティンを説得しなければならないことはよくわかっていた。伯父が抱いているフェリックスの結婚の夢は、とうてい叶わぬものだということを。フェリックスはロンドンへの突然の帰還を、キングスクレセットでの苦痛に満ちた状況に終止符を打つ神のはからいだと感じていた。

ロンドンへ発つ前に、フェリックスはペトロネルと話し、一日か二日して帰ってきたら、サー・オーガスティンにはっきりと告げるつもりだと説明した。

「おじい様の最後の望みも断たれてしまうのね。一族の終焉を告げる鐘のようなものよ――テンプラー家一族は消えてしまうのね」とペトロネルは言った。

「その辛さを軽くする手だてはあるかい？」

ペトロネルは首を振った。

フェリックスは、来たときと同じように、キングスクレセットの男たちに付き添われ、車でロンドンへ帰った。昼前にはレッド・ライオン修道会に着いたが、それから十二時間も経たないうちに、フェリックスの計画はまたもや崩れることになった。すぐにキングスクレセットに戻るよう要請する緊急の知らせが届いたのである。

翌日の儀式の準備はすべて整い、フェリックスは談話室で年長の同僚たちと話しながら、少なからぬ数の若い修道士が彼のあとに続くだろうと予言していた。それから最後に、自分の古い書斎に入り、寝室のドアを開け、本を詰めたり、部屋の装飾を取り外したりする手伝いの若者にあれこれと指示を出した。その部屋は、大学を出て以来、フェリックスにとっては唯一の家だった。彼はまだ片腕で不自由な状態だった。切断した腕に取り付ける義手を、まだ試していなかったのだ。

それから、フェリックス宛ての電話を知らせる伝言が届いた。そんな遅い時刻に誰が電話などかけてきたのかといぶかりながら、フェリックスは確かめに行った。

驚いたことに、電話をかけてきたのはペトロネルだった。

「あなたなの、フェリックス？」とペトロネルは言った。声が震えているのがはっきりとわかった。

「そうだ。夜のこんな時刻に、いったいどうしたんだ？」

「おじい様よ。亡くなったの。ファスネットがたった今知らせてくれたの。私は図書室で十時半におじい様と別れたわ。おじい様が寝室に上がってこないので、ウェストコットが様子を見に降りていったそうよ。おじい様は椅子に座ったまま、静かに息を引き取っていらした。私はフォーブズ先生にお電話したわ。ファスネットは自然死だと言っている、彼はそう思っているの。でも、私たちには、はっきりそうだとは言い切れないの。明日の朝いちばんに、こちらに来てもらえるかしら？」

「今夜じゅうに行く」とフェリックスは答えた。「数時間で着くと思う」

「だったら、絶対にひとりでは来ないで。屋敷の者は全員、何が起きたか知っているわ。あなたが車で来ることもわかっているはずよ。とにかく、あらゆる用心をして」

「できれば、ミッドウィンターと一緒に行く。できるなら、僕がそちらに着くまで、フォーブズ先生を引きとめておいてくれ」

「おじい様は、あなたから悲しい話を聞かずにすんだのね、フェリックス」

しかし、ペトロネルに答える声はなかった。フェリックスはすでに電話から離れ、必要な準備を始めていた。彼は迅速に事を進めた。今回は、罠が仕掛けられている恐れはなかった。ペトロネルの声を聞き違えるはずはなかったからだ。

フェリックスはまず手紙を書き、それをミッドウィンターの家に届けさせた。彼の家までは、半マイルもなかった。ミッドウィンターから返事が来るまで、フェリックスは何もせずにいた。四十五分後、ミッドウィンターが大きな幌付き自動車に乗って到着した。十分後、ペトロネル自身が電話をかけてきたことをミッドウィンターが確認してから、彼らは出発した。だが、ミッドウィンターの懸念は完全には消えなかった。彼は地図を調べ、キングスクレセットまで十マイルほど遠回りになる道を選んだ。時間はかかっても、深夜に通る車を待ち構えている者が予想できないようなルートで、安全性は高かった。

「ジョン・グラットンをオートバイから振り落とした犯人は、今夜ここからキングスクレセットのあなたの家に向かう車に、狙いをつけているに違いありません」とミッドウィンターは言った。

フェリックスはうなずいたが、聞こえたのは、ミッドウィンターの最後の言葉だけのようだった。

「君の言うとおりだ。キングスクレセットは、私の家だ」

「莫大な遺産ですね、神父」

「たしかに莫大だ、バートラム。それによって恐ろしい問題が重くのしかかってくるよ。そんな問題に自分が直面するとは、考えたこともなかった」

ふたりはサー・オーガスティンのことを話し合った。ミッドウィンターは、サー・オーガスティンの苦しい試練に終止符を打ったのが、自然死だということを疑っていた。その点に関しては、フェリックスはあえて意見を述べなかった。

「自然死だと思いたいのは当然だ」とフェリックスは言った。「しかし、わずかでも疑問が残らないようにしなくてはならない」

第十二章　第五の事件

十一月の夜の闇を走りぬけながら、フェリックスとミッドウィンターは死者の元へ急いだ。サー・オーガスティンの治世は、不可思議な謎と悲しみのなかで、幕を閉じたのだ。

ふたりは旅の途中ではあまり言葉を交わさず、乗り換え地点で別の車に移った。しかし、キングスクレセットの村に着くと、ミッドウィンターはそこで車を降り、キングスクレセットの屋敷まで、森を抜けてムアの端から徒歩で下りて行くほうがいいと言った。

「あなたがそんなことをするとは、誰も予想していないはずです」とミッドウィンターは説明した。「ここから先は、歩いたほうが安全です。それに今夜は暖かくて、晴れていますからね」

こうして、フェリックスは無事に静かな屋敷に到着した。彼を呼び寄せた出来事は誤報ではなかった。サー・オーガスティンは亡くなっており、ペトロネルとフォーブズ医師が、その突然の死について話すために待っていた。

ペトロネルは簡潔に事情を説明した。しかし、彼女が話し出す前に、フェリックスはフォーブズ医師に一つ質問をした。

「これは自然死ですか、フォーブズ先生？」とフェリックスは訊ねた。

「私はそう確信しています」と医師は答えた。「最近、あなたの伯父さんの身に降りかかった尋常ではない悲しい出来事を考慮すると、老いた心臓がついに停止したと考えるのが自然です。ペトロネルさんの話がすんだら、私もわかっていることをお話しします」

ファスネットが現れた。顔は蒼白で、年老いた者が流す悲痛な涙で頬を濡らしていた。スープとサンドウィッチ、酒、炭酸水瓶の載った盆を掲げている。

「軽食を召し上がってください、サー・フェリックス」と、ファスネットは静かに言った。

「サーだなんて――やめてくれ、ファスネット。お願いだから！」

執事は悲しげにフェリックスを見つめた。

「自然のことわりなのです」とファスネットは答えた。「自然の法則にはさからえません。あなた様はサー・フェリックスです。大切なご主人様がお亡くなりになった今、あなた様がサーになられるのは当然のことです」

ファスネットが姿を消すと、ペトロネルは話し出した。

「今日のおじい様は幸せそうだったわ、あなたについて虚しい夢を紡いでおいでだったのよ、フェリックス。おじい様は、ずいぶん前にあなたが書いた小さなノートを見つけたの。『子供たちの苦しみ』という題が付いていたわ。夕食後、図書室で一緒に座っていたとき、おじい様はそのノートを読んでいらした。そして、あなたのように子供を愛する者が自分自身の子供を育てるのは、神の御意志だとおっしゃったわ。あなたが帰ってきたら、きっと自分と意見が一致するにちがいないと。

そんなことを望むべきではないと、何度も言いそうになったわ。でも、修道院に入るまでは、おじい様をひどく苦しめるにちがいないことを、口にする勇気はなかったの。今は、そんなことを言わなくてよかったと思うわ」

ペトロネルは話を続けた。

「ファスネットがいつもの時間に、ウィスキーと炭酸水瓶を持って入ってくると、おじい様は、一日を締めくくるタバコに火を点けたわ。ファスネットが他に何か用があるかと訊ねると、おじい様は『ないよ。おやすみ、ファスネット』と、いつものように答えられた。それから、ウィスキー・アンド・ソーダを飲みながら、私と会話を続けたの。おじい様は、あなたを見ると、いつもメナンドロスのある言葉を思い出すとおっしゃったわ。『高潔さは、人生への神聖なはなむけである』という言葉だそうよ」

「サー・オーガスティンは、心からそう考えていた」とフェリックスは言った。

「私はとても疲れていたので」と、ペトロネルは続けた。「少したってから、寝室に下がりたいと言ったの。それほど遅い時刻ではなかったけれど。いつものように、おじい様にキスしてから、図書室を出たの。眠りについてしばらくすると、ミセス・ライス――女中頭です、ミッドウィンターさん――が私を呼びに来たの。ファスネットがそうするよう指示したのよ。おじい様の従僕のウェストコットが呼びに来たとき、ファスネットは寝ようとしていたところだったらしいわ。おじい様は夜は早く休むのが習慣なのに、十一時になっても寝室に上がってこなかったので、ウェストコットは、何か用事でもあるかと階下に行ってみたの。ウェストコットもファスネットも、おじい様とほぼ同年輩で、召使いでもあり友人でもあったわ。最近になって一度か二度、おじい様が図書室で寝てしまって、起こさなければならないことがあったの。でも、ウェストコットが図書室に入ってみると、おじい様は椅子からすべり落ちて、床に倒れていらしたの。まだ息があって、苦しそうに呼吸していたけれど、意識はまったくないようだった。ウェストコットはファスネットのところへ走って、ふたりでおじい様を抱き上げて長椅子に横たえた。それから、ファスネットに言われて、ミセス・ライスが私を呼びにきたのよ。私は図書室に駆けつけた。呼吸が止まったとき、私はおじい様の頭を抱えてひざまずいていたの。おじい様の息が止まるまで、五分ほどそうしてそばにいたと思うわ。一度も意識は戻らなかった。その間に、ファスネットがフォーブズ先生に電話して、少したってから、あなたへの電話がなんとかつながったので、こちらの状況を伝えることができたのよ」

「辛かったろうね、ペトロネル。君がこんなに苦しい思いをすることになって残念だ」とフェリックスは言った。「サー・オーガスティンのところへ行こう」と促して、ミッドウィンターとフォーブズ医師が歩き出すと、フェリックスはペトロネルのほうに振り向き、ベッドに戻るようにと言った。

「君がどれほど大変だったかわかるよ。明日、話すことにしよう。少しでもいいから眠ってくれ」と、フェリックスは頼んだ。

それから、フェリックスはいまは安らかに眠る老人の側に立った。そして、フォーブズが話し出した。

「サー・オーガスティンは失神されたのです、テンプラー神父。少し興奮されたか何かで、不安定だった体内のバランスが崩れたのでしょう。あなたのことをお考えになっていただけかもしれない。あの方の健康は、万全とは言えない状態でした。精神的に動揺したり、頭を悩ませたりせず、静かに暮らしていたら、あと一、二年は大丈夫だったかもしれません。だが、やはりもたなかったようです。急逝されたことは、私には意外ではありません。前兆となる症状が出ておられました。サー・オーガスティンは、かつての明瞭な発音や、観察、一貫性のある話し方などができなくなっていました。今年になって、その心臓と頭脳は大きな打撃を受けたと言ってもいいでしょう」

ミッドウィンターが口をはさんだ。

「遺体を調べられましたか、先生？」

「できるかぎり慎重にね。外見上は、殺人を疑わせるような痕跡は認められなかった。死因は外傷によるものではない。いわゆる〝発作〟が体内で起きたのだ。今も話したように、サー・オーガスティンご自身の感情の動きで、それが急激に起きたのだろう」

「遺体を最初にご覧になった時、顔におびえとか恐怖の表情は浮かんでいませんでしたか？」

「その反対だね。今と同じように、穏やかなお顔をしておいでだった」

「それでは、犯行を疑わせるような徴候はまったくないということですね？」とフェリックスは訊ねた。

「なにもありません。なんらかの犯行が行われたとしたら、方法はひとつ。ひとつだけしか考えられない」

「毒物、ということですか？」とミッドウィンターが訊ねた。

「そうです」

フェリックスは、サー・オーガスティンの威厳に満ちた穏やかな顔を見下ろしていた。

「しかし、先生は毒物の痕跡を見つけてはおられないのですね？」とフェリックスは訊ねた。

「まったく見つかりませんでした」

「だが、外見上の痕跡を残さない毒物もあります」とミッドウィンターは言った。

「確かにある。たとえば、ヒヨスチンには、アトロピンや他の植物性の毒物に見られるような精神錯乱の作用は、ごくわずか、あるいはまったくない。ヒヨスチンは急速な感覚麻痺を引き起こすだけだが、サー・オーガスティンのように高齢で体が弱っている場合には、致死量を飲んだとしたら、意識を失って死に至ることもある」

ミッドウィンターは、サー・オーガスティンの肘掛け椅子の側にまだ置いたままになっている、ヴェネチアン・グラスをじっと見ていた。

「あのグラスは調べた」と医師は言った。「しかし、完全に空になっていた」

フェリックスはミッドウィンターに言った。

「フォーブズ先生のお話だと、サー・オーガスティンはどこから見ても自然死に見えるが、ある種の毒物が原因でこのような死を招く場合もあり得る、ということだな。君はどう考える、ミッドウィンター？」

「私がそう断定しているとか、あなたがたの結論に異議を唱えようとしているとはお考えにならないでください」とフォーブズは説明した。「個人的には、サー・オーガスティンの死はごく自然で穏やかなものだったと考えています。あらゆる点から見てそう思います。しかし、つい最近に起きた、テンプラー神父への殺害未遂事件という恐ろしい出来事を考えると、検死解剖に反対するつもりはありません」

「私も、それはぜひやってもらいたいと考えています」とフェリックスが言うと、ミッドウィンターも同意した。

「検死解剖はたしかに必要です。多くの理由から当局はそれを要請することになるでしょう。神父のお考えにはさからうことになりますが、私はこの一連の事件の最初から、この屋敷の誰かが、ご家族に悪意を抱いているのではないかと懸念していました」

「伯父がもし毒物を飲まされていたとしたら」とフェリックスは答えた。「君の疑いには反論できなくなる。伯父は、夕食を終えた時には元気だった。それなのに、三時間もたたないうちに、亡くなった。いずれにしても、専門家が調べて、この屋敷のなかで伯父に対する犯行が行われたことがはっきりするまでは、そんなことを信じる気にはなれない」

フェリックスはフォーブズに顔を向けた。

「ヒヨスチンとは、どんなものですか？」とフェリックスは訊ねた。

「ヒヨスチンという植物から採れるものです」と医師は説明した。「化学的には、ヒヨスから作られる薬物で、ヒヨスチアミンという薬の催眠性のある異性体です。ヒヨスチアミンやアトロピンのように、死後に疑惑をかきたてるような特徴のある痕跡を残しません。ただ、瞳孔がわずかに拡張することはあります」

「先生は、その拡張を認められましたか？」

「いいえ。それを確かめようとはしました。サー・オーガスティンの瞳は、私には広がっているようには見えません。しかし、ここの電気はあまり明るくはない。朝になれば、もっとはっきりとわかるでしょう」

「ヒヨスチンは、ある意味では、有名な毒物です」とミッドウィンターは説明した。「植物性の毒物のなかには、死後に化学的な証拠を見つけることが不可能なものがあります。しかし、ヒヨスチンの場合は、それが可能です。内臓器官に残っていれば、腐敗がかなり進んでいても化学分析でほぼ確実に見つけることができる——クリッペン事件の場合がそうでした。ですから、サー・オーガスティンの死因が、ヒヨスチンか、あるいはその他の薬物だとしたら、少なくともそれは確かめることができます。自分を納得させるために言っているわけではありません。必要な手続きにすぎません」

時が流れ、その年三回目になる検視審問の陰鬱な儀式が、キングスクレセットで執り行われた。サー・オーガスティンの命がなんらかの暴力によって奪われたのかどうかを確認するため、必要な手順が踏まれ、疑問点がはっきりするまで、審問は一時中断された。しかし、陪審員は二十四時間後に再び集まることになった。そこで陪審員は、当局の解剖学者が明白で議論の余地のない毒物の痕跡を発見したと知らされた。フォーブズ医師は、その毒物を正確に言い当てていた。彼の限られた知識のなかで、サー・オーガスティンの死因になりそうなものは、ヒヨスチンだけだった。そして、相当量のヒヨスチンが発見された。解剖学者は、この事件が特異な関心を呼んだため、情報をたずさえて再び審問の場に現れ、再召喚された陪審員の前で証言した。そしてもう一度、〝一人または数人の未知の人物による殺人〟という評決が繰り返された。その間に、キングスクレセットでは新たな恐ろしい問題が持ち上がっていた。サー・オーガスティンのごく身近にいた何者かが、事件に関わっていると考えられたからだ。

サー・オーガスティンは、親しい人間——彼に自由に近づくことができ、毎日そばに仕えている者——によって故意に毒物を飲まされたか、あるいは自ら命を断ったかのいずれかであった。検視官は、証明された死因と証拠に基づいて事件の要約を行う際に、自殺の可能性を指摘したが、評決を出すために集まった陪審員のなかで、そのような疑いを抱いた者はひとりもいなかった。サー・オーガスティンの経歴や、暮らしぶり、人格のどれをとっても、自殺ということは考えられなかった。そのような可能性を認めれば、屋敷の人間にかけられている疑惑を軽減できたかもしれない。しかし、陪審員にはそうするつもりはなく、屋敷にいる人々が質問されることもなかった。現在、疑惑の下にある者たちでさえ、サー・オーガスティンはどんなことがあっても自ら命を断つような人間ではないと明言した。サー・オーガスティンは、彼の家族と同様に殺害されたのだ。そして、バートラム・ミッドウィンターの主張が正しかったことが証明された。非情で執拗なテンプラー家の敵の、少なくともひとりは、まだ彼らの屋敷の中にいたのである。

ミッドウィンターは、サー・オーガスティンの身近で接していた人々を集中的に調べた。疑わしい人物は一人また一人と消えていき、詳しい調査が必要な対象として、最終的にはふたりの人間が残った——サー・オーガスティンの従僕ウェストコットと、執事のジェーコブ・ファスネットだ。ふたりとも、使用人のなかでは雇用期間がもっとも長く、主人の死を心から悲しみ、深く嘆いていた。ふたりの献身を疑うのは不可能に思えた。綿密な捜査の結果、ミッドウィンターは、ウェストコットは事件に関わっていないと確信したが、ファスネットの場合は違った。彼が頼りにできるのは、ペトロネル・テンプラーの証言だけだった。彼女はサー・オーガスティンが死んだ夜の出来事をすべて正確に供述し、夕食前に祖父と一緒にいた時刻から、図書室で彼と別れ、自室に下がるまでのことは、詳しく語ることができた。夕食後の数時間は、毒物を摂取するのは不可能だったし、食堂を出てから、サー・オーガスティンはペトロネルと一緒にいる間、いつものウィスキー・アンド・ソーダ以外には何も口にしなかった。彼がそれを飲んだのは、ペトロネルが「おやすみなさい」と挨拶する直前だった。これはファスネットがグラスに注いでサー・オーガスティンに手渡したものだった。

葬儀の前日に、バートラム・ミッドウィンターは、いま自分の頭を占めている仮説をフェリックスに語った。だが、そうしながらも、その仮説に説得力や重要性があるとはかぎらないと指摘するのを忘れなかった。ミッドウィンターの疑惑は老執事ファスネットに対するものだった。理性的に考えればまずあり得ない、一笑にふされるような疑念だった。だが、状況はそれを裏付けており、ミッドウィンターは、以前にテンプラー少佐が事件に関与しているという仮説を語ったときと同じように、フェリックスの前で、サー・オーガスティンの死にジェーコブ・ファスネットが関与している可能性について説明した。

その頃、フェリックスは多忙をきわめていた。サー・オーガスティンが自然死ではなかったことが確実になり、自分の身に対する新たな恐怖感にさいなまれていた。しかし、やがて彼の最大の望みが叶えられた。ロンドンに数時間だけ戻ったとき、そこでローマ教会の教会員となることを認められたのだ。それからは、フェリックスがおびえた様子を見せることはなくなった。ミッドウィンターが自分の結論と疑惑を話すためにフェリックスを訪ねたときには、彼は元気を取り戻し、議論の要点も十分に理解することができた。ファスネットへの疑惑を裏付ける奇妙な事実の符合にも、真剣に耳を傾けた。だが、かつてテンプラー少佐に対するミッドウィンターの疑念を一蹴したように、フェリックスは今回も反論を展開した。

まず、ミッドウィンターが話し始めた。

「この事件に関わっている可能性のある人々について、徹底的に調査した結果、屋敷内にいる人物の二人に絞り込むことができました」とミッドウィンターは切り出した。「この二人のうち、ウェストコットは除外していいと思います。彼の悲しみは本物ですし、サー・オーガスティンに一生を捧げた男です。フォーブズ先生によると、ウェストコットは本当に体調を崩しているそうです。あれほどの苦しみを偽装できる者はいないでしょう。すると、残るのはファスネットです。彼についても、その年齢と長年にわたる献身的な奉公によって疑いは晴れると、おっしゃるかもしれません。しかし、ひとつ考えてみてください。テンプラー少佐が亡くなった状況はいまもはっきりしません。少佐の頭を貫いた弾丸は、数フィートの距離から発射されたことはわかっています。その事実から、そこまで近づくことができた敵は、少佐には敵とは思えないような人物だったのだろうと想定できます。憶えておいででしょうが、私は、山番や猟場番のなかには、少佐に親しげに近づき、警戒心を持たれずに彼を殺害できる者がいると考えていました。だが、結局、そうではなかったのかもしれません。テンプラー少佐がゴーラー・ボトムを通って殺害現場まで行く前のことを、思い出してみてください。少佐はシャンパンを一瓶、飲みました。ファスネットが栓を抜いて、グラスに注いだ酒です。その酒のなかに強い睡眠薬が仕込まれていたとしたら、森でどんなことが起きたか想像がつくではありませんか？　しばらくすると睡眠薬が効いてきて、テンプラー少佐は腰掛けに座り、そのうちに眠り込んでしまいます。意識のなくなった少佐は、敵のなすがままです。犯人は、そうなることがわかっていた。やつはファスネットと共謀していたのです。様子を観察しながら待ち、少佐が眠ってしまったのを見届けて、すばやく近づき、至近距離から撃った。そして、あの犬が、おそらく少佐の足元でまどろんでいたのでしょう、銃声に飛び起きて犯人のあとを追いかけ、ご承知のように、秘密の隠れ場を暴きだしました。この仮説がきわめて可能性の高いものだとは言いません。しかし、ファスネットが悪党で、買収されて敵に協力していたのだとしたら、これらの殺人事件に関わり、犯人たちの手助けをしていたのは、彼だということになります。ファスネットほど、ご家族の動向を知っている人物はいません。サー・オーガスティンが飲んだウィスキー・アンド・ソーダに毒物が入っていたのはほぼ間違いありません。しかし、ファスネットに知られずに、どうやって毒を仕込めるか、神父には見当がつきますか？」

「つくと思う」とフェリックスは答えた。「検視審問での質疑を聞いていて、サー・オーガスティンのグラスに毒物が入っていたという点については、私もそうだと思う。だが陪審員は、ファスネットがその毒を入れたとは考えなかった。私も同じだ。ジェーコブ・ファスネットとはこれまでずっと親しくしてきて、彼がそんなことをするはずはないと確信できる。私が子供の頃に、ファスネットはすでに四十五歳になっていた。今は七十歳で、これは大事な点だから憶えておいてほしいが、かなり目が悪い。ついでに言えば、彼は金銭にはまったく執着していない。一度も結婚しなかったし、どのような責任も負ってはいない。だから、誘惑される理由もない。それに、ファスネットは善良な人間だよ、バートラム。思いやりがあって、給料のなかから多くの慈善行為をしているのを、私はよく知っている。純粋な美徳による行為だ。私が言いたいことはわかってくれるだろう？」

「とてもよくわかりますよ、神父。しかし、ファスネットの人柄がそうであっても、私の疑惑への答えにはなりません」

「確かに答えにはならない。だが、もっと詳しく話すことはできる。手続きがすべて終り、私は教会員として認められた。それで、ようやく気持ちが落ち着いたところだ。これまでは、確信と疑惑がせめぎあっていたし、何も考えられず、自分を見失っていた。だが、恐怖や不安はすべて消え、二度と戻ってはこない。神のご加護で、私は完璧に守られているのだから、老齢になるまで生きても、この場で死んでしまっても、そんなことはどうでもいい問題なのだ。今は屋敷に戻ってきたのだから、君が頭を悩ませている問題を一緒に考えようと思う。

この屋敷のことでは、私は君よりも詳しい事情がわかっている。そこから議論を進めてみよう。私も君と同じように、伯父は亡くなった夜に飲んだ最後の酒に入っていた毒物で殺されたのだと思う。自殺は問題外だ。伯父は、どんな事情があろうと、自殺は罪悪だと考えていた。だとすると、あのヴェネチアン・グラスが使われたと考えるしかない。検視審問で明らかになったように、グラスは、日中は食堂の大きな食器棚のなかに置かれている。その食器棚には鍵は掛けられておらず、昼間なら誰でも、左側の扉を開けることができる。食堂には何時間も人がいないことがあるから、ファスネットに気づかれずにグラスに毒を入れることは誰にもできないという君の言葉は間違っている。まずこれが第一の理由だ。第二に、別の人間がグラスに毒物を入れたとしたら、ファスネットがそれに気づくのは無理だったと思う。ヒヨスチンは液体の毒物で、無色無臭だと、当局の解剖学者が言っていた。もし君がグラスを見て、その底に数滴の無色で無臭の液体が入っていたとしても、それに気づくとは思えない。あのグラスは薄い琥珀色で、下のほうが細くなっている。サー・オーガスティンが自分でウィスキー・アンド・ソーダを注いだとしても、グラスの底にあるわずかな液体には、とうてい気づかなかっただろう。ましてファスネットならなおさらだ。彼は、近頃はすっかり視力が衰えている。それに、誰に聞いてもそう言うだろうが、九時半を過ぎると眠くなるんだ。実際のところ、もうそろそろ仕事は無理になってきている。

ファスネットのことは忘れて、他の人間を調べたほうがいい。食堂に出入りする人間は多い。あの日、食堂に入って、誰にも見られずに一人きりになれた人間のことを考えてみよう。まず、私自身がそうだ。伯父が亡くなった日の朝、ロンドンに行く前に、食堂で早めの朝食をとった。八分か十分くらいは一人きりで、ファスネットや従僕たちは外にいたし、ペトロネルもまだ来てはいなかった。次は、そのペトロネルだ。彼女は、その日に十数回は食堂に入っているだろう。それから、ふたりの従僕がいる。ウィリアム・ジェニングズとサム・ウォートン、猟場番頭ウォートンの息子だ。ふたりの経歴を調べても、清廉潔白な青年たちだとわかるだけだ。ジェニングズはまだ十八歳で、何の問題もない若者だ。体が弱いので、室内の仕事に向いている。ウォートンの息子は戦争で軍功を上げ、来年の春には屋外の仕事に戻る予定だ。屋敷のなかの仕事には飽きたらしい。他の使用人たちも食堂には自由に出入りできる。ただ仕事でそこに行くことはめったにないだろう。女中頭のミセス・ライスを別にすればね。

だが、ここからが肝心な点だ。いま話したように、食堂は何時間も続けて人がいなくなることがある。その間は、見知らぬ人間——屋敷内の通路とグラスの置き場所を知っている者が食堂に入るのを妨げるものはなにもない。そういう人間が家のなかに侵入して、グラスに毒を入れたのだとしたら、邸内にいる敵が犯人に情報をもらし、同時にその男の手助けをした、という君の考えを裏付けることになるのは認めよう。しかし、その敵が誰なのかは、依然わからないままだ。はっきりしているのは、その敵はファスネットではないということだ。二人の若い従僕でもなく、ウェストコットでもない」

沈黙が広がり、やがてミッドウィンターが質問をした。

「では、敵は誰だとお考えなのですか、フェリックス神父？」

「私はこう思っているんだ、バートラム。この屋敷内にいる敵、あるいは敵たちは、無意識の敵なのだと。キングスクレセットの外にいる本物の、休みを知らぬ敵が入手した重要な情報は、邸内にいる複数の人間から供給されたのだろう。今ではそう考えざるをえない。だが、その男たちや女たちは——一人の男、あるいは一人の女かもしれないが——巧妙に計算された質問を受け、それに答えることで重要な情報を漏らしているのだと思う。個人的な恐ろしい目的に自分たちが利用されているとは、まったく気づかなかったのだろう。私はこの二日間、この問題を繰り返し考えてみた。そして、その重要な情報とは何か、自問してみた。君なら、私たちの家族を殺害した犯人にとって必要だった情報がどういうものか考えつくだろう。そうした情報のあるもの、あるいはそのすべてが、表面上は、まったく無意味で無害に見えたはずだ。私にはそれを深く調べることはできない——君がやってくれるだろう。それがわかったら、その情報が一連の気軽な質問から手に入れたものだとはっきりするにちがいない。邸内にいる者なら誰でも答えられるような質問で、それを知らない者には役立っても、答えるほうは自分が重要な情報をもらしているとは考えもしなかったのだ。君の問題に対する、これが私の答えだ。パブや両親の家で、キングスクレセットの使用人たちは、男でも女でも、多くの見知らぬ人間に出会う。行商人とか旅人とか、そういう者たちだ。そして、キングスクレセットのことを話題にする。そうやって、一見無意味だが実際には貴重な知識が犯人たちの手に渡り、利用されたのだと思う」

　ふたりはそれからも議論を続け、ようやく別れる頃には、ミッドウィンターはいくつかの点については納得していた。しかし、すべてではなかった。それでも、ファスネットに対する疑惑は消え失せていた。

翌朝、サー・オーガスティンの葬儀が行われ、つつがなく終了した。哀悼を捧げるために集まった人々が帰ったあとも、ペトロネルと彼女の母親、そしてフェリックスの三人は、簡素な土の墓を見つめて立ち尽くしていた。

彼らはその夜は一緒に過ごした。故人の顧問弁護士で古くからの友人でもあるグラントリー氏も、その場に加わっていた。サー・オーガスティンの遺言書の内容はごく簡単なもので、モンタギュー・テンプラーの死後、遺産の分与は変更されていた。サー・オーガスティンは息子の未亡人にも十分な額を遺していた。彼女が再婚するつもりでいることは、老人も知っていたが、それで遺産の額が減らされることはなかった。ペトロネルには十万ポンドが与えられた。巨額の年間配当金や遺産、その他のすべては、キングスクレセットの相続人が、ただ一人の受取人となった。

弁護士のグラントリー氏が新たな顧客に長々と説明している間、ペトロネルと彼女の母親は席を外していた。そして、グラントリー氏は、旧友の後継者がどう考えているかを知り、ひどく困惑しながらも、相手がゆるぎない意志を持っていることは理解した。その青年の頭のなかでは、すべてが明確に考え抜かれており、聞き手にも自分の意図を明快に説明することができた。

「最近まで」と、フェリックスは言った。「自分がキングスクレセットを相続するとは思ってもいませんでした。その可能性が出てきた時でさえ、その問題をじっくり考えようとはしなかった。正直に言いますが、自分が生き残れるとは思わなかったからです。テンプラー家の上に垂れこめた暗雲と、サー・オーガスティンの相続人たちを抹殺した恐ろしい犯人たちは、私ひとりを相続人として残しましたが、まだ、最後の矢を放つ準備をしているのかもしれない。私は彼らがそうするだろうと思っているし、自分自身の安全には関心がありません。だが、それでも、今は私に遺された巨額な財産のことを考えなければならない。あなたもご承知のように、遺言書の内容が確定したあと、キングスクレセットの資産は私に、私ひとりに帰属します。それは、伯父が自ら決めたことで、伯父は、私を喜ばせるためそうしてくれました。その頃には、伯父はまだ、私が一族の存続のために生きるという虚しい望みを抱いていたのです。キングスクレセットはこのまま続いていくでしょうが、テンプラー家は、私の考え次第で、絶えてしまうことになります。したがって、私の義務は、直ちに必要な意思表示を行い、あなたに私の希望を明確に伝えることです。明日、私が死ぬことになっても大丈夫なように――それは十分にあり得ることです。

財産を受け継ぐ者は、他にはひとりもいません。そして、今夜あなたが会われたペトロネルには、金の使い道は一つしかありませんし、それに対する関心も一つだけです。私と同じように、ペトロネルは生涯を教会に捧げ、まもなく修道女となります。

「それでは、ミス・テンプラーの遺産はローマ教会に吸い上げられてしまうのですか？」

フェリックスの目が険しくなり、弁護士は、すでに遅すぎたが、その事実を無遠慮に口にしたことを悔やんだ。

「言葉はもう少し慎重に選んでいただきたい、グラントリーさん」とフェリックスは言った。「そして、二度と私の話をさえぎらないでください。いずれにせよ、あなたの法律事務所に顧問をお願いするのはあとわずかです。サー・オーガスティンの遺言書の件がすべて完了したら、私の問題は他に任せるつもりです」

「そのようなことは、どうか再考をお願いいたします、サー・フェリックス」弁護士は、フェリックスの言葉が何を意味するか気づいて、口をはさんだ。「不遜ではありますが、そのようなことは、私の友人でもあったサー・オーガスティンが決してお望みにはならないだろうと思います」

しかし、フェリックスは動じなかった。

「私の言葉をしっかりと聞いていたら、もっとよくご理解いただけたでしょう」とフェリックスは答えた。「私には、キングスクレセットとその収入を、自分の好きなように管理する権利がありまます。すべてが私のもので、どのような留保条項もない。新しい財産法によって、国王にもその財産を要求する権利はありません。遺言検認と相続税の支払いが済めばの話ですが。言うまでもなく、そうしたものは不正な強要です。われわれの統治者には、理性や道義心がないのです。したがって、すべてを教会に遺贈し、将来キングスクレセットを管理し、発展させ、組織化していく人々の手で、私の意図を細かな点まで実行してもらうのが、最良の方法なのです。私が指定した条件は適切で、尊重されることでしょう。今後は、キングスクレセットでテンプラー家がこれまで勝手に決めてきた借用証や保有条件や契約で苦しめられる者はいなくなるでしょう。農場には現在の居住者がそのまま残ることができます。土地は、現在の保有者が望むなら、引き続き彼らが保有できます。新しい体制で好ましい仕事を見つけられなかった者には、資格があれば年金が支給されます。今の仕事を続けるより、別の暮らしをしたいと望む者には、私が新たな家と主人を探す努力をします。しかし、多くの者に——屋敷の使用人を含め——ここに留まってもらいたいと願っています。ただし、人数は大幅に増え、仕事の内容は根本的に変わるでしょう。

私はキングスクレセットを、少年たち——望まれなかった子供や浮浪児、道を外れてしまった子供——の養育院にするつもりです。その養育院は財団法人となり、組織の歳入と宿泊設備で、千人の少年たちを支え、教育することが可能になるはずです。今や収穫の時が来て、働き手は多く、意欲に満ちています。組織の人員は少なくとも千人にはなり、幼児期から青年期までの少年たちが集うことになるでしょう。この大事業の細部にわたって関わる人々は、農業や畜産における初歩的な教育にはとくに力を入れてくれると思います。しかし、それだけではなく、少年たちが生涯の仕事に取り組もうとするときには、その能力や将来性に応じて、彼らを指導できるような体制も整えられるでしょう。志が高く効率的に運営される共同生活体は、神が望まれるなら、若く孤独な魂を救済するものとして発展していくと信じています。この組織が貢献しようとしている目的ほど尊いものを、私は思い描くことができません」

「あなたご自身は、どうなさるおつもりなのですか?」とグラントリー氏は訊ねた。

「私が耳を傾けるべき人々の意思に従います。修道院長はおそらく、この大きな組織で私がささやかな役割を果たすことを望まれるでしょう。そういうご指示があれば、私は喜んで、命あるかぎり、残りの生涯をこの仕事に捧げるつもりです。だが、神は別のことをお決めになるかもしれない」

「ローマ教会はきっと、あなたにその養育院の運営をしてもらいたいと考えるでしょう」

「ローマ教会はそのようなことは考えないでしょう。当然ながら、彼らの元には、有能で、このような仕事に経験を積んだ人材が多数いるからです。唯一の真の神に対して私が捧げたものには、いかなる条件も、また私自身に関する約束も付されてはいません。私はささやかな到達点にしか届いていない人間です。命を狙われ、片腕を失って体も損なわれました。しかし、神がその事業にこの身を捧げることを許してくださるなら、新たなキングスクレセットを建設するために、できる限りのことをするつもりです」

グラントリー氏は、自分が嫌悪する教会にすべてを委ねようとしている禁欲的な億万長者の顔を、じっと見つめた。フェリックス・テンプラーは、顔からその人物を見抜く独特の能力を持っていて、グラントリー氏の気持ちを的確に読み取った。フェリックスは弁護士の紅潮した懐疑的な顔にほほ笑みかけ、言葉をやわらげた。

「私が貧しい者や下働きの者のような話し方をするので、怪訝に思っていらっしゃるのでしょう。しかし、不思議ではないのです。私はローマ教会のしもべであり――その栄光ある伝統の下へ召された取るに足らぬ存在なのです。その運命に、何をもって反論できるとお考えなのか？　私がいま享受している至高の特権に対して、キングスクレセットの土地や収入はどれほどのものなのでしょう？　土地や金は、私が神から授かった恵みに比べれば、祝福の度合いにおいても一握の塵のようなものです。しかし、それには大きな使い道があり、富や財産の真の価値は、そのどちらも持っていない者ほど賢明に理解できるのです。キングスクレセットは計り知れない善行に貢献することでしょう。神の摂理という神秘的な意志によって、価値のない富が高められ、魂の救済にまで到達できるのです。それは、金が使われるべきただ一つの目的です。しかし、苦しみを和らげ、われわれの同胞をより良い人間にするために多くの使い道があるとはいえ、その最終的な目的が、人間の不死なる魂の救済でなければ、そのような使い道もむなしいものです。したがって、われわれが〝必滅の命〟と呼んでいるこのつかの間の人生を、創造主の名においてそれを生きることになったすべての者が受け入れられるように、富を用いるべきなのです。富は人格形成や次世代の教育に捧げられ、それによって、この世に生まれたすべての男女は、高められ、浄化され、来世のより偉大な要求と栄光に満ちた是認に応えられるようになって、この世を去ることができるのです」

グラントリー氏は頭を垂れた。言葉を失い、サー・オーガスティンは世襲財産をそのように使うことは望まなかっただろうという嘆願は、彼の唇から発せられることなく消えていった。

フェリックスは立ち上がり、会見が終了したことを示した。

「遺産について、あらゆる方面から検討し、敬愛する伯父の意思を私が遵守するために必要な義務や契約が明確になったら、それを知らせてください。地元の者たち——テリー氏とウィンスロー氏、そして彼らの下で働く者たちが、明日あなたにお会いすることになっています。私も数日はここに滞在し、できるかぎりの援助をするつもりです。新たな管理体制の下に留まりたいと考える者たちには、ぜひともそうしてもらいたいと願っています。将来の責任者たちも、その計画には賛成してくれるでしょう」

「ローマ教会が動き出せば、すべてが速やかに進むことでしょう」と、もう少し会話を続けたあとで、弁護士は言った。

「たしかに。私の教会は、こうした問題にきわめて豊富な経験を持っています。神が、地上の代理人と協調して行為をなすために、私より偉大な人々の心を動かしてきたのですから」

少し間を置いてから、フェリックスは別れの挨拶をするため、弁護士に手を差し出し、再び口を開いた。

「私には人の心を読む才能があります」とフェリックスは言った。「人の考えや意見は、発言だけではなく、目からも判断できるものです。人間の目は、世の中で学んだ言語を話し、彼らが生きていくうえで拒絶したり受け取ったりしたものが、その目に刻印されて現れています。あなたは実務家で、仕事を通して、富裕階級の問題や苦労、そして多くの財産を守る生存競争で精神に障害を受けた人々と密接に関わっていらした。忌まわしい仕事のために、そうした状況に巻き込まれ、その経験によって、あなたは実際的で懐疑的な人物になった。あなたの顔からは、私の教会に対する不信の念が読み取れます。それ以上のものも。永遠の真理は、まだあなたにはほとんど意味がないようですね、グラントリーさん。その意味を軽く考え、それを疑ってさえいるのかもしれない。信仰を求めなさい。そうすれば、あなたの人生の前途は変わり、その価値も正されるでしょう。謙虚な気持ちで問いかけなさい。理屈を捨て、すべての魂の行く手を照らす天の光に心を開くのです。ペルシャの神秘主義者の言葉を忘れないでください。二つの目を持つ哲学者は物が二つに見え、不変の真理を見失うと彼は言っています。論理で神を見出そうとする哲学者は、ろうそくの光で太陽を探している人間と同じだと。開かれた心でその輝きを受け入れる者は、あらゆる事物のなかに創造主を見出すでしょう。それでは、おやすみなさい」

老いた弁護士は、フェリックスの気迫のこもった言葉に眩惑されて、引き下がった。

「テンプラー家の最後の人間か」と彼は思った。「由緒正しい家系から、なんとも奇妙な雛が孵化したものだ！」

第十三章　テンプラー家の崩壊

やがてフェリックスは、彼が立案した大規模な慈善事業に加わることになった。事業計画を立て、工事の指揮をとる人々によってしかるべき体制が整えられ、フェリックスの構想は、力強く速やかに実現へと向かって動き出した。専門家たちは、その事業に関わるさまざまな問題点を手際よく調整し、キングスクレセットは半年で姿を変えた。まもなく千人の少年たちが、彼らを指導し監督する職員たちと共に、やって来ることになっていた。新しい建物——体育館や病院などが、大邸宅と調和を保ちながらそびえ立っていた。競技場も計画されていた。子供たちには、それぞれ自分用の小さな庭が用意されていた。湖の上手には、水浴場が建設中だった。森では、山林管理法が教えられることになっていた。フェリックス・テンプラーは、彼の希望により、その施設の非公式な地位に就くことになった。フェリックスはキングスクレセットの土地とその発展の可能性を十分に理解していたので、彼の助言は、施設の建設にはきわめて貴重なものだった。それまでキングスクレセットで働いていた者のうち、新たな組織に協力する意欲と知性を有している者については、そのすべてをフェリックスが雇い入れた。多くがその地に留まり、年金を支給された者も少なくない。新たな体制に対して不満を訴えた者は、男女ともに一人もいなかった。青年たちのなかには、フェリックスと同じように改宗した者もいた。

フェリックスは負傷してから体力が衰えていたが、人々に混じって働いた。周囲の者は、彼を神聖視した。フェリックスには、その巨大な事業の建設過程で、それに干渉しないだけの配慮と賢明さがあった。しかし、彼の知性と情熱はその組織の発展には必要不可欠なもので、権威ある人々も、事あるごとに、フェリックスの意見を求めた。

子供たちにとっては、フェリックスは教師ではなく、野外に行くときの友人、共に遊ぶ仲間であった。フェリックスは、一緒に遠足に出かけたり、春には壮麗な石楠花の美しさを教えたり、外国で開拓の仕事にたずさわるために農場の経営を学ぶ少年たちを力づけたりした。フェリックスは二年間、そのような生活を続けた。ある時、すでに修道女となってはいたが、まだ完全に俗世から離れてはいないペトロネルがフェリックスに会いにやって来た。彼女は、フェリックスの変わりように当惑した。ペトロネルの目には、彼は老いてしまったように見えたのだ。その髪には白いものが混じり、頬はこけていた。ただ、彼の目だけは、かつてと同じ穏やかで揺ぎない輝きを放っていた。フェリックスとペトロネルは大切な人々が眠る墓を訪れ、彼女は母のヘレンが再婚したことを話した。フェリックスはそれを知らなかった。今では日刊紙を開くことはなく、俗界のことで興味があるのは、政治と彼の養育院の発展に関係のある事柄だけだった。この世で関心が持てるようなことは、他には何もなかった。

「結局、この施設にテンプラー家の名前はつけなかったのね?」とペトロネルは訊ねた。

「人間の名前は、ここに永久に残すようなものではないと思ったんだ。僕たちも――テンプラー家の最後の人間たちも――やがて消え去り、忘れられてしまう。だが、キングスクレセットは、神の栄光と信仰の確立のため、何世代も続いていく。毎年、健康で健全な多くの若者たちが、精神と身体を鍛えられ、世界中で働くためにここから出て行く。毎年、望まれず愛されなかった多くの子供たちが、世間の荒波に運ばれて、彼らを必要とし、彼らを愛する私たちのもとへやって来る」

一年後、ペトロネルは再びフェリックスに会い、永遠の別れを告げた。彼女は、残された自由をすべて放棄することになっていた。そのため、テンプラー家がついに終焉を迎えたとき、ペトロネルはそこに居合わせることはなく、最後まで真相を知ることはなかった。

フェリックス・テンプラーの死は、以下のような状況で起きた。従兄弟のモンタギューが命を落とした場所の近くに、フェリックスがやって来たときのことだ。大きな森のなかで、フェリックスが気に入っていた散歩道は、カーテンと呼ばれている石灰岩の断崖の下にある道で、そこは少年たちにも人気があった。隠されていた荷馬道の一部が発見されてから、チューダー朝の古道の完璧な標本に関心を寄せ、そこを訪れる好古家たちはあとを断たなかった。湖岸の広大な石楠花園は、以前と同じように手入れされていた。キングスクレセットの考古学的、植物学的な遺産は、新たな制度の下でも、手厚く維持されていた。

しかし、子供たちが好きなのは、荷馬道の穴やくぼんだ片隅だった。科学的な鑑賞のために露出したままにされている場所で、神秘的な窪みや静まりかえった暗い穴を見つけては、そこで遊んでいた。フェリックス神父は、そうした遊び時間にも、よく付き合っていた。フェリックスが数人の少年たちに、その古道がどうして消え、石畳に馬の蹄鉄の跡がどのように残されているかを教えていたときのことだ。まだ幼い少年が、フェリックスの真上にある岩場で遊んでいて、大きな石を押しのけた。その石が、身をかがめていたフェリックスの背骨の上に落ち、致命的なけがを負わせたのだ。おびえた子供たちはフェリックスに言われるままに彼をその場に横たえた。彼の脚は麻痺していた。そして、ひとりの少年が助けを求めに走った。一時間後、フェリックスは、養育院の正面玄関の近くにある、寝室と居間を兼用した小さな自室に運び込まれた。施設にいる医師たちは、事故の知らせを聞いて駆けつけてきた。そして、けがの具合がはっきりすると、他の関係者たちも急遽ロンドンから呼び集められた。しかし、フェリックスのけがは、どのような医療も及ばないもので、医師から告げられる前に、彼は自分の命が助からないことを悟っていた。

フェリックスは怖れも悲嘆も見せなかったが、意識が鈍らない程度に痛みを和らげるよう頼んだ。

「その時が来た」とフェリックスは言った。「その時が来た」

翌朝、フェリックスの体は弱り始め、内臓器官も機能しなくなった。彼は、バートラム・ミッドウィンターに電報を打つよう命じ、大至急にと頼んだ。

「私の友人は、すぐには電報を受け取れないところにいるかもしれない」とフェリックスは言った。「だが、それを読んだら、私のところに来てくれるはずだ」

テンプラー家の悲劇を覆っていた厚いカーテンに光が射し込むことはなかったが、ミッドウィンターの脳裏には、恐ろしい事件の典型として、個人的には自分が完敗した最大の事件として残っていた。ミッドウィンターは一連の出来事を繰り返し慎重に検討したが、結局、何ひとつわからぬままだった。しかし、その複雑な事件に関わるいかなる出来事も忘れてはいなかった。記憶に残された傷は生々しいままで、フェリックスの事故の知らせを聞いたとき、最初に考えたのは、ついに犯人が最後の凶行に及んだということだった。

電報がニュー・スコットランド・ヤードに届いたとき、ミッドウィンターはロンドンにいた。それが彼の元に転送されると、ミッドウィンターはすぐウィルトシャーへ向かい、なんとか間に合う時刻にキングスクレセットに到着した。

フェリックスは急速に衰弱していた。彼は、象牙の十字架の下に置かれた簡素な鉄製の寝台に横たわっていた。そばにある祈禱用のテーブルでは司祭が祈り、右側には看護婦がフェリックスの手を取って座り、時おり脈を計っていた。

ミッドウィンターが入ってくると、フェリックスは他の人々に退室するよう頼んだ。ささやくような声でしか話せなかったが、意識ははっきりしており、視力も話す力も損なわれてはいなかった。屋外では疾風が吹き荒れ、激しい雨がテラスを濡らし、死の部屋の窓に打ちつけていた。

フェリックスはミッドウィンターの手を取り、自分のほうへ引き寄せた。

「そばにひざまずいて聞いてくれ、時間がない」とフェリックスは言った。「逝く前に、聞いてほしいことがあるんだ、バートラム、大きな秘密――私の一族を絶やした恐怖の秘密を、私は知っている。その動機、方法、正体のわからぬ犯人――すべて、わかっている」

「いつからですか、神父?」

「ずっと前から、知っていた」

ミッドウィンターは、フェリックスの顔をまじまじと見つめた。

「ずっと前から！　では、その連中はまだ生きているのですか？」

「責めを負うべき人物は、ひとりだけだ。私の口は封じられていた。そんなに驚いた顔で見ないでくれ。すぐにわかることだ」

「犯人があなたに話したのですか？　告解の守秘義務の下で聞かれたのですか？」

「そうではない——そうだとしたら、君を今日、ここへ呼んだりはしなかった」

「しかし——」

「すべては——ジョン・グラットンの死から伯父の毒殺まで、すべての事件が、一人の人間の手によって行なわれたのだ、バートラム。書き残してある。それを読めば、細かな点まで完全にわかるだろう」

「なんですって！　犯人の話を聞いて、同じ空気を吸い、それでも天の裁きをお望みにならなかったのですか？」

「私は無力だった。他の誰よりも、この私は、犯人に対して指一本でも上げることができなかった」

「そして、死の床で、こんな風に言い残されるのですか？　犯人を安全に自由にしたままで——人間の姿をした悪魔を世間に野放しにしておくつもりなのですか？」

「真実を書きとめておいた。それを読み終えるまで、誰も非難しないでくれ」

「しかし——しかし——その男は——あなたはその男に会い、話を聞き、その言葉を書きとめたとおっしゃるのですか？　そんな恐ろしいことを——おぞましいことを——とても信じられない」

ミッドウィンターは心の底から狼狽し、困惑していた。枕の上の穏やかな灰色の顔を、苦しげに見つめた。

「その極悪非道な男は、咎められることもなく生活し、無事に世間を渡っているのですね。自分の残酷な犯罪で震撼させた世間を。そして、あなたは、名誉や神の名にかけても、その男には指一本上げることができないと？　こともあろうに、あなたが、正義を無視なさるというのですか？」

フェリックスは目を閉じた。

「看護婦を呼んでくれ。水を飲みたい」とフェリックスは言った。唇を湿らせると、フェリックスは看護婦に部屋に残るよう指示した。それから、ミッドウィンターに言った。

「私は君に草稿を渡し、最後のお別れをしてから、それを持っていってもらうつもりだった」とフェリックスは言った。「だが、君がそんな風に感じているなら、今、ここで読んでもらおう。時間はあると思う。そのあとなら、君もさようならと言えるだろう。隅にある書き物机だ。鍵は錠に差してある。草稿の表紙に、君の名前を書いておいた」

ミッドウィンターが、フェリックスの言葉を正しく聞きとれたか自信のないまま、言われたとおりに草稿を探していると、フェリックスは、感情にかられて大きくなった声で、また語り出した。

「正義と言ったね。正義とはなんだろう？　限られた知力で、どんなことも究極的には知ることのできないわれわれが、そのような深遠なテーマについて簡単に確信してもいいのだろうか？　天があることをなすべきだと望んだら、それを不正だと言い切れる人間がいるだろうか？　地震や台風、飢饉や疫病を、私たちは不正だと言えるだろうか？　火災や洪水は神のしもべであり、戦争や疾病は神の創造物だ。そういう現象を見て、誰が神に問いかけたりするだろう？」

ミッドウィンターは、彼の名前が書かれた草稿を手にして、小さな書き物机から振り返った。一瞬、フェリックスの言葉がまったく理解できず、なかば怯えながら、ミッドウィンターは立ち尽くしていた。それから、ようやく答えた。

「私たちには、正しいことと間違ったことの区別はつきますよ、神父。われわれが関わっているのは周到に隠された忌まわしい犯罪です。それに、汝殺すなかれという戒律を書かれたのは、神です。人の血を流す者は人によって血を流される、というお言葉もあります」

フェリックスは笑みを浮かべて、ミッドウィンターを見上げた。

「君の声は金管楽器のように響くよ、バートラム。手にしているのは、現実という雷《いかずち》なのに。読みたまえ、神が創られた雨の音楽と風の轟きを聞きながら。読んで、何ひとつ見落とさないでくれ。そして忘れないように。君は、永遠に沈黙を守ると誓うのだ。その草稿を開いたら、たとえ一言たりとも口にしないと」

ミッドウィンターは頭を垂れて、南向きの嵐が打ちつける窓の下に座った。彼は草稿を開き、その瞬間から、二度と頁から顔を上げることはなかった。

やがて医師がやって来て、患者にきわめて穏やかに死期が近づいていることを確認した。

医師と看護婦はフェリックスの世話に追われ、ミッドウィンターにはまったく関心を払わなかった。ベッドに近い二番目の窓が開いていて、フェリックスはそれを大きく開けるよう、身振りで頼んだ。呼吸が苦しくなり始めていた。医師は窓を大きく開け放した。それから看護婦に耳打ちして、部屋から出ていった。数分後、医師は司祭を伴って戻ってきた。死にゆく者は、彼の教会からの最期の祝福を受けた。だが、フェリックス・テンプラーが最後に心を向けた相手は、周りにいる人々ではなく、彼の友人であった。

雨が開いた窓の下にある枕に降りかかり、大きなため息とすすり泣くような嵐の音が、戸外から部屋のなかへ運ばれてきた。

「たくさんの水の音が聞こえるよ、バートラム、それと多くの翼が羽ばたく音だ。小さな魂のための偉大な使者たちだ」と、フェリックスはつぶやいた。

だが、ミッドウィンターにはフェリックスの声は聞こえなかった。外の世界は頭から消えうせ、ミッドウィンターは過去の出来事に心を奪われていた。次から次へと頁を繰りながら、右手で無意識に次の草稿の束を持ち上げ、その目が前の文章を読み直すようなことは一度もなかった。死にゆく者に、少しの思いもかける余裕はないようだった。しばらくの間、静寂を破るものは、嵐の荒々しい音とベッドからのとぎれがちな喘ぎ声だけだった。司祭は、フェリックスの目の前に十字架をかかげ、その目はしっかりとそれを見つめていた。

フェリックスは苦しんだり、体を震わせたりすることもなく息を引きとり、最期が近づいていた。だが、声は途絶え、短い昏睡状態から安らかな死へと旅立っていった。

「逝ってしまわれた！　神の聖者がまたひとり天国に召された」と、白髪混じりの小柄な司祭が小さな声で言うと、フェリックスの周囲にいた者たちは、「アーメン！」と応えた。

彼らは死者の友人へ目を向けた。すると驚いたことに、草稿を読み終えたミッドウィンターは、彼らの言葉にも存在にも気づかない様子で立ち上がった。フェリックスの死を知って、椅子から立ち上がったのではなかった。草稿を読み終えたのが、フェリックスの死と同時だったのだ。悪夢のなかで歩く人のように、バートラム・ミッドウィンターは彼らの側を離れた。頭を高く上げ、目は恐怖で見開かれ、そこには死者を悼む哀れみの色はなかった。どのような穏やかな思い出も、ミッドウィンターの顔に刻まれた苦悩を和らげてはくれなかった。草稿を握りしめたまま、ミッドウィンターは、なにかにとりつかれたように、死者の側に立っている人々に気づくこともなく歩をすすめた。

「この方を見てください――あなたは、この方にとって大切な人だった」と司祭は言った。「一目お顔を見て、お別れの挨拶をしてください。いつもそれを輝かせていた魂と同じように美しいお顔です」

死者はラヴェンナにあるグイダレッリの大理石像にも似て、静謐な壮麗さのなかで横たわっていた。死の手によって、人生の哀れむべき醜さはすでに拭い去られていた。しかし、ミッドウィンターは一瞬でも目を向けることなく、足早にドアから出て行った。フェリックスの周囲にいた者たちには、ミッドウィンターの悲しみは見えず、悼む言葉も聞こえなかった。ミッドウィンターは死者も生者も目にとめなかった。彼らがあとから思い出してみると、ミッドウィンターの目には、死別を悲しむというより、この世のあらゆる存在に対する激しい嫌悪が表れていたようだった。ミッドウィンターは自分の足元が暗闇に吸い込まれていくように感じながら、部屋から出て行った――呆然とし、憤り、心の底から打ちひしがれ、現実を疑い、死の存在を無視し、最愛の友、この世で出会った最初の英雄が逝ってしまったことにも、まったく関心を払わずに。ミッドウィンターは、別れの一瞥も祈りもなく、感謝や敬意を表す最小限の言葉もかけずに、去って行った。

ミッドウィンターが悄然と打ちのめされたまま姿を消してしまうと、仕事を終えた看護婦は、窓を閉め、死者の額を濡らした雨を拭き取った。

五分後、礼拝堂の大きな鐘が打ち鳴らされ、美しい音色が風に運ばれて、丘や谷間に響き渡った。

第十四章　真　相

フェリックス・テンプラーが書き残したことを、以下に示す。ミッドウィンターは誓いを守った。フェリックスが書きとめた奇怪な事実を知る者は、ひとりもいない。

博学なスーフィーでさえ、こう言っている。
「渾然一体とした世界を見よ――天使は悪魔と、サタンは聖なるケルビム（第二階級の天使）と共にあり、彼らの種と果実は一つの皿に載っている。不信心者は信者と、信者は不信心者と共にある。現在という時点に、あらゆる周期、季節、日、月、年が集められている。始まりのない世界は、終りのない世界だ。神と共にいれば、過去も未来もない――永遠の現在があるだけだ」と。

だとしたら、人はつかの間の現在のなかで、永遠を勝ち得るために、どうしてこれ以上苦しむ必要があるだろう！

私は自分の一族を滅ぼした運命の秘密を知っている。当然の理由で、それを知っているのだ。しかし、五人の無垢の命を天国へ送った一連の出来事を語る前に、破壊者がどのような観点から行動したかを明らかにし、その行動の各段階を照らしていた光について述べる必要がある。
この倫理的な考察を君に示すまえに、偽善的な言葉の迷いから覚めてほしい。人生の悲劇の半分は、怠惰で不誠実な考え方から生じる。世界のもめ事の半分は、因習的な価値を受け入れ、偽りの不協和音が鳴り響いているにもかかわらず、使い古された嘘に執着するわれわれの臆病さから生じる。

汚れた金だの、不正に手に入れた財貨は利益をもたらさないといったばかげた話を、君も聞いたことがあるだろう。だが、富とは本来、ただの物でしかなく、善や悪の範疇の外にあるものなのだ。富は意味のない目的に使われることもあり、その場合には、間接的に悪の源泉となる。富が賢く管理され、人間の生活の改善に役立つこともある。しかし、富それ自体には、良い意味も悪い意味もないのだ。黒檀の森は富だが、材木を見て善とか悪とか考える者はいない。ダイヤモンド鉱山は莫大な富を表すが、正気の者なら、悪徳や美徳を炭素のせいにはしない。三百万ポンドの財産もまた富だが、人の人生を良くも悪くもする三通りの使い方がある。すなわち善のために使うこともできるし、悪のために費やすこともできるし、宝の持ち腐れになる場合もある――無価値な目的に使われたり、潜在的な価値を発揮できなかったり、本来の値打ちを否定されたりすることもあるのだ。普通の人間の手にある一袋の金貨は、善をもたらすことも悪をもたらすこともないだろう。世界は、その金のために、より豊かになったり、より貧しくなったりはしない。しかし、悪人がその普通の人間を撲殺した場合、われわれは、その殺人者が金貨を自分のためではなく他人の幸福のために使うような人物だとは考えない。貨幣に鋳造された金属は、不正に手に入れたからといって、悪になるわけではない。金が善を行い得る力は変わらない。ここで、別の範疇に属する犯罪者について考えてみよう。その男は、莫大な財産の所有者を知っていて、彼がその金を善のために使おうとしないことに気づいている。時が経過すれば、今の所有者と同じような人間が、その財産を受け継ぐ。その金は、怖れることはないが、期待もできない人物だ。蓄積された富はこうして浪費されていく。それが生まれた大地の内奥に戻してやったほうがまだましかもしれない。

観察していた男は、それが社会にとっては損失であると気づき、その莫大な財産が実際的で正当な目的に使われたらどうなるかを十分に理解したうえで、その富を所有し相続する者たちの怠惰な手から取り上げることが可能かどうかを考えた。そして、その男はそれを実行することにした。家族ではなく、人類こそがあらゆる富の正当な所有者であるという、燃えるような天与の確信があったからだ。つまらぬ人々からなる一族が、その財産を正当な目的に費やすことはあり得ないがゆえに、それを行うことは、観察していた男の義務となり運命となった。

富の所有者とその相続人は――彼ら自身は、平凡な学識と知性しかない、毒にも薬にもならない人間たちだが――財産を受け継いでいくことによって、進歩という車輪の歯止めとなり、モラルの向上的進化に対する脅威となった。彼らは、その財産を自分の物にするのではなく、適切に用いて、人間の養育のために費やしたいと願う、一族のある人間の前に立ちふさがった。

私は、キングスクレセットの巨万の富と、それが何世代にもわたって無駄に使われてきたことにずっと頭を悩ませてきた。だが、パウロに神の光が訪れたように、私の暗闇がある啓示によって照らされたのは、終戦間近の前線で、示唆に富んだ静かな時間を過ごしているときだった。その時、私とテンプラー家の財産の間に立ちふさがる人々を取り除き、その財産を正当な目的のために使うことが、偉大で恐ろしい自分の仕事にちがいないと悟ったのだ。

しばらくは、毒ガスの影響やそれで知力が損なわれたせいではないかと、不安がつのった。しかし、そんな懸念はすぐに消えた。私への指令は天が下したもので、そのお告げは、否定するにはあまりにもはっきりとした荘重な音色で意識のなかにこだましていた。しだいに、恐ろしい任務が私の目の前に姿をあらわしはじめた。ごく細かな部分にいたるまではっきりと見えてきた。自分の道を進むのに、恐怖やおののきは感じなかった。造物主によって、すべての方向が指し示され、すべての詳細が決められていたからだ。

私はひとりで、自分の家族を滅した。天によって強められた意志のほかに共犯者はなく、私に命じた神のほかに、この秘密を分かちあう者はいない。私を照らす光が翳ったことは一度たりともなく、自分の才能と機略に裏切られたこともない。これほど純粋な精神で行われた殺人は、いまだかつて一度もなかった。これほど高遠な洞察によって、人間の叡智が流血に向けられたことも一度もなかった。これほどわずかな人間の命を代価にして、このような莫大な報酬が得られたことも一度もなかった。彼らの犠牲によって、何千人もの少年たちが、高貴な活動のために世界に送り出されるだろう。最高の教育と規範で鍛えられ、健康な身体と魂を持ち、真の信仰に支えられ、そうした彼らが放つ光に照らされて、人々は向上し成長するだろう。これから何世代にもわたり、若々しい生命と活力がキングスクレセットからとうとうと流れ出て、この地球が消滅するときまで、世界の秩序を保っていくことだろう。キングスクレセットの相続人たちは、まだ生まれてない数千人の少年の幸福と比べたら塵のような存在でしかない。サー・オーガスティンの息子マシューは、よくいっても、古臭い伝統を受け継ぎ、消滅した封建制度の遺物を守るのがせいぜいだろう。そうした行為は、社会全体の進歩や正当な所有者への土地の返還によってしか止めることはできない。それが、マシューから望める最良のことだ。しかし、もっと悪い事態も十分に起こりうる。次の世代が、マシューほどの正直さもなく、世襲財産を利己的で無意味な娯楽に浪費することは十分に考えられる。マシュー・テンプラーは影法師のようなものだ。その息子は、自分本位の如才のなさで、誰が見ても、祖先の所有欲を克服するなど望むべくもなかった。そして軍人であるモンタギューは、反動主義者で、偏狭な精神と鈍感な魂しか持ち合わせていない。

そうした二流の人物たちに象徴される不毛の未来の代わりに、私は確実で輝かしい未来を考えた。そして、前代未聞の罪を犯し、彼らの死によって相続権を手にすることで、キングスクレセットを正当に確保することにしたのだ。私は、「罪」という言葉を、軟弱で近代的な意味ではなく、古典的な意味で使っている。

私に対する評価は、同じ人間の役目ではなく、神の御手に委ねられている。私は啓示のなかですでに煉獄を目にしている。そこで私は、私が殺めた親族や命を奪った人間の魂と対面するよう求められるだろう。この恐ろしい任務の必然的な宿命に、私は怖れず立ち向かうつもりだ。報酬は神のもとにあり、凍りつくような深い地獄の底が私に与えられる罰だとしても、ユダやブルータスのような人々と共に耐えていくつもりだ。私もまた彼らと同じく、神の目的のために創造されたのだから。

*

この偉大な業績を成し遂げた方法について、語ることにしよう。常に一つの目的を考え、手を鈍らせることなく、心を鬼にして行ったことだ。キングスクレセットを幼い子供たちに開放し、その建設を正当化する前に、忌まわしく恐ろしい多くの出来事に耐えねばならないとわかっていた。だが、その大いなる結果をもたらすために、必然的に自らが汚れていくことは避けられなかった。私は人間性をすべて捨て去ろうと努め、家族は他人よりも遠い存在になった。私は、手にする武器よりも無感覚な一個の機械として行動した。しかし、その機械には、血や肉がこびりつき、しばしば動かなくなった。私の試練は苦悩の連続で、長い夜の監視の間に、この恐ろしい務めから解放されることを、なんど祈ったことだろう。

あとは、私が目的を達成した方法について、つまらない細々としたことを説明するだけだ。そんなことを苦労して書き残すのは、ミッドウィンター、君のためだ。危険はいつも大きかった。だが、私の場合は、他の人間よりは少なかったかもしれない。自分に課せられた恐ろしい仕事に、私の心は何度も抵抗した。絶望に襲われたときには、君に捕まえてもらいたいと願ったこともある。だが、そうはならなかった。君の大きな愛情と信頼が、君の目を曇らせていたのだ。神の摂理がこの仕事を望み、その摂理が私をしもべとして指名し、すべての行為において私を支え、一度ならず進むべき方向を教え、その仕事に伴う困難や恐怖が耐えがたいほど大きくなったときには、私の精神に力を与えてくれた。

行動を起こす前に、私は自分の才能を数え上げてみた。まず、私には役者としての才能があった。それに気づいたのは、戦前に、シャンペルノワーヌ神父が台本を書き、レッド・ライオン修道会と信者たちによって演じられた道徳寓意劇に出演したときだ。私の演じる役のために、かつら製作業者パークスンのところで働いている若い友人が、濃い灰色の髭とかつらを作ってくれた。私が演じたのは、アイルランド司教の宣教師たちに抵抗し、最後には改宗を余儀なくされる古代サクソンの王の役だ。私は、その髭を保管しておいた。それを黒く染めて使うのは、簡単なことだった。今にして思うと、私はどんな役でも完璧にこなすことができた。架空の殺人犯を作り出すときは、その髭に着想を得て、年配で太りぎみの男になることに決めた。その後の成り行きで、その男はドイツ人ということにした。服装は簡素で濃い色の体にぴったりしたもので――目的にふさわしい労働者風の衣装だった。髪はそのままで、変装はできるだけ簡単にした。色眼鏡を掛けると、一瞬にして効果的に変身することができた。

私がキングスクレセットで伯父の遺言書を読んでいて、モンタギュー・テンプラーに不意をつかれたときには、すでに自分の一族を破滅させる際にどんな男に扮するかを決めていた。図書室で発見されたときには、不吉な前兆に思えて気持ちが落ち込んだが、そのうち非常に役立つことがわかった。私の最初の目的は、将来のことについて、サー・オーガスティンがどのような条項を書き記しているかを調べることだった。遺言書の保管場所はわかっていたし、机の引き出しは簡単に開けられることも知っていた。ロンドンの教会区に、かつて窃盗犯だった知り合いがいて、やり方を教えてくれたのだ。モンタギューが明かりを点けたとき、私は遺言書の大部分を読み終えていた。それからの行動については以前から計画を立ててあったので、あとになって登場するはずの不審な男の特徴を話すことにした。

モンタギューがホールの明かりを点けると、私は窓を大きく開け、乱闘があったようなふりをし、持っていた懐中電灯で自分の頭を力いっぱいに殴りつけた。それから仰向けに倒れ、数分後にモンタギューに助け起こされた。それまで、下りてきたのはサー・オーガスティンだとばかり思っていた。

私の話を疑う者はひとりもなく、私が伯父の遺言書の内容を熟知するにいたったと考える者も、ひとりもいなかった。その調査で、私が当惑した条項が一つだけあった。ジョン・グラットンに多額の遺産が不当に与えられていたことだ。遺産全体も巨額だったが、十万ポンドの資産が、どのような義務も伴わずに使われるのは、決してあってはならないことだ。その大きな損失を防ぐため、いろいろと思案するうち、ジョン・グラットンは自分が受け取る遺産の代価を支払うべきだと考えるようになった。その遺産に条件はなく、受け取れるのは彼だけだった。その不運な男が死なねばならないことは、その時からわかっていた。

ジョン・グラットンは、一度だけ見かけたことがあったが、その後は彼に関する詳しい情報を少しずつ集めた。図書室で私を殴った架空の侵入者の特徴を話してからは、その男が実在するように思わせる準備に取りかかった。信じがたいことかもしれないが、私には、これから始まる悲劇の場面が次々に、まるで実際に起きたことのようにはっきりと見えた。そして、架空の犯人の役をやり通せれば、警察は混乱し、事件を解決できないだろうと考えた。私が変装するのは、おおかたの者より簡単だった。髭のない顔は変化をつけやすいというだけでなく、私の服装が普通のものとは違い、いつも法衣を着ているので、そもそも変装と結びつけて考えられる余地がなかったからだ。

いつもの服装で夜間に出発し、その服を着替えて必要な変装をするのは、一等車の誰もいない客車では、簡単なことだった。実際に、危険といえば列車の車掌だけで、それも私が乗り込むのを見られたときの話だった。列車が終着駅につく前に、車掌が受け持ち区域の仕事を終えてしまうことがよくあり、中間駅で新たな車掌が乗ってくることはめったになかった。

私が最初にシェフィールドに旅したときも、そうだった。その土地のことは知っていたので、ホームズフィールドにあるジョン・グラットンの家から数マイル離れたグリンドルフォードで、宿を探すことに決めていた。

その頃、私はキングスクレセットからロンドンに戻っていたが、数日間レッド・ライオン修道会宿舎を留守にした。北部にいる病気の友人を見舞うという口実で、ある夜、あわただしく出かけたのだ。詳しい事情や指示を書き残すようなことはしなかった。夜行郵便列車に乗り、そのときは車掌に姿を見られたが、ありがたいことに、彼はダービーでその列車から降りた。

列車がダービーに着くと、一等車の洗面所に入り、鍵を掛け、法衣をたくし上げ、外套と帽子を手提げ鞄に入れ、髭を付け、眼鏡を掛け、ぴったりとした黒い帽子をかぶった。列車が動き出すと、〝パーヴィス氏〟として客車に戻った。そしてシェフィールドで〝パーヴィス氏〟として列車から降り、グリンドルフォードへ向かった。宿はすぐに見つかり、その日のうちに、ジョン・グラットンへ手紙を書いた。彼の家は、数マイルしか離れていなかった。グラットンは律儀な男で、その後の予定は楽に進んだ。彼は自分の学識を鼻にかけていたが、お世辞を言う人間には愛想がよかった。グラットンはオートバイで、すぐに私に会いにやって来た。それからの経緯については、警察の調書に正確に記録されている。グラットンを殺害するのは辛い仕事だった。彼の人生は、野原の草より重要なものに捧げられているわけではなかったが、それでも輝かしく有望な将来が開けていた。しかし、運命の皮肉で、善行から恐ろしい災難に見舞われることになった。なぜなら、グラットンは稀にみる勇敢な行為のために、サー・オーガスティンの法外な遺産を勝ち得たからだ。つまり、彼は自分の善行によって死んだことになる——そんな状況は、ほとんどギリシャ悲劇にしか見られない。

グラットンと一緒に最後の食事をした夜、私はきわめて珍しい隠花植物――いわゆる〝光り苔〟を見つけたと話した。これは昼間は洞窟の岩や人目につかない地面の上にある不透明な膜のようにしか見えないが、夜になると、苔自体が燐光を発して青白く輝くのだ。グラットンは興味を示しながらも、私の話を疑った。それで私は、彼が家に帰る途中で、その苔を見せてあげようと申し出た。すでに何回か、グラットンのオートバイの後ろに乗って遠出したことがあったので、彼は警戒もせず誘いにのった。私が苔を発見したことになっているその場所で、翌日、グラットンの死体が発見された。夜になったら誰の目も届かないような、奥まった場所を選んでおいた。そこへ出発したのは、深夜を少し過ぎた頃だ。そこは本道から外れた下り坂の小道で、道に張り出した岩の多い土手の下を抜けて、谷間の川まで通じていた。一緒にオートバイに乗り、下り坂でいちばん暗くて狭い地点にさしかかったとき、私は苔を発見した場所はすぐそこだと言った。重いスパナを、オートバイの後ろに置いた皮袋に入れてあった。走っている間にそれを取り出し、グラットンに止まるよう呼びかけると同時に、彼の後頭部を力いっぱい殴りつけ、オートバイから飛び降りた。スパナの一撃で、グラットンは即死ではなかったとしても、意識はなくなっていた。オートバイは土手に衝突し、グラットンは投げ出された。私は、彼を小道の中央まで引きずり、そこで確実に命を奪うために二度殴った。それから、前もって目星をつけておいた岩や土の塊を、張り出した土手から下に落とした。オートバイからは火の手が上がった。落下させた岩のおかげで、グラットンの死は予期せぬ障害物によるものという印象を、楽に演出することができた。血痕の付いた岩は、グラットンの割れた頭の下に残し、スパナ以外には何も触らなかった。そのスパナは、二マイル離れたグリンドルフォードへ戻る途中で、小さな池のなかに投げ捨てた。足跡を残したことだけが心配だったが、十分に気をつけていたので、調べられることも発見されることもなかった。これは事故にしか見えない状況を作り出した事件だが、警察はあざむかれ、それを本当の事故だと思い込んだ。多くの犯罪が、そんな具合に隠蔽されているにちがいない。

泊まっていた宿の女主人は、私がグラットンと一緒に出かける前に自室に下がっていた。私は、彼女がベッドに入って眠りについたと確信できるまで、グラットンを引き止めていたのだ。女主人は、私が彼と一緒に外出したことには気づいていなかったが、翌朝、機会をとらえて、私は外には出なかったと話しておいた。できるだけ早いシェフィールド行きの列車に乗り込み、グラットンの死体が発見される前に、もうロンドンに向かっていたと思う。事件現場はかなり奥まった場所で、人家からは一マイルかそれ以上離れていた。荷馬車屋が偶然に通りかかって、早い時刻にグラットンの死体を見つけたが、私はその前にダービシャーを離れていた。

それからあとのことは、手短に話そう。グリンドルフォードでの変装のまま列車から降り、南行きの列車に乗り換えた。ロンドン行きの列車のプラットフォームはわかっていたから、それを訊ねたり、注意を引いたりすることはしないですんだ。私は誰にも気づかれずに、手提げ鞄と旅行鞄を手に列車に乗り込んだ。一等車の誰もいない客車の座席に旅行鞄を置き、来たときと同じように、洗面所に入った。そこで胸に巻いたパッドや肩当てを外し、中に着ていた法衣と腰に巻きつけておいたローブを表に出した。髭と眼鏡、上着と帽子は、手提げ鞄に入れ、外套と縁付きの帽子を取り出した。着替えはせいぜい三分間で終り、ロンドン行きの列車が駅を出てから五分後には、客車に戻っていた。正午過ぎにロンドンに着き、同僚には、戦争で一緒だった友人が亡くなったと話した。

グラットンの突然の事故死は大きなニュースにはならず、いとこのペトロネルから聞くまでは、彼の死に関することは何もわからなかった。その間に、自分に課せられた恐ろしい仕事をできるかぎり早く終らせたいと、心から願うようになっていた。我が身を捧げた大義の成就は、その仕事の成功にかかっていたが、長期間にわたって血を流しつづけることは、自分には耐えられないとわかっていた。私が力を振るい、すべてを成し遂げるためには、多くの理由づけが必要だった。遂行の順序は、偶然に決まった。マシュー・テンプラーが好きな釣りをするため、デヴォンにある人里離れた渓谷で一ヶ月あまり過ごす予定だと聞いたとき、神の摂理で、私の目的のための準備がなされていたのだと知った。

ここで、神がいかにして私の計画を導かれたか説明しておこう。モンタギュー・テンプラーを巻き込んで事態をさらに混迷させ、警察の目をくらまし、混乱した状況に乗じて私の安全を図るために、神がいかに意を尽くされたかを。モンタギューの仕事や彼の行動について、私は何も知らなかった。グラットンが死んだとき、モンタギューがシェフィールドにいたことも、君から聞いて初めて知った。マシュー・テンプラーが死んだとき、モンタギューがプリマスにいたことも、ペトロネルが教えてくれるまでは知らなかった。彼の友人、アーネスト・ウィルバーフォースの名前も初耳だった。君がしばらくの間、モンタギューとウィルバーフォースは共犯関係ではないかと疑ったことは、私が抱いたたくらみを支えてくださった用心深い神がなされた行為のなかでも、最も奇妙なものだろう。実際に、君の疑いは、モンタギュー自身が死ぬ前には消えてしまった。君はそれ以降、私が他の人々に信じ込ませたのと同じくらい強く、黒髭の男の存在を信じるようになった。

私は十年前、巡回聖書講読会でたまたまダートムア地方に二週間ほど滞在したことがあり、サー・オーガスティンの息子マシューが釣りをすることになっていた地域をよく知っていた。その計画のためには、準備にかなり苦労し、工夫を凝らしすぎてしまった。さまざまな理由から、架空のドイツ人という設定が気に入り、私は手順を変更した。〝パーヴィス〟という名前は捨て、変装はそのまま維持したが、今度は外国人の学者に扮することにして、パウンズゲイトにあるセヴン・スターズ亭という小さな宿に部屋をとった。そして、そこ宛てに、二通の封筒を郵送した。空の封筒は、出発する三日前にロンドンで投函した。もう一通は、計画した目的のために作った手紙を入れ、旅の途中でエクセター駅の郵便ポストに投函した。二通目の手紙は、エクセター博物館から送られたように装った。このアイディアは無益で、私はずいぶん無駄な努力をしてしまったようだ。なんの役にも立たず、まったく無意味な偽装工作だった。偽の手がかりにはなり、君たちの捜査を遅らせたかもしれないが、私にとって利益はほとんどなかった。私の目的は〝マルク・ルービン〟の実在感を高めることで、しばらくはそう思わせることができた。だが君はそれで納得はせず、偽りの手紙を見抜き、エクセター博物館を訪ねた。〝マルク・ルービン〟なる男が実在しないとわかるまで、そう時間はかからなかった。警察は、最初から最後まで、本物の手がかりを一つも手に入れてはいない。私が残した手がかりは、自分の目的に合うものだけだった。

用いた凶器について言えば、私が戦場から持ち帰ったさまざまな記念品が役に立った――もともとは、親しくしている教会少年隊に見せてあげるつもりだった。しかし、少年隊の集会に使われるホールに、そのような野蛮な品物を飾ろうという気持ちはすぐに消え、記念品は箱にしまわれたままになっていた。そして〝ルービン〟を考え出したとき、ドイツの軍用リボルバーと弾薬のことを思い出したのだ。外国人の殺人犯に実体を与えるのに、その武器がどれほど役立ったかは、君も憶えているだろう。タバコも、軍が前進するときに、ある塹壕で亡くなった将校の鞄を見つけ、そこに入っていたものだ。マッチやドイツの新聞は、ロンドンで簡単に手に入る。

デヴォンへの旅は何事もなく進んだ。ブリストルまではひとりの乗客と一緒だったが、その男性はそこで下車し、車掌も交代した。私はまた手提げ鞄を持って洗面所に入り、変身して出てきた。それより上手いやり方はなかった。軽い外套と法衣は、任務が終ってから再び着るときまでしまっておいた。エクセターで自分宛ての封筒を投函し、その日の夕方にはハーフヤードの近くにあるアシュバートンで宿の主人の出迎えを受け、その車で滞りなくパウンズゲイトに到着した。

翌朝、川に行くマシューをつけ、彼の行動を観察した。マシューは規則正しく行動し、たいてい日の暮れる頃には、釣り人が使う道を通ってホーンに帰ることがわかった。

ある日の午前中に、マシューの娘のペトロネルと会うことになっていたので、できるなら、その前日にマシューに対する計画を実行したかった。その夜にはロンドンに戻らなければならないとわかっていたので、出発する時間ぎりぎりに彼を殺害しようと考えた。そのやり方は、ダービシャーでは効果的だったから、パウンズゲイトでもうまくいくように思えた。しかし、マシューの場合には、殺人であることをはっきりさせ、それを隠す手間をかけるつもりはなかった。

人生最後の日に、マシューはいつものように上流に向かった。彼がどの道を通って帰ってくるかわかっていたので、私は待っていた。唯一の危険は、その寂しい場所に他の旅人が現れることだったが、ひとりも姿をみせなかった。実際には、私たちの後からそれほど時間をおかずに、樵が来てはいたのだが。マシューは自分の死に向かってとぼとぼと歩いてきた。私は死体の発見を遅らせたかったので、隠れていた場所から彼を撃つと、川を見下ろす小さな崖まで死体を引きずっていき投げ落とした。それから、マシューの釣り竿とかぎ竿を隠した。一時間後に、偶然樵が通りかかってリールを見つけ、マシュー・テンプラーの死体の発見が早まった。しかし、それも私にとってはたいした問題ではなかった。

マシューが息を引き取るとすぐに、私はセヴン・スターズ亭に引き返し、その一時間後には主人の車でアシュバートンの駅まで送ってもらい、列車に乗った。すでに夕闇が落ちていて、客車に入るときは誰にも見られなかった。急いで変装を解き、次の駅に着く前に、法衣と外套を着て再び司祭の姿に戻っていた。トトニスで手提げ鞄と旅行鞄を手に列車を降りた。そこの明かりは薄暗かったので、ポーターは私をバックファストのベネディクト会修道士と見間違えた。彼らはそこにある大修道院から仕事でよく旅に出かけるのだ。予期していなかったその出来事で、再び神の配慮を感じた。私を危険にさらすかもしれない手がかりを排除しようとする神の配慮を。法衣姿で旅をする司祭は、他の土地なら人の記憶に残ったかもしれないが、その特別な土地では誰の注意も引かず、早い時期に変装を解くよう促したのは、私自身ではなく、ここに書きとめた多くの出来事を計画した内なる監督者のおかげだったのだ。

十時をいくらか過ぎてからトトニスを発ち、三等車でロンドンへ向かった。明け方の三時過ぎに到着すると、まっすぐレッド・ライオン修道会宿舎に帰った。少し休息してから、聖フェイス教会で、その日の二番目のミサを執り行った。

そのあとで、いとこのペトロネル・テンプラーと一緒に朝食をとるため宿舎に向かった。だが、宿舎に着く前に、デヴォンシャーからの電報が届いた。

実行の順序が決まったのは、そのときだった。サー・オーガスティンの死去に伴う巨額の相続税を考えると、それを何度も払うことはできず、伯父には、私以外の相続人より長く生きてもらわねばならなかったのだ。

ドイツ人の敵という考えは、トム・テンプラーが死ぬ前から、関係者のほとんどが信じ込むようになっていた。それでトムの死を計画したとき、新たな状況でそのドイツ人を登場させることにした。私だけが知っているある場所のおかげで、ドイツ人の姿を見せるのは簡単だったし、それ以降の行動も容易になり、捜査陣を混乱させることができた。あの荷馬道のことだ。私はあの消失した古道の真相を、少年時代から知っていた。キングスクレセットの森を探検したり、カーテンと呼ばれている断崖の下で鳥の巣を探したりしていた頃の話だ。私はそのことを誰にも言わず、秘密好きの少年の例にもれず、隠された古道の知識を大切にしまい込み、大人たちが古道消失の謎を議論するのを聞いては楽しんでいた。言うまでもないだろうが、私はその地下道を端から端まで探索し、その道が作られた原因も理解していた。山の斜面が崩れて古道を埋没させ、上からは多量の大きな岩が落下して、トンネルを作ったのだ。その昔、そこの切り立った斜面を縫うようにして狭い道が通っていたのである。ゴーラー・ボトムの上にある入り口からムアの外れの出口まで、戦前に私はその場所をすっかり熟知していた。そして私はようやくわかった。第一に、その道の存在が少年時代の私に明かされた理由が、第二に、そのことを誰にも告げずにいた理由が。私がその地下道を知ったのは、いま行おうとしている辛い任務のためだった。後世の私の仕事に備え、その実行を助け、やり遂げさせるために、その崖は何世紀も前に崩れ落ちたにちがいなかった。

その荷馬道を使えば、誰にも見られずに森に入り、いつでも安全にそこから出られた。これで、もう君にもわかるだろう。トムが死んだ日、私はロンドンに戻るため駅へ向かう途中で、サー・オーガスティンやモンタギューと別れたあと、駅へは行かずに急いでムアに向かい、彼らがキングスクレセットに着いた頃には、トンネルに入っていたのだ。モンタギューがトムに会いに行くことは知っていたし、彼がそこで何を発見するかもわかっていた。その前夜、私は図書室から橋に付いている門の鍵を取り、夜更けに屋敷を抜け出した。のこぎりは道具小屋で簡単に手に入り、橋を壊す作業にも時間はかからなかった。天候も力を貸してくれた。雨も降らず、風も弱かった。罠は三十分で完成し、ボートは元の場所に返した。しかし、すでに空が明るくなってきたので、のこぎりは道具小屋に戻さず、湖に沈めた。

私は図書室の窓から出入りし、橋の門の鍵は、自分の部屋に行く前に、いつもの場所に戻しておいた。その翌日、駅へ行く途中まで送ってくれた伯父やモンタギューと別れると、荷馬道を初めて真剣な目的に使うため、人目につかない小塚の上に開いている煙突状の入り口から下に降りた。それから、モンタギューが壊れた橋に着く前に、トンネルのなかを進んでゴーラー・ボトムまで下っていった。そんなことをしたのは、キングスクレセットの森が、次の悲劇の舞台になるに違いないという直観があったからだ。モンタギューは鳥や獣が多く、あまり人が行かない場所で狩猟をするのが好きだった。そうした場所で隠れている者にとっては、簡単に狙える標的だった。私がロンドンへの旅を中断して森まで行ったのは、マシューの息子の死を確認するためではない。不審な男の姿を再び目撃させ、その存在を強く印象づけるのが目的だった。モンタギューがそこへ着く前に、トム・テンプラーが溺死しているのはわかっていた。橋にトムの体重がかかったら、支えられるはずがなかったからだ。モンタギューが、石楠花の小さな茂みの背後から彼を見つめる黒のぴったりした帽子に色眼鏡を掛けた黒髭の男を目にしたとき、私がその場所へ行った目的は達せられた。モンタギューがどんな反応を示すかは十分に推測できたので、湖を泳いでまで私のそばに来ることはないと思った。そうしたとしても、私には銃があり、水の中にいる彼を撃てばすむことだった。しかし、モンタギューの死の順番はまだ来なかった。彼は急いで去って行った。上流にあるボートを探しに行ったのか、屋敷に戻ったのか、私にはわからなかった。彼が事故を知らせに屋敷に戻ったことを知ったのは、あとになってからだ。その間に、私は急いでカーテンまで上り、秘密の荷馬道に入り、そこで変装を解いてから、上の荒地に出て、駅へ向かった。乗ることになっていた列車に、一時間遅れで乗り込んだが、それくらいの時間のずれは何の問題もなかった。私の行動を気にする者はひとりもいなかったからだ。私の気がかりは、ミッドウィンター、その日に会うことになっていた君との約束だけだった。そして、キングスクレセットから悪い知らせが届いたのは、君と一緒に座りながら、捜査が難行しているという話を聞いていたときだ。その知らせを受けたとき、不幸に見舞われたのは伯父ではないかと私が恐れたのを、君は憶えているだろう。しかし君は、被害者はトム・テンプラーだと的確に見抜いていた。

モンタギューは湖で目撃したことをすぐに報告していて、黒髭の男の存在はさらに確固としたものになった。あとから考えてみると、一時的にモンタギュー自身に疑いがかけられた時、君が彼の証言に着目して鋭い推理力を働かせ、モンタギューが湖のそばで敵を目撃することはありえないと証明して見せた手際は、まったく見事だった。実際には、事件にずっと登場してきた黒髭の男の情報は、私が作った偽の話から出たものにすぎなかったのだ。そして、私の話を疑う者はひとりもいなかった。

第十五章　真相（結び）

君が、モンタギュー・テンプラーこそが真犯人で、友人が共犯者ではないかという強引な仮説を持ち出したのは、事件全体のなかでも重要なこの時期だった。重なる偶然のせいで、君の推理には説得力があり、アーネスト・ウィルバーフォースがたまたまモンタギューと親密な関係にあって、君の苦しい仮説を助けることになった。別の状況だったら、君の考えを支持するほうが、私には得だったかもしれない。しかし、モンタギュー自身に死の影が近づいており、私は事態を複雑にしたくなかった。モンタギューが死ねば、共謀説も消えただろうが、その前にうまい具合に、モンタギューとウィルバーフォースの疑いは晴れた。冷酷なドイツ人という偽の手がかりは、依然として捜査の行く手に立ちはだかり、君は虚しい捜索を続けて悩まなくてはならなかった。その頃には、君はジョン・グラットンの死も見かけどおりの事故ではないかもしれないと疑い、〝パーヴィス〟と〝ルービン〟は、実際には異なる二人の人物かもしれないと考え始めていた。しかし、モンタギュー・テンプラーが犯人でないとしたら、重大な危険にさらされているということは認め、彼に無茶な行動は慎むよう警告しろと、私を急かしたりした。

モンタギューの命を奪う最初の企ては成功しないのではないかと思っていた。その計画は偶然に頼りすぎていて、彼が私の望むとおりに行動する可能性はかなり低かったからだ。しかし、神の摂理は、モンタギューに望みどおりの行動をとらせた。彼に死をもたらした出来事は、最初から最後まで、私が計画した手順どおりに進んだ。実際には予定外のことも起きた。ある重大な局面でモンタギューのテリアが活躍し、事態はかなり楽になった。その時は災いに思えたことが実は幸いだった、といういい例だ。

サー・オーガスティンが英国教会連合の集会で講演する二日前に、私と一緒に車でキングスクレセットからロンドンに行ったことは、君も憶えているだろう。私は伯父をクラリッジズ・ホテルまで送り、そこで別れてから、表向きは修道会宿舎に戻った。しかし、実際には翌日の夜に帰ることになっていて、それまでは仲間の修道士と会う必要はなかった。

誰の関心も引かずに、いつもと違うことをしようと思ったら、何か大きな、誰もが驚くような出来事と同時に行うよう、時機を選べばいい。人はある出来事で頭がいっぱいになっているときには、小さな出来事からは気が逸れるものだ。私はそうした心理を理解していたから、モンタギューの突然の死と合わせて行動すれば、誰にも気づかれないとわかっていた。

伯父とロンドンで別れると、私は直ちにキングスクレセットへ戻り、駅に降り立った。そこからは徒歩で荒地を抜け、誰にも知られていない荷馬道の入り口へ行き、中に入った。そこに隠しておいた変装の小道具を、最後にもう一度、身に付けた。私は食べ物とドイツのタバコを持ってきていた。タバコは戦争の記念品の一つで、宿舎の箱の中にしまっておいた物だ。これらの品は最後に役立つはずだった。モンタギューの死後、できることなら、私はこの隠れ場を発見させようと考えていた。バートラム、そろそろ君に確固とした手がかりを与えるほうがいいと思ったのだ。あの地下道の存在をどうやって明らかにするか。あるいは、どうやって誰かに発見させるか。それは非常に興味深い問題だった。

正直に言えば、仕事に取りかかる前には、その問題に満足のいく解答をみつけることはできなかった。だが、その後の成り行きに任せ、自分の恐るべき才覚をもってすれば、適切な時期に地下道の存在があばかれるだろうと確信していた。そして、そこにドイツ人がいたことを証明する品々、私が君のために用意した証拠が見つかるだろうということも。

山番や猟場番の仕事はよく知っていたので、その日の夕方には、猟場番のローレンス・フークが見回りで山から下りてくるか、あるいはゴーラー・ボトムから上ってくるだろうということはわかっていた。フークの前に姿を現し、彼に黒髭の男を目撃させ、それを報告させるのが、私の目的だった。そのあとで、モンタギューが自分で捜索に乗り出すのを期待していた。私がその日に計画を実行できるか、あるいは別の機会を待たねばならないかは、モンタギューの行動しだいだった。形勢は私に不利だった。モンタギューが誰かと一緒に行動すれば、彼には近づけない。実際にそうなった。午前中はずっと、ウォートンがモンタギューのあとからついて行った。モンタギューは知らなかったようだが、私は気づき、結局なにもできなかった。モンタギューと最後に会うときは、絶対に誰にも見られないようにしなくてはならなかった。私はふたりの動きをこっそり監視し続けた。モンタギューがうってつけの場所で足を止め、ウォートンの姿も見えなくなったのは、正午を過ぎた頃、計画の実行は無理かと思い始めたときだった。

しかし、話が少し先に進みすぎたようだ。私は黒髭とぴったりした帽子と色眼鏡で変装してから、ゴーラー・ボトムの上に出て、林道から二十五ヤードほどの場所に立った。フークは時間どおりに現れて、私を見た。印象づけるために少し間を置いてから、私は生い茂った灌木のなかへ駆け込み、百ヤードほど離れた隠れ場へ急いだ。フークが追いかけてこないのはわかっていた。足が不自由だったからだ。しかし、彼が散弾銃を撃つとは思っていなかった。フークは二度発砲し、二発目は弾が耳をかすめ、危ういところだった。しかし、フークには私の姿は見えなかったので、彼はやみくもに撃つしかなく、ばら弾ひとつ私に当たることはなかった。

罠は仕掛けられ、あとはモンタギューが餌に食いつくかどうかを見ていればよかった。

周知のように、彼は食いついた。その夜は隠れ場でじっとしているつもりだった。モンタギューが指示した監視体制は、煙突状の出入り口がある場所に隠れて見ることができたし、森の外やふもと、湖との境界付近に配置された男たちが警戒線を張っている様子も観察できた。隠れ場からムアへの出口は、もちろん、そうした警戒線の輪からずっと離れた場所にある。どう監視しているかわかったので、その夜は隠れ場で過ごし、翌朝、見つからぬ敵を捜索するモンタギューの後を追うつもりだった。

モンタギューは捜索に出かけ、忠実なウォートンがつき従っていた。私は計画の中止を考えた。モンタギューの行動は予想どおりだったが、ウォートンが一緒だとは思わなかった。しかし、午後になるまで待ち、やがて好機が訪れた。モンタギューは森に戻ってきたが、ウォートンは姿を見せなかったのだ。ついに決定的な瞬間がやって来た。私は変装をせず、いつもの法衣姿で、いきなりモンタギューの前に出て行った。

彼は私を見てびっくりし、私の言葉を聞くとさらに驚いた。

「すべて終ったよ！」と私はモンタギューに言った。「神のご加護で、君はもう安全だ。僕たちの試練は終ったんだ！　ミッドウィンターが殺人犯を捕まえた。昨夜キングスクレセットの駅で、犯人が列車から降りたところを逮捕したんだ」

話題はどんなことでもよかった。死者に話しかけているようなもので、モンタギューの注意を少しの間、引きつけるだけでよかった。彼が他の人間と会ったり、他の人間の声を聞いたりすることは二度となかったからだ。私は、屋敷から彼を探しにゴーラー・ボトムまで来たのだと説明した。一緒に森のなかに設置された腰掛けに座り、モンタギューが犬を呼ぼうと体の向きを変えたとき、私は胸元からリボルバーを取り出し、モンタギューの後頭部を撃った。私たちが出会ってから、モンタギューが死ぬまで、四分もかからなかった。ウォートンが戻ってくるのが心配だったので、すぐに法衣を腰までたくし上げて走り、カーテンの下の岩や下生えが密集している場所に駆け込んだ。リボルバーの薬包に細工をし、装薬を半分にしておいたが、それでも銃声は大きく、遠くまで聞こえたにちがいなかった。銃声はカーテンの断崖で反響し、それを聞いた者たちがすぐにやって来るのは確実だった。

それから、計算外のことが起きた。最初は困惑したが、結局のところ、この一連の悲劇においては役立つ出来事だった。モンタギューの死を目撃しているものがいたのだ。彼の愛犬〝チャム〟だ。ミッドウィンター、君はその犬の行動を見事に推理した。才気にあふれた君の洞察力には、つくづく感服したよ。テリアは、主人が倒れるのを見て、まずそちらへ駆け寄り、それから甲高い声で吠えながら私のあとを追いかけてきた。犬は私を近寄らせなかったが、私が隠れ場に下りるときには、そばに来て噛みつこうとした。できれば犬をつかまえ、下に引きずり込んでから黙らせたかった。

しかしテリアは敏捷だった。しかも私は腰のあたりまで穴に入っていて、犬は胸の高さくらいの位置におり、吠えながら私の顔に飛びかかろうと身構えていた。犬を撃つこともできたが、再び発砲するのは危険だった。すでに近づいてくる男たちの声が聞こえていたのだ。あとは運を天に任せて下りようとしたとき、〝チャム〟が手の届く距離まで近づいたので、私はリボルバーの台尻で力いっぱい殴りつけた。頭を狙いうまく当たったので、死んだと思った。だが、犬は殴打をかわし、肩が折れただけだった。一度、甲高い泣き声を発してから、少し遠くの羊歯に隠れた窪みのなかに転がり込んでいった。そこで、おそらく意識を失い、近づいてきた男たちにも気づかれぬまま、ずっと横たわっていたのだろう。

その間に私は荷馬道に入り、今ではすっかり知り尽くした暗闇のなかを進んだ。あとは楽なものだった。平らな石でドイツ製の紙マッチを擦り、リボルバーやドイツ新聞の切れ端、タバコを置き、変装の小道具をポケットにしまってから、下りてきたときに使った結び目のあるロープを伝って、ムアの小塚にある開き口から荷馬道の上に出た。ロープは自分で持ち帰り、一時間後には、いつもの手提げ鞄と服装でキングスクレセットの鉄道駅に到着した。私の行動を気にとめた者はいたかもしれないが、それを問題にする者はひとりもいなかった。予定していた時刻に修道会宿舎に戻り、その夜、君は約束どおり、私と一緒に夕食をとるために訪ねてきた。キングスクレセットから来るはずの電報が遅れたのは不思議だったが、遅れた事情はあとでわかった。その夜、君と一緒にキングスクレセットへ行けるよう私が仕組んだ計画には、何の支障もなかった。

一つだけ気になっていた問題を、私は口に出さないよう注意していた。翌朝になって、モンタギューの犬が帰って来ないのがわかっても、なにも言わなかった。だが、傷ついた犬が戻ってくると、私のために、神が最後の手助けをされたのだと悟った。そして、〝チャム〟の無意識の力を借り、警察犬がそのテリアの臭跡を追って、私の隠れ場を発見してくれるよう願った。荷馬道とそこに置いてきた品々が見つかることが、ぜひとも必要になっていたのだ。しかし、私が自分でそれを発見するわけにはいかなかった。ファスネットに指示して、けがをしたテリアを森まで連れて行かせたのは、荷馬道の隠れ場を見つけるのに役立つかもしれないと思いついたからだ。成果は大きかった。もはやドイツ人の存在を疑うわけにはいかなかった。しかし、その男はもう一度だけ姿を目撃されることになっていた。そして、それを報告するのは私だった。架空の犯人が最後に襲う相手は、私自身にするつもりだったのだ。実際、私はそれを恐れるというより望んでいた。人にあれほどの苦しみを与えた者は、自分もその苦しみを味わうべきだと感じていた。自分を傷つけることは、この秘められた悲劇のほんの小さな一幕にすぎなかった。それくらいの犠牲は当然だった。

細部まで考えぬかれた私の計画と神意による助けによって、人間の正義はまたもやくつがえされた。そして、モンタギュー・テンプラーが死んだあとは、私自身が大きな危険にさらされていると、誰もが心配するようになった。そうした状況は予想していた。いよいよ、ずっと前から決めていた計画に踏み出すときが来たのだ。唯一の真の教会に受け入れられる時も近づいていた。自分を取り巻く恐ろしい状況に対して、心理的な反応を示すほうが自然だった。それで、私はそうした徴候を正確に演じてみせた。私が自分の命を創造主の御手にゆだねるのは、いわば当然のことだが、それでも、苦悩に満ちた状況に巻き込まれている者として、精神的な弱さや身体的な恐怖感を示した。そういう劇的な態度が求められていたのだ。しかし、私は恐怖をすみやかに克服し、命を脅かされても義務を怠らない気丈さも示した。そうした態度は、私に対する幅広い同情を集めることになった。私の一族を襲った残酷な運命による次の事件を起こすのに、時間をむだにはできなかった。その事件は、私の身に起きることになっていたからだ。決意を固めた執拗な犯人が、自分の犠牲者のなかに私を加える機会をうかがっているという錯覚を持続させなくてはならなかった。

実行の方法が決まると、あとは、その前触れとなるような出来事に現実味と説得性をもたせる作業が残っているだけだった。私は自分に重傷を負わせ、犯人は心臓を狙ったのだが、わずかの差で外れ、けがはしたものの命は失わずにすんだという印象を与えるつもりだった。犯行の舞台を変え、新たな雰囲気をかもし出そうとした。夜のロンドンを、敵の新たな犯行の場として選んだ。そして私は敵の姿を目にし、彼を捕まえようと前に跳びだしたとき銃撃されることにした。その襲撃の直前に起きる出来事は、事件の細部まで真実らしく思わせるためにはきわめて重要だった。その問題が、あれほど手際よく、満足できる形でまとまるとは、予想していなかった。キングスクレセットからロンドンに戻った翌日に、計画を実行することができ、その時間の早さが事件の効果をおおいに高めることになった。私の計画はこうだった。見知らぬ少年と短い立ち話をして、それを誰かに目撃させ、あとでその事実を証言してもらう。シャンペルノワーヌ神父と話をして別れてから、私はレッド・ライオン・スクエアに向かった。数分後に、神父があとから来ていることに気づいた。私が通りすがりの少年と話しているところを、神父が見ていたら、あとでそれを思い出してくれるだろうと思った。私はその少年からある事を頼まれるという設定だったので、ふたつの条件が必要だった。第一に、顔見知りの少年ではないこと。第二に、私たちの話を聞かれる前に、その少年を立ち去らせることだ。そうすれば、少年と話す時間はごく短くてすみ、彼が立ち去ったあとで、実際に話したこととは違う内容を証言することができる。

問題があまりにも楽に片付いたので、そのことに何時間も頭を悩ませていたのが不思議に思えるほどだった。それまで会ったことのない使い走りの少年がやって来たので、私は彼を呼び止め、親しげに話しかけた。その少年に教会少年隊本部のことを話し、夜ならいつでも歓迎するから、友人と一緒に訪ねて来るよう誘った。少年はたいして乗り気ではなかった。それから、シャンペルノワーヌ神父が近づいてくるのを見て、私は少年に六ペンス与えて、優しく別れの言葉をかけ、待っているからと告げた。シャンペルノワーヌ神父は少年が去っていくのを見ていた。それから、私は神父と言葉を交わし、前もって考えておいた話を、あたかも今の少年と話したかのように伝えた。シャンペルノワーヌ神父があとで警察に証言したのは、その内容だ。

自分への発砲で、予期せぬことがひとつだけ起きた。しかし、そのことが結果としてはより完璧な効果をあげ、あとでは、私が歩む陰惨な道程を神が導いてくれる証として、喜んで考えられるようになった。最初は、自分の左腕に骨には達しない程度の傷を負わせるつもりだった。犯人は心臓を狙って発砲したのに、私がいきなり跳びかかったために急所を外れたと思わせるような場所を狙うつもりだった。たしかに事件のあと、君と外科医は予想どおりに解釈してくれた。だが、戦争の記念品のなかにあった拳銃から発射された弾丸は、私の上腕の骨を砕き、私が考えていた以上の傷を負わせた。それでも、私は腕を失ったことを誇らしく思う。残された仕事に支障はなく、もう変装する必要もなかったからだ。

襲撃の舞台にはブラインド・アレーを選んだ。そして、私を呼び出す人物は、死の床についているアイルランド人のキャシディーに決めた。そうすれば、私を襲う計画は細部まで筋が通り、慎重に計算されているように見えた。捜査の過程で、キャシディーが私を呼び出すような伝言を頼んでいないことが明らかになるはずだった。それで、君はさらに確信を強めることになるだろう。私の習慣や職務のことをよく知っている人物が、私を偽の伝言で呼び出したあと、銃撃したのだと。最後に、武器の処理が残った。ブラインド・アレーを選んだのは、その重要な問題を片付けるためでもあった。その通路の左側には暗渠があり、私が倒れた場所には、汚水溝が開いていたのだ。発砲した直後に、拳銃をそこに投げ入れるつもりだった。事件を起こす前に、それは可能だと確かめておいた。実際には、こんな具合だった。私はまず、色眼鏡を落とした。それから、発砲するとすぐにピストルを汚水溝に投げ入れ、そこからおぼつかない足取りで離れたあとで、うつ伏せに倒れ、そこで発見された。完全に意識を失っていたことは一度もないが、ずっとそうだったと装った。しかし、一部は本当だった。重傷を負ってからは、実際に意識はもうろうとしていて、翌日になるまで、君やシャンペルノワーヌ神父にしっかりした話はできなかった。人間が陥りがちな自己欺瞞のよい例だ。私は負傷したあと、自分の一族を滅ぼすために神が遣わした怪物を、自分でもほとんど信じそうになったのだ！　しばらくの間、その怪物は本当に存在する――私ではない何物かのように思えた。熱が下がり、苦痛が和らいで、私の腕が体から切断されるまでは、本当にそう感じていた。

残されたのは、最後の残酷な一撃だけだった。サー・オーガスティン・テンプラーには自然な死を賜るよう、敬愛した人の血で我が手を汚さずにすむよう、私は天に願った。しかし、その仕事から私を解放することを、神は喜ばれなかった。辛くとも最後まで義務を全うすることを求められた。それで、私はサー・オーガスティンの命を奪う問題に専念した。そして、他の犠牲者たちのときと同様、サー・オーガスティンの死の舞台からはるか離れた場所にいられるよう、計画を練った。

サー・オーガスティンは規則正しい生活を送っていたから、彼を葬る計画を立てるのは楽だった。その死が殺人だということも隠す必要はなかった。検死解剖をすれば、内臓器官に残っているヒヨスチンが見つかるのはほぼ確実だとわかっていたので、君の意見を支持して、検死解剖を行うよう主張したのだ。そして、有能な化学者がその薬物を発見した。

準備はすべて整った。私は、永遠に変わることのない唯一の真なる教会へ、まもなく受け入れられることになっていた。ヤングスクレセットの将来に対する私の計画は、それを具体化して実行するため、経験豊富で管理能力のある人々に任せればいい段階に来ていた。

憶えているだろうが、リー・オーガスティンは、亡くなった妻から贈られたヴェネチアン・グラスで、寝酒を飲む習慣があった。健康なときには、そのささやかな儀式を欠かさなかった。そのグラスは、ファスネットが朝になってから片付け、食堂の大きな食器棚にしまわれる。夜になるまでずっとその棚に置かれたままで、サー・オーガスティンの元に運ばれてから、ファスネットが一日の最後の酒を注ぐことになっていた。

グラスは薄色の付いたカットグラス製で、底に薬を垂らすのは簡単なだけでなく、安全でもあった。琥珀色のカットグラスのおかげで、底に入っているわずかな液体は見えなかったからだ。私は病後の養生でサー・オーガスティンの屋敷に滞在していて、突然の予期せぬ呼び出しでロンドンに戻ることになった。そして出かける日に、朝食をとりに階下へ行き、食堂に誰もいなくなる瞬間を待っていた。それから、食器棚を開け、サー・オーガスティンのグラスの底にヒヨスチンを必要な量だけ数滴垂らしたのだ。夜になれば、ファスネットがそのグラスを主人の元へ運び、円錐形のグラスの底に入っている液体の上に、ウィスキー・アンド・ソーダを注ぐことはわかっていた。ファスネットがそうするのは間違いなく、その結果、サー・オーガスティンは昏睡して意識を失い、死へと至るはずだった。

私はその薬物を、伯父が死ぬずっと前から持っていて、そういう目的に使うことを考えたのもあとになってからだ。それは、脳の興奮や躁病、癲癇などに医学的に用いられる催眠性の薬だ。戦場の前線では多くの医師が、蔓延する砲弾ショック（戦争による神経症の一種）や神経の興奮による苦痛を和らげるために、その薬を使用していた。友人の医師が、私にもよく飲ませてくれたものだ。私がフランスへ行くとき、友人は使用法を添えて、その薬の結晶を一瓶、渡してくれた。ほんのわずかで致死量に達するような、きわめて強い薬だ。私はその結晶体の薬を酒に溶かして使った。アルコールにはすばやく溶ける。天は再び手はずを整え、それを容易に用いることができるようにしてくださった。

サー・オーガスティンが毒を飲み、あらゆる治療も及ばずに亡くなるのは間違いなかった。サー・オーガスティンの命が救われるのは、ファスネットがグラスに入れた毒に気づいた場合だけだ。しかし、その老執事は目が悪かった。彼より若くて明敏な男でも、グラスの底にある少量で無味無臭の液体に気づくことは、まずなかっただろう。私の伯父はすぐに安らかな眠りに落ち、そのまま息を引き取った。当時の伯父は、私について無理な願望を持つようになり、それにはずいぶん悩まされた。しかし、伯父がこの世で抱く最後の希望を尊重して、私ははっきりした返事を引き延ばしていた。

最後に辛い思いをさせる必要もないと思ったし、伯父にはそんなことはせずにすんだ。

もう書き残すことはひとつもない。君には気の毒だが、私は真実を伝えることができて満足だ。これで、君の心に、私に対する誤った評価が残ることもないだろう。無数の魂より、ひとつの魂が失われるほうがましだ。私が永遠に断罪されるのは確かだとしても、親がなく、愛されることもなく、友もいない数千人の少年たちを救ったことは、はるかに偉大で重要な事実として残るだろう。アナテマ・マラナタ（コリント人への第一の手紙、一六章二二節。「もし主を愛さない者があれば呪われよ。われらの主よ、来たりませ」）、私は神の御手で待つ——神の手に帰し、神のみが解ける謎が、評価され報いられるときを。君の記憶のなかで、私は、神の命に従い名状しがたい悪を行った人物として残るにちがいない。その悪は、摂理という白熱したるつぼのなかで善へと昇華されていく。

バートラム、君は私の秘密をそっとしておくと誓ってくれるだろう。これを読んだら、草稿は破棄してくれ。私の教会には、キングスクレセット・ホームが建設された経緯について、永遠に知らせてはならない。私の脳裏には、ペルシャ人シャビスターリーの言葉がこだましている。「自らを賭け、本質が純粋であるときにのみ、祈りは真の祈りとなる」

私の純粋なる本質が永遠の業火に注がれるべきだとしたら、それもまた私にはふさわしい。

解説　フィルポッツ問答

真田啓介

「あなたはフィルポッツもお好きなようだから、ひとつお話をうかがわせてください」

「まあ、好きとはいっても僕など漫然と読んでいるだけだから、参考になる話ができるかどうか」

「フィルポッツに関しては、江戸川乱歩の有名な『赤毛のレドメイン家』讃ほかの紹介批評、それと新しいところで石上三登志氏の「誰が「駒鳥」を忘れたか？」（「創元推理21」二〇〇二年夏号掲載）くらいを読めばまず十分ですから、あなたには適当に何かしゃべってもらえばいいんですよ」

「……そうかね」

「ご自分の立場はわきまえていただきませんと」

§フィルポッツ盛衰史

「ところで、初めに一つ聞いておきたいんだが、ハリントン・ヘクストがイーデン・フィルポッツの別名義であるということは、君は前から知ってたかな」

「私だってミステリ・ファンのはしくれです。そのくらい常識じゃないですか」

「いや、失敬。たしかに昔は常識といってもよかったんだが、最近はどうなのかなと思って。若い人たちの間ではフィルポッツの作品自体あまり読まれていないような気がするので、ヘクストの名前も以前ほどの通用力を持っていないんじゃないかと思ったんだ」

「『赤毛のレドメイン家』や『闇からの声』は立派な現役で、それなりに読まれていると思いますよ。ただ、他の本は手に入りにくいんで、それ以上に進んで読んでいる人は少ないでしょうけどね。ヘクスト名義の『怪物』や『誰が駒鳥を殺したか？』あたりまで読んでいれば、けっこうマニアの部類でしょう」

「思うに、このフィルポッツほど我が国の翻訳ミステリの世界で評価に変動のあった作家も珍しいのじゃなかろうか。最近のフィルポッツの読まれ方というのはよく分からないけれども、非常な人気を博しているなんてことはもちろんないはずだし、あまり高く評価されているとも思えないんだが」

「近年の人気投票の結果を見てみますと、一九九一年の「ミステリマガジン」の読者アンケートで『赤毛のレドメイン家』がオールタイム・ベストの44位、九九年の「EQ」のアンケートでは37位、というところです。こうしたリストに名前すら出てこない黄金時代の実力派作家たちに比べれば、そう評価が低いともいえないように思いますけど」

「その限りではそうだろう。ただ、かつての栄光というものを考えるとね。何しろ江戸川乱歩が選んだ黄金時代ベストテンの第一位に据えられていたのが『赤毛のレドメイン家』だったわけだからね。黄金時代のベストワンといったら、全時代を通じて最高の探偵小説と評価されたに等しい。ヴアン・ダイン選の英国九傑作中に『赤毛』と『誰が駒鳥を殺したか？』の二作が入っていたというのも大きかったと思う。ある時期までは、『赤毛』と、場合によっては『闇からの声』あたりもベストテンの定番だったんだ」

「その圧倒的な評価が低下してきたのはどんな理由からでしょう」

「うん、いろんな要素があると思うんだが、一番大きいのは、江戸川乱歩の影響力が弱まってきたことかな。戦後の翻訳ミステリ・シーンにおける乱歩の影響力たるや絶大なものがあって、そこには乱歩の好みが色濃く反映されていた。カーが一時にわっと訳されたのはもちろん乱歩があんなにも入れあげていたせいだし、逆に彼が興味を示さなかった作家――バークリーやセイヤーズといったあたりにはなかなか手がつけられなかった。僕の大好きなノックスなんかも冷遇された組だな。その乱歩の最大のお気に入りだったわけだから、フィルポッツが良いポジションを占められたのも不思議はない。しかし、昭和四十年の乱歩の死後、徐々にその影響力が弱まるにつれて、作品評価も揺らいできたのだろう」

「かつてのフィルポッツの高評価は乱歩の七光りだったというわけですか」

「そこまで言っては身もフタもないが、そういう面もあったことは否定できないと思う。一方ではミステリそのものが多様化して特定のジャンルや作品が突出した評価を受けることがなくなってきたし、時代が変わり、読者も世代交代してフィルポッツの悠々たる作品世界が受け入れられにくくなったというような事情もあって、現在のような状況になっているのじゃないかな」

「海外での評価はどうなんでしょう」

「ヴァン・ダインの推奨というのはあったけれど、それは例外的で、概してあまり評価はされてこなかったのじゃないだろうか。そのヴァン・ダインにしても、かつての権威を失っているしね。海外との評価の差という意味でもフィルポッツは珍しい作家だね。一般的には無視されているに近いかっこうだから、ボルヘスが世界文学百選のうちに『赤毛のレドメイン家』を採っていたりするのを見ると、ちょっとびっくりさせられるところがある」

「森英俊さんの事典で紹介されてますけど、ジュリアン・シモンズは「一九二〇年代当時のもっともばかばかしい産物」と酷評しているらしいですね。フィルポッツの歴史的意義は、デビュー前のアガサ・クリスティを励ましたことに尽きるとまで言っている人もいるとか」

「それはスタインブラナー&ペンズラーの『ミステリ百科事典』の記事のことかな。評者はそれで何か気の利いたことを言ったつもりなのかもしれないが、それは単に自らのミステリ観の浅薄さを露呈しているにすぎないと思うがね。フィルポッツのミステリはパズル的要素よりは人物、背景の描写や雰囲気の作り方が読みどころで、ある意味、その後のミステリの発展方向を先取りしていた面もある。シモンズの犯罪小説論の立場からしても注目してよい作家だったはずなのに、これをバッサリ切り捨てているのは解せないな」

「フィルポッツが嫌いな人は、本筋に関係のない議論なんかが延々と続いて、冗長で退屈だというようなことを言いますね。リーダビリティがないというか」

「フィルポッツの文体はヴィクトリア朝小説のテンポを引きずっているから、それをまだるっこしいと感じる人もいるかもしれない。文体が合わない小説というのは、いくら面白いことが書かれていたって読む気になれないからな。でも僕などからすれば、そのおっとりした味わいがまた魅力なんだがね。思想や社会問題の議論にも、それ自体興味があるし」

「万人向きではありませんね」

「それはそうさ。でも、万人向きの小説なんてどこに魅力があるんだい」

§世界大戦の衝撃とクリスティの刺激

「それではだんだん解説らしくしてまいりましょう。まずは作者について、ということになりますが、その辺は私の方で事典類を調べておきました。要点を整理してみると次のようなことになります。

▽イギリスの小説家・詩人・劇作家
▽一八六二年、インドで軍人の父のもとに生まれ、イギリスのプリマスで教育を受ける。初め舞台俳優を志したが断念し、保険会社の事務員として勤務しながら創作を始める。雑誌の編集部員を経て、三十代前半から文筆専業に。その後、最晩年に至るまで筆を執り続け、英国文壇の老大家として一九六〇年に九十八歳の高齢で亡くなった。
▽ダートムア・ノヴェルズと称される、デヴォンシャーのダートムア地方を舞台にした田園小説が有名だが、他にも古代や中世に材を採った歴史小説や、戯曲、詩など多方面にわたる業績を残し、著作の数は二百五十にも及ぶ。……

そのうち五十冊以上もの作品がミステリなんですね。ところで、乱歩の時代には『灰色の部屋』（一九二一）がフィルポッツのミステリ処女作と信じられていたようですが、これはどういうわけなんでしょう」

「当時は今のように書誌情報も完備してなくて、集めた本に付いている目録なんかを手がかりに研究していたようだから、そういう間違いもあったんだね。ヘイクラフトの『娯楽としての殺人』でも同じ誤りを犯しているから、それを踏襲してしまったんだろうか」

「いずれ、還暦を迎える老大家が突如ミステリに筆を染めたというわけではなかったんですね」

「二十代半ばで出した初めての著書、『特急フライングスコッツマン号』(一八八八)にしてからがミステリだったわけだからね。この中篇は、加瀬義雄さんが発行している雑誌「ROM」にむかし載った翻訳で読んだのだけれど、とても面白かった記憶がある。探偵小説的にどうこういうものではないんだが、ヴィクトリア朝英国のロマンの一翼を担った鉄道を題材にした物語でね、古風な味わいがとても良かった」

「著作リストを見るとたしかに、一九二〇年以前にすでに短篇集を含めて十数冊のミステリを書いているようなんですが、量産が始まるのはやはり二〇年代に入ってからですね。黄金時代の開幕と符節を合わせているようです」

「他の作家の場合にもそれはあるのかもしれないが、第一次世界大戦の影響というのが大きかったのじゃないかな。その作風を考えてみると、フィルポッツの場合、特にね」

「それはどういうことですか」

「これは東都書房版の全集のフィルポッツの巻の解説で荒正人氏が指摘していたことなんだが、第一次大戦の結果、従来の価値体系、善悪の基準といったものが動揺し、崩壊した。その価値の真空状態を支配したのがニヒリズムの気分だったろう。そういう混沌の中から、罪の意識の脱落した、新しいタイプの犯罪者が出現してくる。フィルポッツはそういう犯罪者の性格や心理、思想に大きな関心を寄せていたらしく思われる。その関心が、彼を探偵小説に向かわせた最も大きな力だったんじゃないだろうか」

「なるほど。大戦とミステリの関係については別の考え方をしている人もいるようですが、フィルポッツに関しては、その荒氏の説が当たっていそうですね」

「それからもう一つ、二〇年代に入ってから探偵小説への意欲が高まった理由としては、アガサ・クリスティの活躍というのがあると思う」

「クリスティには、その習作時代にフィルポッツが親切なアドヴァイスをしたんでしたね。『エンド・ハウスの怪事件』(一九三二)は、「その昔、友情とはげましとを与えてくれた」フィルポッツに捧げられています」

「クリスティの自伝にフィルポッツからの手紙が引用されているが、本当に、思いやりと的確な助言に満ちた良い手紙だね。内気な少女だったクリスティはどんなにか勇気づけられたことだろうと思う。この時期に気がくじけてしまい、もし後の「ミステリの女王」がデビューを果たしていなかったらと思うと、ミステリ界が失うことになったものの大きさに慄然とさせられるね。ミステリに対するフィルポッツの貢献たるや、この一事だけでも絶大なものがある。そんな経緯をたどって卵から孵ったヒナが大活躍を始めたのだから、先生の方も大いに刺激を受けたことだろう。作風はまったく違うけれど、この老大家と新進女流小説家は相互に影響し合った部分があると思う」

§人間性格の研究家

「ほかに何か作者について語るべきことはありますか」

「データ的なことでは特に材料も持ち合わせていないが、作品から読み取れる作者像といったものを付け加えておこうか。若干推測も混じるが——まず、この作者が広く深い教養の持ち主であることは間違いない。非常な多読家で、古今東西の哲学、歴史、文学の書を読み漁っている。さまざまな思想や考え方に理解があるが、自らは基本的に保守の立場にあると思われる。国の内外を問わず旅行の経験も豊富で、いろいろな土地の自然と人間、文物に接しているだろう。外国では特にイタリアに惹かれ、それから水辺が好きだったようだ。あと、僕が大きな誤りを犯しているのでなければ、この作者は痛風かリューマチに悩まされていたはずだ」

「……何です、そりゃ。シャーロック・ホームズの真似ですか。まあ、作品を読めば自ずから作者の教養とか見聞の広さというのはうかがわれますけどね。思想的に保守だというのはどうですかねえ。その反対の印象を与えられる作品もありますけど。水辺っていうのは、たぶん、海岸や湖がよく舞台にとられているからでしょうが、逆に、水辺が嫌いだったから惨劇の舞台に選んだとも考えられるんじゃありませんか」

「作者が青少年期を過ごしたプリマスというのは港町なのでね、水には親しい気持を持っていたのじゃないかと思うんだ」

「根拠薄弱ですな。痛風かリューマチっていうのは……」

「作中によくそれにかかっている人物が出てくるものだからね、きっと作者も同じ病気に悩まされているに違いないと思ったんだ。何しろ『ラベンダー・ドラゴン』の主人公のドラゴンも痛風にやられていたくらいだからね。……実は、この推測は裏づけが取れていて、クリスティの自伝の中にちゃんと作者が痛風にかかっていたことが書いてあるんだ」

「証拠を隠されては困りますな。ところで、いま話に出た『ラベンダー・ドラゴン』というのは、フィルポッツのミステリ以外の作品としては唯一邦訳があるものですね。早川のファンタジイ文庫に入っている作品ですが、どんな話なんですか」

「ファンタジイというよりは、ユートピア小説であり、教訓物語なんだがね。舞台は中世の暗黒時代、諸国遍歴の旅を続けていた騎士が、ある村でラベンダー・ドラゴンに遭遇する。村人の期待を背にして騎士はドラゴン退治に挑むんだが、相手は勝負を避けて、騎士を山の中の隠れ里に連れ去る。そこはドラゴンが築いた理想郷で、住人は彼を崇拝している。このドラゴンは教養高く、善意に満ち、利他主義の理想を信奉しているんだ。……実は、この作品は一九二三年、『テンプラー家の惨劇』と同年に発表されているんだが、この両作品の間には、ある重要な共通点があってね」

「そういうことなら、あとで『テンプラー家』の話をするときまで取っておきましょう」

「さっき作者が保守思想の持ち主だという話をしたとき、君が反対の印象を与えられる作品もあると言ったのは『テンプラー家』あたりのことじゃないかと思うが、それについては僕はやや違う見方をしている。ただ、本当のところ作者の思想的立場がどんなものだったかは、作品を読んだだけでは分からないというほかない。というのも、作者がクリスティに与えた助言の中にこういうのがあるんだ——「直接のお説教はいっさい避けること」ってね。してみれば、作者は自分自身の意見や立場が作品の表面に現れることは注意深く避けていたはずで、特定の人物が作者の思想を代弁しているというようなことは簡単には言えないことになる。それでもあえて保守派だと言ったのは、自動車の普及やら開発に伴う自然破壊に対して何人かの作中人物が示す嫌悪感や、物質的進歩が道徳的退廃をもたらして現代の社会に害毒を流しているといった慨嘆が僕には妙に目について、これは作者の本音に違いないと思ったからなんだ」

「あなたがテキストからご自分を読み取ったということかもしれませんがね」

「そうかもしれない。僕が保守派であることは認めるよ。クラシック・ミステリが好きなのも、たぶんそのせいだろうし」

「それじゃあ、この辺で作品の方に目を向けていくことにしましょうか」

「その前に、作者についてもう一つだけ。作品の分析にもつながるかと思って最後まで取っておいたんだが、それは、この作者は人間性格の研究家であったに違いないということだ。まあ小説家たるものそうでなければつとまらないとも言えるんだが、探偵小説という特殊なジャンルの作者を見渡した場合、それが前面に出てくる作家というのは必ずしも多くはないだろう。フィルポッツの場合は、もともと普通文学の作家なだけあって、それを第一に挙げてもいいくらいに特徴として際立っている。どの作品を取り上げてもいいが、そこには必ず「人間性の探求者」とか「性格の研究者」とか形容される人物が出てくる。多くは探偵役だけれど、逆に犯罪者の場合もある。彼らはそろって自分には人の性格や心理を見抜く能力があると自負しているんだが、これは作者自身の自負であったと見て間違いないと思うね。作者は人間性、特に犯罪者の特異な性格や心理を強い興味をもって研究していたはずだ。その研究記録こそが、フィルポッツのミステリの本質じゃないかと思うんだ」

「そこで先ほどの世界大戦の影響とリンクするわけですね」

「そう。大戦後の社会と精神風土の混沌を観察する目が、人間研究家としてのそれであったのだね」

§悪人たちの肖像

「それでは、それを総論として、以下個々の作品について見ていくことにしましょう。ところで、フィルポッツはどの程度読んでいるんですか」

「それを聞かれると弱い。翻訳されたものは一通り読んでいるし、原書もけっこう集めて何冊かは読んだけれども、とてもその全体像はつかみきれていない。ただ、残っている作品の中に傑作がまだいくつも埋れているということはないんじゃないかな。まあ今度出る『テンプラー家の惨劇』のようないいものが残っていたのだから、断定的なことは言えないが」

「何だか頼りない感じですな。それじゃまあ、邦訳作品を年代順に取り上げていくことにして、まず**『灰色の部屋』**（一九二一）から。これはしかし、犯罪者の性格研究というようなものではないですね。のっけからお説が破綻しているようですが」

「そりゃ、一番目に立つ特徴を言ったまでで、すべての作品にそれがあてはまるわけじゃないさ。『灰色の部屋』は一応ミステリということにはなっているが、何とも性格を定めがたい小説だね。不吉な言い伝えのある部屋で一人夜を過ごした人間が次々に死を遂げる。そういう密室における不可解な連続死を扱った物語で、一応結末で合理的な説明がつけられることになるので、本格ミステリといえないこともないが、ディクスン・カーの『赤後家の殺人』（一九三五）のような密室物を期待して読むと肩透かしを食わされることになる。ミステリというより歴史奇談という趣かな」

「中盤は、超自然現象の存否をめぐって延々と形而上学的な議論が繰り広げられますね。正直言って私にはつらいものがありました」

「形而下的な人間にとってはね。実は、僕も少々つらかったクチなんだが、心霊研究が一種のブームになっていたらしくもある当時の英国の読者には、きわめて興味深いテーマだったのかもしれない」

「そういえばコナン・ドイルも心霊学に深入りしていったんでしたね」

「この作品については、塚田よしと氏がこういうことを言っている。作者としては「探偵小説」か「怪奇小説」かという小説の基本モードを後半までわざと曖昧にすることで、読者を不安がらせる意図があったのじゃないか。初めから密室物だとか、そもそもミステリだとかいう予備知識を与えてしまってはいけないのじゃないかと。なるほどと思ったね」

「創元推理文庫が猫マークに分類していたのも、ちょっと苦しかったですね。邦訳されたフィルポッツ作品の中でも異質な感じです。さて、次は『**赤毛のレドメイン家**』(一九二二)になりますが、これがやはりフィルポッツの代表作ということになるでしょうね」

「『赤毛』はやはりミステリ・ファン必読の古典だろうね。プロットやトリックは今の目からすればそう目覚ましいものではないけれど、人物の造形がしっかりしており、背景となる自然描写も素晴らしい。恋愛要素が物語に有機的に組み込まれている点も巧みだね」

「何だか紋切り型のほめ方で迫力が感じられませんな」

「いや、十分傑作だと思ってるよ。ただ、例の江戸川乱歩の熱にうかされたような感想文を読んでしまうとね、この作についてはもう何も言えなくなってしまうよ。探偵小説に捧げられたオマージュとしてはまず最高のものだろう」

「乱歩は井上良夫の薦めを受けてこの作を読んだのでしたね」

「そう。井上は自らこれを翻訳もしている。その意味では、フィルポッツ受容の最大功績は彼に帰せられるべきかもしれない。その井上以上に『赤毛』にまいってしまったのは乱歩だが。よほどこの作が気に入ったと見えて、翻案して自作にしてしまったくらいだ」

「『緑衣の鬼』ですね。通俗長篇の中では例外的に出来のよい。乱歩は『赤毛』のどこにあれほど惹きつけられたのでしょうね」

「この小説が乱歩の好みにぴったり合ったというのはよく分かるんだ。乱歩は、探偵小説は単なるパズルの文学ではなくて、その魅力の大きな部分が犯罪に関わる悪の要素に由来すると考えていた人だからね。こんな言い方をしている。

　謎と推理のみが唯一の条件なれば、殺人や犯罪を素材とする必要は少しもない。それにもかかわらず始祖ポオ以来探偵小説には犯罪ことに殺人がつきもののようになっているのはなぜであるか。その理由は、探偵小説の魅力の半ばあるいは半ば以上が、殺人のスリルと、犯罪者の悪念から生れた絶望的な智力と、そして、世人が経験することを極度に怖れながら、しかも下意識においてはかえってその経験を願望しているところの、犯罪者の戦慄すべき孤独感等にあるからである。

横溝正史の『本陣殺人事件』を評した文章の一節だがね。『赤毛』の犯人の悪意と執念、「群集の中のロビンソン・クルーソー」の孤独と自恃。いやあ、乱歩好みだなあ」

「あの最後の告白文には異様に迫るものがありましたね。この犯人はニーチェの超人思想の信奉者ですが、先ほどの話からすると作者がニーチェに傾倒していたというわけではないんでしょうね」

「そう思うけどね。ニヒリズムが戦後の精神風土の基調になったことから逆にニーチェが援用され、犯人の造形に利用されたのじゃないだろうか。それでも、作者が少しでもニーチェ思想に感応するところがなければ、そういう利用のしかたもなかったろうとは思うが」

「『赤毛』の犯人は、ヴァン・ダインの『僧正殺人事件』（一九二九）の犯人などとともに、古典的な犯人像として殿堂入りしている感じがしますね。この翌年にヘクスト名義で発表されたのが、今度紹介される『テンプラー家の惨劇』ですが、これはあとで詳しく吟味することにして、やはりヘクスト名義の**『誰が駒鳥を殺したか？』**（一九二四）の方に進みます。……ところで、ハリントン・ヘクストの別名が用いられたのはどういう理由からなんでしょう」

「それは分からない。別名義が用いられるのは出版社との契約の関係によることが多いようだから、この場合もそうじゃないかとは思うんだが。作風に大きな違いがあるというわけでもないしね」

「『誰が駒鳥を殺したか？』はマザーグース殺人事件のようなタイトルですが、内容的にはマザーグースとは無関係なんですよね」

「作中の姉妹に「駒鳥」と「みそさざい」というあだ名がつけられていることくらいだね、関係といえば。ただ、このタイトルが『僧正殺人事件』のアイデアのヒントになったのじゃないかという気がする。この作品は前半がまるきり恋愛小説なんで、それを嫌う人もいるけれど、そこは僕には面白かった。不安含みの恋愛の生成と消滅の過程がなかなか興味深く描かれていると思う。ただ、後半これがミステリになるんだが、ミステリとしては致命的な欠陥があるのでね。全体としてはあまり高く評価するわけにはいかないな」

「叙述のアンフェアの問題でしょうか」

「そう。あれは部分的な手直しでは済まなくて、叙述のスタイルを基本的に変えないとだめだろうな。しかし、この作品も、読みどころは強烈な犯人像にあるだろうね。『赤毛のレドメイン家』なんかとも共通するけど、長い時間かけて綿密に計画した犯罪を、強靭な意志で着実に遂行していった犯人の情熱が印象的だった」

「次の『**怪物**』（一九二五）もヘクスト名義の作品ですが、このタイトルも犯人像の暗示ですね」

「そうなんだが、この作の犯人像には今一つインパクトがないな。ただの二重人格者にすぎないのでね（というと語弊があるが）。物語の前半、たびたび「狂人」とか「悪念」とか「怪物」とかいった言葉で犯人の異様さが強調されすぎているので、フタを開けてみればナンだということになってしまう。ミステリとしての出来もあまり良くはないんだけれども、この作のロマンチックな雰囲気は好きだな。セッティングがいいじゃない。海岸近くの今は廃屋になった倉庫が犯人の根城で、そこから、むかし密貿易に使われた秘密の地下道がある屋敷に通じている……」

「物語的な興趣は別として、探偵の推理がほとんどないのが私には不満でしたね。若い女性がテレパシーか何かで囚われの恋人のもとにたどりつくなんていうのじゃ困りますよ」

「解明の論理の乏しさというのは、フィルポッツ・ミステリ全般に通じる弱点だね。彼の作品は、基本的に「探偵」小説じゃなくて「犯人」小説なんだ」

「そういう意味では、『**闇からの声**』（一九二五）は典型的なフィルポッツ・ミステリということになりますね。ただ、この小説は犯人と探偵の知的闘争のスリルというのが評価されているようですが、私はさほどスリルは感じませんでした」

「闘争といっても穏やかなものだからね。近年の刺激の強い作品になれた読者には物足りないところがあるかもしれない。でも、作者はここでもまた新たな犯人像を描き出すのに成功している。僕はちょっと、フランシス・アイルズの『犯行以前』（一九三二）に登場するジョニー・アスガースを連想したよ。ニヒリズムの時代が生んだ道徳的不感症者なんだ」

「タイトルにもなっている「闇からの声」の謎解きがつまらないという声もあるようですが」

「だってほかに説明のつけようがあるかい。僕は後味のいい幕切れだと思ったけど」

「翌年の『密室の守銭奴』（一九二六）は、翻訳は筋書きが分かる程度の抄訳ですが、部屋そのものが金庫のような作りの密室で金貸しの老人が殺されるという、この作者には珍しいくらい堂々たる構えの本格物ですね」

「トリックは密室研究家のロバート・エイディーを憤慨させているくらいのものだがね。でも、この純然たる密室ミステリにおいてすら、注目すべきは犯人の性格なんだ。具体的なことはヒントになってしまうから言えないけれど、また一人、フィルポッツ流「悪人」が創造されている。これに対応する形で、探偵の方法論も証拠より性格を重視するというものでね。バークリーが『ウィッチフォード毒殺事件』（一九二六）で、あるいはヴァン・ダインが『ベンスン殺人事件』（一九二六）で性格や心理の重視を唱えたのと同じ時期に同様の主張をしていたというのは興味深い」

「古いタイプのミステリしか書けなかったと思われているフィルポッツですが、時代を先取りしていた面もあったわけですね」

「意地の悪い見方をすれば、一周遅れのトップとも言えるがね。でも、アイルズの新しさも小説本来の伝統に復帰したことによるものだからな。本質的なものは時代を超えて新しいんだ」

「人間性と、その一面である悪も、ということですか」

「これは未訳だけれど、フィルポッツの三〇年代後半の作品で *Portrait of a Scoundrel*（極悪人の肖像）というのがある。江戸川乱歩が倒叙探偵小説の傑作として紹介したのでよく知られているね。

このタイトルは、フィルポッツ・ミステリの本質を端的に要約しているように思われる。『灰色の部屋』は例外として、今まで見てきた作品のどれもが、これを副題にしてもいいようなものばかりだよね」

§異色作『溺死人』

「続いて三〇年代の作品にまいりますが、まず『溺死人』(一九三一)です。これはあなたの言われるフィルポッツ・ミステリとはだいぶイメージが違うようですが」

「そうだねえ。これはマーフィーの法則かな。何かまとめをすると、すぐ例外が現れる。『溺死人』はたしかにフィルポッツとしては異色の作品だね。これは作者得意の「犯人」小説じゃなくて、珍しくも「探偵」小説なんだ。フィルポッツ作品に登場する探偵というのは、『赤毛のレドメイン家』のピーター・ガンズくらいを例外として、おしなべて類型的なキャラクターだよね。大方はスコットランド・ヤードの刑事で、非常に有能ということになっているんだが、読者にはちっともその有能さを示してくれない。誰も似たり寄ったりの、ほとんど個性というものが感じられない印象希薄な人物ばかりだ。『溺死人』では詮索好きな医師がしろうと探偵の役割をつとめるんだが、この作で初めて探偵に性格が付与されたといえる。他の作では狂言回しでしかなかった探偵が初めて前面に据えられて、そのキャラクターと行動が物語の中心をなすんだ。それは形式面にも反映していて、従来の三人称記述に代わって、探偵役の一人称による記述スタイルがとられている」

「探偵が中心といっても、このお医者さんの捜査法はごく常識的で平凡ですよね。ビギナーズ・ラックを頼みにしているばかりで、ちっとも探偵らしくない。事件の真相も探偵の推理で判明するわけじゃないし」

「実際、信じられないような偶然に助けられてばかりいるね。でもこれは、探偵という行為の本来的な偶然性を表現しているようにも思えるんだ。名探偵のピタリと当たる名推理よりはよっぽどリアルなんじゃないだろうか。この辺の味はバークリーに通じるところがあるね。発表時期を考えると、実際バークリーの影響を受けているのかもしれない。一方でフランシス・アイルズがフィルポッツの影響を受けていたかもしれないように」

「この作品の特色として、政治論や法制度論、社会状況論等の議論が豊富に展開されていて、それが作者の思想を表明したものと受け止められているようですが」

「それにはちょっと異議ありだな。もちろん、登場人物の口を借りて作者自身の考えを述べている箇所も少なくないだろうが、どの部分がそれなのかは容易に見分けがつかない。それに、こうした議論を述べたいがためにこの小説を書いたという見方は、前にもふれた作者の創作姿勢を考えれば、基本的に間違っていると思う。これらの議論はそれ自体が目的ではなく、作品構成上の必要から盛り込まれたもので、二義的な意味しか持っていないと思うんだ」

「作品構成上の必要とはどういうことですか」

「うん。この医師の探偵物語が成立するためには、まず彼がしろうと探偵として行動する資格を得なければならない。大方の探偵小説はその辺を曖昧にしたままなんだが、この作ではそれが友人である警察署長の黙認という形で与えられるわけだ。そうすると、この医師と署長との間には特別に強い信頼関係があることが前提になる。この特別な関係を表現し、医師の行動の自由を担保するものが、二人の間で遠慮なく闘わされる様々な議論だと思うんだ。これは二人の親しみの表現、ユーモアでもあって、気心の知れた友人同士で楽しんでいる時事放談にすぎない。彼らが教養人であるために、その議論の内容はかなり高級なものになっているがね」

「我々の議論とはだいぶレベルが違いますね」

「議論の程度は相手しだいさ。それからもう一つ、この議論の機能としては、真相が明らかになった後に交わされる犯罪論、作者としてはこれが一番書きたかったのじゃないかと思うが、これが全体の中で浮き上がらないようにする役割もあるのじゃないかな」

「そこで示される、悪人を殺しても犯罪にならないという考え方は、バークリーの『第二の銃声』（一九三〇）にも出ていましたね」

「そうだね。発表時期も近接しているし、これもバークリーとの相互影響を物語るものかもしれない。あるいは、探偵作家の思考をそんな方向に向かわせる事件か何かが、当時の英国社会で起きたのだろうか」

「次の『**医者よ自分を癒せ**』（一九三五）は、ちょっとアイルズの犯罪心理小説を思わせるところがありますね」

「これは僕の特に好きな作品でね、フィルポッツ流「犯人」小説の到達点といってもいいかと思う。従来の異常性が強調された犯罪者の系列とは違うが、これもまた一つの悪人の肖像画だろう。傲慢で冷酷、うぬぼれと自己弁護にみちたエゴイストの姿をあますところなく描き尽くしている。その姿は決して怪物じみたものじゃなくて、自分のうちにもその片鱗は見出せるようなものなんだな。そんな人間の、犯罪の成功と人生の失敗。あるいは、人生の成功と犯罪の失敗。この小説を読み終えたあと、異様な淋しさが胸に残ってね。ミステリを読んでこんな気持になったことは珍しいよ」

「ミステリとしては、結末で犯罪の前提が崩壊するあたりのアイロニーが読みどころですね」

「そしてそれが一つの謎解きにもなっているというあたりが」

「謎解きというのはどういうことです」

「医師はなぜこの手記を書いたのかという謎さ。ミステリで手記とか草稿が出てくると、それがどういう動機で書かれたのかということが僕はいつも気になる。人間がそんな面倒なことをするには何か強力な動機なり必然性がなければならないと思うのでね。その辺、あまり考えてない作者も多いようだが。この作品の場合は、成功した人生を歩んだ医師が埋れた犯罪の真相を綴っているわけだが、普通ならそんなことをする理由は見当たらない。だが、最後に理由が分かるんだね。自分も晩年まで知らなかった真相を知るに及んで味わった底知れぬ徒労感、空虚な思い。これは神に下された罰を意識した人間の贖罪の記録だったわけだ」

「邦訳された作品としては最後のものが『狼男《ウルフ》卿の秘密』（一九三七）です。これは狼憑きを題材にしたオカルト・ミステリですね。国書刊行会の〈ドラキュラ叢書〉の一冊として出た作品なので、怪奇小説のつもりで読んでいったら、ミステリだったので驚きました」

「これも『灰色の部屋』と同じく、ミステリであることが明示されない方がいい作品だね。題材的にはディクスン・カーを連想してしまうが、人狼伝説の扱い方は『夜歩く』（一九三〇）などより巧みじゃないかな。それから、これは古書ミステリという側面もあるね。あまり詳しくは言えないが」

「この小説は、序盤、中盤、終盤とそれぞれ雰囲気ががらりと変わりますね。終盤は記述のスタイルも変わってしまいます」

「序盤の幸福感にみちた世界をやがて陰鬱なムードに包んでいくあたりの筆力はさすがだね。特に中盤の雰囲気の盛り上げ方はうまい。嵐の夜の傾斜林で主人公が狂気におちいる寸前までいく描写など、鬼気迫るものがある。ただ、この作の「悪人」の個性は今一つで、そこがちょっと物足りなかったな。この作品などは狙いどころが違うのだから、それを言ってもしかたがないとは思うが、フィルポッツを読むとどうしてもそこに目が行ってしまう」

「フィルポッツは短篇もたくさん書いていますが、翻訳はあまりないようですね」

「でも訳されたものはどれも面白く読んだ記憶がある。「三死人」は見事に組み上げられた性格のパズルだが、西インド諸島のバルバドス島が舞台、しかもそれが事件の謎に密接な関係を持っているという点で、T・S・ストリブリングの『カリブ諸島の手がかり』(一九二九)を思わせるものがあるね。「鉄のパイナップル」は、異常心理による殺人を〈神の摂理〉めいたプロットに包み込んだ不思議な味わいの犯罪小説。それから、雑誌掲載のまま埋れてしまっている「孔雀館」や「カンガの王様」といった作品も、この作者ならではの独特の魅力をたたえた物語だった。「特急フライングスコッツマン号」あたりも加えて中短篇のベスト・コレクションを編んでもらえたら、粒よりの作品集になると思うんだけどな。短篇集に力を入れている〈晶文社ミステリ〉あたりで出してくれないかなあ」

「困りますね、他社の宣伝をされては」

「じゃ、〈ミステリーの本棚〉の第二期でもいい」

※以下、本書の真相にふれていますので、未読の方はご注意ください。

§『テンプラー家の惨劇』吟味

「さて、最後に『テンプラー家の惨劇』について多少詳しく見ていきたいと思いますが、まず全体的な感想からうかがいましょう」

「おそるべきインパクトをもった小説だね、これは。その犯人像の強烈さと犯罪のスケールの大きさには、読後しばし言葉を失ってしまったよ。探偵小説というより、古典的な格調を備えた壮大な叙事詩といった趣がある。あるいは巨大な運命劇とでもいうような」

「『赤毛のレドメイン家』の姉妹篇のような感じもありますね。どちらも一族皆殺しの連続殺人で、片や赤毛と赤いチョッキ、片や黒髭と黒ずくめの服のモチーフ。そしてもちろん、タイプは違いますが犯人の特殊な個性と異常な動機という点で」

「やはり特異な犯人、異常な動機による連続殺人物の『僧正殺人事件』が引き合いに出されることもあるが、『テンプラー家の惨劇』は、『赤毛』や『僧正』と同列、あるいはそれ以上にランクされてしかるべき傑作だと思うね。今後は、この作を抜きにしてフィルポッツを語ることはできないだろう。だが、この作品に対する従来の評価は真っ二つに割れていてね。*A Catalogue of Crime* のバーザン&テイラーが類例のない傑作と激賞しているのに対して、ジュリアン・シモンズは *Bloody Murder* で、「二〇年代当時の最もばかばかしい産物」の例示として『灰色の部屋』とこの作品を挙げているんだ。しかも堂々とネタバレしながら。これを見て僕はシモンズ先生にはハッキリ見切りをつけたがね」

「著名な評論家の間でもずいぶん評価が食い違うことがあるものですね」

「しょせん他人の評価なんてあてになるものじゃないよ。それがどんなに権威のある人のものであってもね。作品の良し悪しは、自分で読んで自分で判断するしかない。漱石じゃないが、文学の鑑賞は自己本位でやるべきだね。今回は僕はバーザン&テイラーと意見が一致したけれど、他の作家や作品に関してはそうでないことも多いんだ」

「この作品の評価の分かれ目は、やはりフェリックス・テンプラーの犯行動機を受け入れられるかどうかということでしょうね」

「そうだね。江戸川乱歩の動機の分類にいわゆる信念の犯罪というやつだ。テンプラー家の莫大な財産が無意味に費消されるのを食い止め、これを正当な目的——望まれず愛されなかった多くの子供たちを養い育てる事業に使うために、自分と財産の間に立ちふさがる人々を排除する決意をする。「キングスクレセットの相続人たちは、まだ生まれてない数千人の少年の幸福と比べたら塵のような存在でしかない」のだから——こう信じるフェリックスを単に狂信者とのみ見て、その動機が荒唐無稽なものとしか思えなければ、これは確かにばかばかしい物語ということになるだろう」

「フェリックスは狂信者ではないのですか」

「狂信者であるには違いないさ。彼は神の命令に従って一族を滅ぼすのだと信じていたのだし、あの地下道——荷馬道が何世紀も前に崩れ落ちたことさえ、自分の任務のために準備されていたことと信じていたくらいなのだから。これはもちろん、正常な感覚ではない。しかし、さしあたり僕らは彼の信念の是非を論じる必要はないだろう。これが探偵小説の動機として成り立ちうるものかどうかを考えるだけでいい」

「それで、動機として成立すると」

「極めて限られた状況において、特殊な性格の人間の胸にそんな信念が宿りうることを否定することはできないと思う。人間精神の広大な領域には、そんな思想が息づく場所も確かにあるはずだ。そして、フェリックスというキャラクターは十分、そういう思想の持ち主たりうるよう造形され、描写されていると思う。彼は神や人類を愛しはしても、個人的な愛情というものを知らない。したがってまた、個人的な苦しみ、悲しみも。彼は理性の怪物なんだ。そんな人間が引き起こした犯罪としてこの事件は架空のリアリティを備えており、決して荒唐無稽な話として退けられるものではない」

「フェリックスは何人もの罪のない人間を殺した犯罪者なのだから、大悪人と呼んでしかるべきですが、何となくそれには違和感があります。この作品には「極悪人の肖像」という副題はピッタリこない感じがしますね」

「フェリックスの犯罪は、もちろんそれ自体悪なんだけれど、ある意味で善悪を超越しているような気もする。彼がこんなふうに問いかける場面があるね――「地震や台風、飢饉や疫病を、私たちは不正だと言えるだろうか？　火災や洪水は神のしもべであり、戦争や疾病は神の創造物だ」。天のしわざは善でも悪でもないと言っているんだが、彼の犯罪にもまた、人間を超えた力に操られた結果であるような印象が伴う。それを神とは呼ばぬまでもね。しかも、結果として犯された悪を上回る善がもたらされたのだとしたら……。動機の善悪と結果の善悪が絡まりあって非常に難しい問題だね」

「キングスクレセットの改造事業というのはちょっと非現実的な感じもしますが、それが実際に子供たちの福祉に貢献したかどうかは、この際、別問題なのでしょうね。フェリックスとしてはそれを信じ、ともかく事業を開始させたのだから」

「前に『ラベンダー・ドラゴン』とこの作品の間に共通点があると言ったが、それはこういうことなんだ。ドラゴンは、山の中に利他主義の理想を体現した共同体を作り上げるんだが、その住人は、下界の村から連れてきた不幸な身の上の男女や子供たちなんだ。大人の男女も対象になっている点は違うけど、これはすなわちフェリックスがキングスクレセットでやろうとしたことだろう。フェリックスの怪物性が他方ではドラゴンの姿に形象化されているとも見られる。ジャンルもテイストも異なる二作だが、本質的な部分はパラレルなんだ」

「この両作は同じ年に発表されていたんでしたね」

「そう。そのことも考えると、ドラゴンとフェリックスの動機には同じ根っこがあるはずだが、それは当時の英国社会の現実にあったのだと思う。結果として作品に表現されたことから推して、キーワードは「孤児」だろう。内容は不明だが、この時期に作者は *Orphan Dinah*（孤児ダイナ）と題した普通小説も書いている。孤児の生活に代表される、子供たちの不幸。大戦後の社会の混乱の中で、戦災孤児や、親を頼れない子供たちはどれほど悲惨な目にあったことか。作者が現実社会で見た子供たちの苦しみ——それに対する悲しみと怒りがその根っこなんだ。そこから発する強烈な現実批判が、作者の執筆動機の中核にあったのではないだろうか」

「それは社会主義思想と類縁のものではないのですか」

「社会における弱者に向けられた視線という点では、確かに共通するものがあるだろう。しかし、作者が政治思想としての社会主義を信奉していたとは僕には思えないな。作者の場合、根底にあるのはヒューマニズムで、その発現形態が社会主義的な変革志向と重なる部分はあるけれど、作者の志向はより根源的なものに感じられる。それこそ、ファンタジイやミステリの形でしか表現できないようなラディカルなものを持っていたように思う」

「ただ、フェリックスは抽象的な思弁の結果「任務」を自覚したわけではないですよね。あくまで大戦後の社会の現実が彼の動機を形成したのですから、この作品を社会小説として読む視点は必要ではないですか」

「それを否定しているわけじゃないんだよ。実際、この小説は大資産家の財産を貧者の救済に役立てるという、富の社会的再分配の物語でもあるわけだからね。サー・オーガスティンは、一族の未来に執着しながらも、それをおびやかす時代の足音を聞き取っていた。この作品の原題の *The Thing at Their Heels*、これは直接的にはテンプラー家の人々の背後にしのび寄る殺人者の影のイメージだろうが、この Thing はフェリックスを媒介として一族に迫る時代のうねりと読むこともできるだろう。ただ、作者が社会主義の立場からこの小説を書いたとまでは言えないだろうと思うのさ」

「フェリックスの犯行動機を理解するには、キリスト教思想の理解も前提になると思うんですが」

「そうだねえ。彼の「任務」がキリスト教の教義から導かれるものでないのはもちろんだが、それとどう折り合いをつけられるのかはよく分からないね。しかし僕はアングロ・カソリックとローマ教会の関係も分からないような人間だから、その辺になるとお手上げだ。それと、フェリックスは老子を読んだり、東洋思想にも関心を示しているが、それがキリスト教とどう整合するのかも分からない。この辺は識者のご教示を仰ぎたいところだね」

「それでは、我々の分際の話をするとして、探偵小説としての技巧的側面を見てみることにしましょうか。私が一つ不満を言いたいのは、フェアプレイが徹底していないことです」

「たしかに、一部アンフェアな記述はあるね」
「たとえば、第一章でフェリックスが深夜図書室に下りていくところの描写で、
　フェリックスは、午前三時頃、自分の部屋の下から聞こえてくる物音で目が覚め、階下を調べてみることにした。彼の寝室は図書室の真上だったが、自分に聞こえたということは、かなり大きな音だったに違いないと判断したのだ。(27頁)
という文章がありますが、これは嘘ですよね。これがフェリックスのセリフの中で、あるいは彼が説明した内容として語られるならよいのですが、このままでは地の文でそれを事実として書いていることになって問題です。他にも何箇所か、フェリックスが犯人ならこの書き方はアンフェアだと思われる部分がありました」
「残念ながらフィルポッツはそのあたりの意識は低かったようだね。『誰が駒鳥を殺したか?』の大きな欠陥もそれだし、『赤毛のレドメイン家』にも同じような問題があった」
「その限りでは、黄金時代以前の作風と批判されてもしかたがありませんね」
「その辺のテクニックはクリスティに学ぶ必要があったね。ただ、この作品では逆にこれはフェアだなと思った記述もあってね、開巻早々、冒頭の一節に
　一族のなかの思いがけない急死も、多くの死者を出したこの悲劇の遠因といえるだろう。(9頁)
という一文がある。再読した際に気づいたんだが、この「思いがけない急死」というのは、16頁に言及がある、フェリックスが家族全員を失った海難事故のことを指しているに違いない。ほかに該当するような事件もないからね。そうしてみるとこの一文は、フェリックスが家族を失わなければ事件は起きなかったかもしれないということで、非常に意味深長だ。実際、父親が存命であれば、

彼が「任務」を果たすには父親の命をも奪わねばならなかったわけだが、狂信者フェリックスといえどもそこまでの「信念」を抱き得たかどうかは疑問だからね」

「そこで既に彼が犯人であることが暗示されていたわけですね」

「この作の叙述法で一つ特徴的なのは、予告的な記述が多用されていることだね。冒頭の一文からしてそうだし、たとえば27頁の

平穏で月も出ていなかったその夜の事件によって、恐ろしい悲劇の幕が開いたのだ。その悲劇のなかで、数少ないテンプラー家の人々のほとんどが、その人生を狂わせ、あるいは終らせることになる。


とかね。随所にこんな言い方が出てきて、その後の事件の展開を予告するんだ。運命劇めいた印象はその辺からも来ているだろうな」

「もう一つ不満を言わせていただくと、フィルポッツ作品の通弊ながら、この作にも解明の論理というものがありませんね。ミッドウィンター探偵は、途中若干の推理は披露しますが、常識に毛が生えた程度のもので、とても名探偵を気取れるようなものではない。真相はすべてフェリックスの告白で明らかになるわけで、探偵は何をしていたのかという気分になります」

「それはそのとおりなんだがね。ただ、この作品では構成の論理が、——これは動機を含めて言っているんだが、犯人側の論理が圧倒的な存在感を示しているのでね、探偵側のヘタな推理はあらずもがなという気もする。ミッドウィンターは無能な印象が強いけれども、フェリックスを崇拝しているというハンディキャップもあったから、情状酌量の余地はあるよ。そういえば『赤毛のレドメイン家』のマーク・ブレンドン探偵も、犯人との関係で同じような立場に置かれていたっけ。いず

れにしろ、ミッドウィンターなくしてはフェリックスが手記を残すこともなかったはずだから、その限りで一応の役割は果たしていると言えるだろう」

「さて、まだまだ話は尽きませんが、もうずいぶん時間もたってしまいましたから、この辺で切り上げることにしましょうか。終電車に間に合うかな。きょうはいろいろ失礼な言い方もしましたが、お許し願います。対話を活性化する便法にすぎないので」

「おや、最後は殊勝だね」

「いずれまたこちらにうかがう都合もありますのでね。エドマンド・クリスピンの未読があれば目を通しておいてください。ではまた」

※

〈著作リスト〉

※各種文献に所載のフィルポッツのミステリ関係著作リストは、他のジャンルとの境界領域にあるものが少なくないためか、作品の取捨にかなり異同がある。以下のリストは、ミステリの範囲をやや狭く捉えていると思われる *Twentieth Century Crime & Mystery Writers*（Third Edition）に基づいている。なお、邦訳は児童書を除くすべてのものを掲げる方針で記載した。

A　長篇

1 The End of a Life (1891)

2 A Tiger's Cub (1892)

3 The Three Knaves (1912)

4 The Master of Merripit (1914)

5 Miser's Money (1920)

6 The Grey Room (1921)

橋本福夫訳『灰色の部屋』(創元推理文庫、昭和52年)

7 The Red Redmaynes (1922)

井上良夫訳『赤毛のレドメイン一家』(柳香書院〈世界探偵名作全集〉第1巻、昭和10年)/同訳『赤毛のレドメイン』(雄鶏社〈Ondori MYSTERIES〉、昭和25年/別冊宝石29号「E・フィルポッツ篇」、昭和28年)

橋本福夫訳『赤毛のレドメイン家』(新潮社〈探偵小説文庫〉、昭和31年/新潮文庫、昭和33年)

大岡昇平訳『赤毛のレッドメーン』(東京創元社〈世界推理小説全集〉第11巻、昭和31年)/同訳『赤毛のレッドメーンズ』(創元推理文庫、昭和34年/東京創元社〈世界名作推理小説大系〉第8巻、昭和36年)

宇野利泰訳『赤毛のレドメイン家』(中央公論社〈世界推理名作全集〉第4巻、昭和36年/同社〈世界推理小説名作選〉、昭和37年/創元推理文庫、昭和45年)

荒正人訳『赤毛のレドメイン一家』(東都書房〈世界推理小説大系〉第15巻、昭和37年)/同訳『赤毛のレドメイン家』(講談社〈世界推理小説大系〉第6巻、昭和47年/講談社文庫、昭和52年)

赤冬子訳『赤毛のレッドメーン家』（角川文庫、昭和38年）
井内雄四郎訳『赤毛のレドメイン家』（旺文社文庫、昭和54年）
安藤由紀子訳『赤毛のレドメイン家』（集英社文庫、平成11年）

8 Number 87（1922） ※ハリントン・ヘクスト名義

9 The Thing at Their Heels（1923） ※ハリントン・ヘクスト名義
高田朔訳『テンプラー家の惨劇』（本書）

10 Who Killed Diana?（1924）［米題 Who Killed Cock Robin?］ ※ハリントン・ヘクスト名義
小山内徹訳『誰が駒鳥を殺したか？』（別冊宝石87号「フィルポッツ&傑作中篇集」、昭和34年／創元推理文庫、昭和35年） ※邦訳はフィルポッツ名義

11 A Voice from the Dark（1925）
井上良夫訳『闇からの声』（大元社、昭和17年／新樹社〈ぶらっく選書〉、昭和25年／ハヤカワ・ミステリ、昭和31年）
荒正人訳『闇からの声』（東京創元社〈世界推理小説全集〉第13巻、昭和31年／同社〈世界名作推理小説大系〉第8巻、昭和36年／東都書房〈世界推理小説大系〉第15巻、昭和37年／講談社〈世界推理小説大系〉第6巻、昭和47年／講談社文庫、昭和53年）
橋本福夫訳『闇からの声』（創元推理文庫、昭和38年）
井内雄四郎訳『闇からの声』（旺文社文庫、昭和52年）

12 The Monster（1925） ※ハリントン・ヘクスト名義
宇野利泰訳『怪物』（別冊宝石39号「R・スカーレット、H・ヘキスト篇」、昭和29年／ハヤカワ・

ミステリ、昭和31年）

13 The Marylebone Miser（1926）［米題 Jig-Saw］
桂英二訳『密室の守銭奴』（別冊宝石29号「E・フィルポッツ篇」、昭和28年）※極端な抄訳

14 The Jury（1927）

15 "Found Drowned"（1931）
橋本福夫訳『溺死人』（創元推理文庫、昭和59年）

16 A Clue from the Stars（1932）

17 Bred in the Bone（1932）

18 The Captain's Curio（1933）

19 Mr. Digweed and Mr. Lumb（1933）

20 A Shadow Passes（1933）

21 Witch's Cauldron（1933）

22 The Wife of Elias（1935）

23 Physician, Heal Thyself（1935）［米題 The Anniversary Murder］
宇野利泰訳『医者よ自分を癒せ』（別冊宝石29号「E・フィルポッツ篇」、昭和28年／ハヤカワ・ミステリ、昭和31年）

24 A Close Call（1936）

25 Lycanthrope : The Mystery of Sir William Wolf（1937）
桂千穂訳『狼男卿《ウルフ》の秘密』（国書刊行会〈ドラキュラ叢書〉第7巻、昭和51年）

26 Portrait of a Scoundrel (1938)
27 Monkshood (1939)
28 Awake Deborah! (1940)
29 A Deed Without a Name (1941)
30 Ghostwater (1941)
31 Flower of the Gods (1942)
32 They Were Seven (1944)
33 The Changeling (1944)
34 There Was an Old Woman (1947)
35 Address Unknown (1949)
36 Dilemma (1949)
37 George and Georgina (1952)
38 The Hidden Hand (1952)
39 There Was an Old Man (1959)

B 合作長篇 ※アーノルド・ベネットとの合作
1 The Sinews of War (1906) [米題 Doubloons]
2 The Statue (1908)

C 中短篇集

1 My Adventure in the Flying Scotsman : A Romance of London and North-Western Railway Shares (1888) ※表題の中篇のみ収録
肥田五郎訳「特急フライングスコッツマン号」(「ROM」第48号、昭和59年)
2 Loup-Garou! (1899)
3 Fancy Free (1901)
4 The Transit of the Red Dragon and Other Tales (1903)
5 The Unlucky Number (1906)
6 Tales of the Tenements (1910)
7 The Judge's Chair (1914)
8 Black, White, and Brindled (1923)
(収録作中の邦訳)
Three Dead Men 延原謙訳「バルバドス島事件」(「新青年」昭和10年6月号/春秋社『現代世界探偵小説傑作集』、昭和11年)/宇野利泰訳「三死人」(東京創元社〈世界推理小説全集〉第51巻『世界短篇傑作集(二)』、昭和32年/創元推理文庫『世界短編傑作集4』、昭和36年)
9 Peacock House and Other Mysteries (1926)
(収録作中の邦訳)
Three Dead Men 前掲
Peacock House 三谷光彦訳「孔雀館」(「ヒッチコックマガジン」昭和38年2月号)

The King of Kanga　永井淳訳「カンガの王様」（「宝石」昭和36年3月号）

The Iron Pineapple　宇野利泰訳「鉄のパイナップル」（創元推理文庫『探偵小説の世紀　上』、昭和58年）

10 It Happened Like That（1928）

11 Once Upon a Time（1936）

D　その他の邦訳作品

○ The Lavender Dragon（1923）
　安田均訳『ラベンダー・ドラゴン』（ハヤカワ文庫FT、昭和54年）

○ Prince Charlie's Dirk
　訳者不詳「チャリイの匕首」（「新青年」昭和4年夏季増刊）

世界探偵小説全集42
テンプラー家《け》の惨劇《さんげき》
二〇〇三年五月二〇日初版第一刷発行
著者――ハリントン・ヘクスト
訳者――高田朔
発行者――佐藤今朝夫
発行所――株式会社国書刊行会
東京都板橋区志村一―一三―一五　電話〇三―五九七〇―七四二一
http://www.kokusho.co.jp
印刷所――株式会社キャップス＋株式会社エーヴィスシステムズ
製本所――株式会社石毛製本所
装丁――坂川栄治＋藤田知子（坂川事務所）
装画――浅野隆広
編集――藤原編集室
ISBN――4-336-04442-2

訳者紹介

高田朔（たかださく）
静岡県生まれ。中央大学法学部、東京都立大学人文学部卒業。主な訳書に、ダグラス・G・グリーン「ジョン・ディクスン・カー〈奇蹟を解く男〉」（共訳）、A・ギルバート「薪小屋の秘密」、C・W・グラフトン「真実の問題」（以上、国書刊行会）、P・レイビー「大探検時代の博物学者たち」（河出書房新社）などがある。

世界探偵小説全集

1. 薔薇荘にて　A・E・W・メイスン
2. 第二の銃声　アントニイ・バークリー
3. Xに対する逮捕状　フィリップ・マクドナルド
4. 一角獣殺人事件　カーター・ディクスン
5. 愛は血を流して横たわる　エドマンド・クリスピン
6. 英国風の殺人　シリル・ヘアー
7. 見えない凶器　ジョン・ロード
8. ロープとリングの事件　レオ・ブルース
9. 天井の足跡　クレイトン・ロースン
10. 眠りをむさぼりすぎた男　クレイグ・ライス
11. 死が二人をわかつまで　ジョン・ディクスン・カー
12. 地下室の殺人　アントニイ・バークリー
13. 推定相続人　ヘンリー・ウエイド
14. 編集室の床に落ちた顔　キャメロン・マケイブ
15. カリブ諸島の手がかり　T・S・ストリブリング

世界探偵小説全集

16. ハムレット復讐せよ　マイクル・イネス
17. ランプリイ家の殺人　ナイオ・マーシュ
18. ジョン・ブラウンの死体　E・C・R・ロラック
19. 甘い毒　ルーパート・ペニー
20. 薪小屋の秘密　アントニイ・ギルバート
21. 空のオベリスト　C・デイリー・キング
22. チベットから来た男　クライド・B・クレイスン
23. おしゃべり雀の殺人　ダーウィン・L・ティーレット
24. 赤い右手　ジョエル・タウンズリー・ロジャーズ
25. 悪魔を呼び起こせ　デレック・スミス
26. 九人と死で十人だ　カーター・ディクスン
27. サイロの死体　ロナルド・A・ノックス
28. ソルトマーシュの殺人　グラディス・ミッチェル
29. 白鳥の歌　エドマンド・クリスピン
30. 救いの死　ミルワード・ケネディ

世界探偵小説全集

31. ジャンピング・ジェニイ　アントニイ・バークリー
32. 自殺じゃない！　シリル・ヘアー
33. 真実の問題　C・W・グラフトン
34. 警察官よ汝を守れ　ヘンリー・ウエイド
35. 国会議事堂の死体　スタンリー・ハイランド
36. レイトン・コートの謎　アントニイ・バークリー
37. 塩沢地の霧　ヘンリー・ウエイド
*38. ストップ・プレス　マイクル・イネス
*39. 大聖堂は大騒ぎ　エドマンド・クリスピン
*40. 屍衣の流行　マージェリー・アリンガム
*41. 道化の死　ナイオ・マーシュ
42. テンプラー家の惨劇　ハリントン・ヘクスト
*43. 魔王の足跡　ノーマン・ベロウ
44. 割れたひづめ　ヘレン・マクロイ
*45. 魔法人形　マックス・アフォード

*＝未刊